Isabelle B. Tremblay

Le prince charmant est une pute !
(pas un crapaud)

Tremblay, Isabelle
Le prince charmant est une pute ! (pas un crapaud)

Infographie de la page couverture : Isabelle Tremblay
Mise en page : Isabelle Tremblay
Correctrice : Odile Maltais
Réviseure linguistique : Jacinthe Giguère

ISBN : 978-2-9818200-0-6
ISBN numérique : 978-2-9818200-1-3
Marque éditoriale : Isabelle Tremblay

Dépôt légal — Bibliothèque et Archives nationales du Québec, 2019.
Dépôt légal — Bibliothèque et Archives nationales du Canada, 2019.

DE LA MÊME AUTEURE

Médium malgré moi Le Dauphin Blanc, 2017

Messages de l'univers Amazon, 2018

Passeur d'âmes Éditions Le Dauphin Blanc, 2019

Celui qui ne croit pas aux miracles
n'est pas réaliste.

Audrey Hepburn

TABLE DES MATIÈRES

*Je dédicace ce livre à toutes celles qui cherchent
encore le prince charmant de leurs rêves...*

PROLOGUE

Je viens de me pencher pour ramasser les feuilles que la photocopieuse a propulsées de tous les côtés, sans pitié pour mes pauvres reins. En soupirant, je tente d'attraper la dernière page qui est plus difficile à atteindre et qui semble s'être prise sous une patte du bureau de Liam, mon collègue de travail. C'est à ce moment-là que je sens sa main se poser sur mes fesses. Je reconnais sa grosse poigne velue, qui s'est donné la permission de caresser mon derrière rebondi, l'air de rien, comme d'habitude.

– Faites attention, mademoiselle Davis, je dois passer, dit-il de sa voix grasse et étouffée.

Willis Stevenson. Vieux pervers à qui appartient la boîte pour laquelle je travaille depuis sept ans. Sept ans qu'il se permet d'avoir les mains baladeuses sur moi. SEPT PUTAINS D'ANNÉES! Il me met en colère. Je suis consciente que c'est de ma faute; dès le premier jour où je l'ai laissé faire, il a eu le champ libre de continuer.

Sans remords. Je le soupçonne de m'avoir vue me pencher et d'avoir trouvé un prétexte pour me toucher. Encore. Je l'imagine qui doit avoir la bouche entrouverte et aussi la langue sortie, l'air appétissant. J'ai un haut-le-cœur à cette image répugnante.

– Excusez-moi, Monsieur Stevenson, lui dis-je en me relevant et en m'écartant rapidement pour qu'il puisse passer.

Et moi l'idiote, je fais amende honorable. Je lui demande pardon, mais je ne sais pas pour quelle raison au juste. C'est lui qui met ses sales pattes sur mon postérieur et qui profite de la situation pour se rincer l'œil. Pour me toucher du même fait. Il me fait un sourire en coin. Je rêve du jour où j'aurai assez de couilles pour l'envoyer se faire voir. Mais non, contrairement à mes premières intentions, je lui réponds par un sourire de publicité de dentifrice. Reconnaissante que ce vieux con me fasse travailler dans la boîte de communication la plus branchée de New York.

Je tourne la tête et c'est à ce moment-là que je l'aperçois. Georges Stevenson. Lui et sa jolie gueule de magazine. Qu'il est beau! Chaque fois, je me surprends à l'observer la bouche entrouverte.

– Ferme-la, sinon des mouches vont en profiter pour se faufiler entre tes petites dents, me dit Liam avant d'éclater de rire.

Le bruit qu'il fait en ricanant me sort de ma rêverie. Il rit tellement mal que c'est presque gênant de l'entendre. Je pourrais le comparer à une hyène en chaleur qui se cherche un mâle. J'avoue, je n'ai jamais perçu le cri de cet animal, mais ça doit être sensiblement similaire. Je crois du moins. Passons. Si ce n'était pas de ce détail et du fait qu'il est homosexuel (donc, en aucun cas je suis son genre), il aurait pu être mon type d'homme.

– Tu l'as vu cette fois? demandai-je à mon collègue qui mâchouille son stylo.

Il hausse les épaules et hoche la tête pour protester. Merde. Personne ne remarque rien. Ou veulent-ils ne rien apercevoir? Georges passe alors devant moi, comme si je n'existais pas. Une ombre sur sa route. Son parfum vient caresser mes narines. L'odeur est épicée. Dieu qu'il sent bon! Je retourne à ma place après avoir récupéré la dernière feuille sans que personne ne m'approche pour me toucher cette fois-ci. Enfin, je respire.

Je pianote sur mon clavier. Je réponds aux courriels qui se sont accumulés. Je lève la tête et je le vois discuter avec Sally, la réceptionniste. C'est certain qu'avec des jambes comme les siennes, il l'a remarquée, ELLE. Elle envoie quelques mèches de cheveux derrière son oreille. Et lui, il sourit comme un idiot. Le bel abruti qu'il est! Concentre-toi Julia. Concentre-toi et oublie monsieur Dentifrice. Autant le père de Georges peut m'horripiler, autant Georges arrive à me faire fantasmer grave. Je dois faire en sorte qu'il me voie. Qu'il remarque ma présence! C'est ma mission. Enfin, je pense…

ISABELLE B. TREMBLAY

CHAPITRE 1 — COLLISION

L'ascenseur de l'immeuble où j'habite est encore hors service. Je dois me taper les trois étages à pied. Comble du bonheur, j'ai eu la brillante idée d'aller faire mon épicerie! Je transporte trois sacs de plastique, tant bien que mal, craignant qu'à tout moment l'une des poignées ne cède sous la pression. J'arrive finalement devant la porte de mon appartement. Évidemment, l'un de mes sacs remplis de conserves se déchire en dessous et tout ce qu'il renferme, dans un fracas incroyable, se disperse un peu partout dans le corridor. Dans ce même sac, il y a les tomates cerises qui ont décidé de faire la course en dehors de leur contenant.

La porte de madame Lemonsky s'ouvre et je la vois sortir pour analyser ce qui se passe. Elle me regarde par-dessus ses lunettes, avec son regard noir, courir comme une dinde après les petites boules rouges qui finiront tristement dans les poubelles. C'est le sort qu'elles méritent après m'avoir fait honte encore une fois.

— Vous devriez avoir recours à ces nouveaux sacs

recyclables, jeune fille, conseille-t-elle d'une voix froide et sévère avant de retourner dans son minuscule appartement.

Henriette Lemonsky. Cette femme, probablement aussi vieille que l'immeuble, est le système d'alarme, version ancienne génération, de l'endroit. Pas très grande et plutôt ronde, elle se promène avec une canne noire dont l'extrémité du manche est affublée d'un cygne. Son visage est aussi plissé que mes mouchoirs lorsque j'ai fini de les utiliser. Et je les use jusqu'au bout, croyez-moi. Elle porte toujours cette jupe noire et ce gros chandail blanc fait de laine. Il s'en dégage une odeur de cigarette et d'urine animale. Le seul truc qui est sympathique chez elle, c'est son petit chat roux, Butter. Il ronronne dès qu'il nous voit celui-là, sûrement en manque d'affection. Bon, je sais, je juge beaucoup. Trop. Mais mes conversations seraient tellement moins intéressantes si je ne le faisais pas.

Après avoir ramassé la dernière minuscule tomate cerise, je rejoins mes autres sacs, que j'ai jetés par terre, sans m'être préoccupée au préalable de ma caisse d'œufs. Oups. Et puis merde, je verrai les dégâts une fois dans l'appartement. Je suis persuadée que madame Lemonsky est dans l'œillère de son entrée à m'observer pour s'assurer que je ne laisse aucune victime sur place et que toutes les preuves soient avec moi. Il est certain que si j'ai fait un oubli quelconque, je serai mise au fait immédiatement.

J'ouvre finalement la porte de mon logement et je pousse ce qu'il y a au sol avec les pieds. Bon, je sais, c'est un peu lâche venant de moi, mais je suis un tantinet fatiguée. Je saisis mon courage à deux mains, je place tout ce qui est par terre sur le comptoir et je vais m'écraser de tout mon long sur le divan. Je ne prends pas la peine d'enlever mes souliers et mon manteau. J'ai besoin de respirer un peu.

Je regarde mon salon cuisine et je souris. J'ai fait de l'endroit un vrai repaire et j'en suis vraiment fière. Un grand cadre d'Audrey Hepburn est à l'entrée, il occupe presque tout le mur. Une aubaine achetée sur eBay. J'ai une fascination pour cette actrice défunte. Je ne sais pas trop exactement pourquoi, mais selon moi elle incarne la possibilité d'être incroyablement belle et gentille à la fois. Deux qualités que je n'ai jamais beaucoup rencontrées chez une même personne. Peut-être que finalement, elle est chiante et que sous son maquillage se cache un troisième œil, mais j'en doute. Et S.V.P., ne me gâchez pas mon plaisir.

Les murs sont encore sur la première couche d'apprêt. J'admets que, quand je suis arrivée ici, j'avais de très merveilleux projets de teintes et d'aménagement, mais la vie va tellement vite que j'ai préféré faire tout le reste, sauf la peinture sur les cloisons. J'ai mis des rideaux multicolores aux fenêtres et des toiles que j'ai peintes. Je peins. C'est plus de grosses taches de couleur, mais certains appellent ça de l'abstrait. C'est beau! Enfin, c'est ce que m'ont dit mes amis, mais étrangement aucun d'eux ne m'a demandé un de mes tableaux pour son propre logis. J'essaie de ne pas en faire une affaire personnelle. J'ai très peu de photos des gens que j'aime sur mon réfrigérateur ou sur mes bureaux. Ce sont plus mes trucs que j'y place, un peu pêle-mêle. Quand la fée de l'ordre est passée, j'étais absente. Je vois Carotte qui est dans sa cage située sur une table basse près de la télévision. Il est trop mignon, tout roux et il a cette jolie moue commune aux lapins. Je me lève et je vais le sortir pour le prendre un peu. Des fois, je me demande à quoi ça songe un animal, toute la journée dans son minuscule enclos restreint. S'il y a lieu, il pense à la crotte à venir qu'il fera… Ou aux croquettes imminentes qu'il mangera… Ça semble si simple être un lapin. Peut-être ma prochaine existence, qui sait?

Je retourne déposer Carotte dans sa cage et je déballe les trucs que j'ai achetés. Si je veux me nourrir, c'est nécessaire à ma vie! Je ramasse les petites carottes que je me suis procurées et j'en donne une à ma boule de poil. Je range et mets tout ce qui va au froid dans le réfrigérateur ainsi que les articles qui ne nécessitent pas d'être réfrigérés dans l'armoire. Je lève le regard et je vois mon reflet dans la glace. J'ai des taches noires sous mes grands yeux verts, que j'ai dû me faire en me grattant sans réfléchir au crayon et au mascara que j'ai appliqué ce matin. Je fais peur. Comment un type comme Georges Stevenson peut-il me remarquer avec une face comme ça? I-M-P-O-S-S-I-B-L-E. Je soupire en pensant à lui. Je continue de regarder mon visage. J'ai au moins un nez très joli et une bouche à faire damner un saint, comme le dirait mon ex. Je ne sais pas pour quelle raison il me notifiait ça, et peut-être que c'est mieux de ne pas être au fait. Du moins, ce n'est pas quelque chose que je peux mettre dans mon CV.

Mes lèvres sont charnues et en forme de cœur, mais quand je souris, je referme immédiatement ma bouche. J'ai une dent croche et elle m'agace. Toutes parfaitement bien alignées sauf la canine de droite qui semble vouloir cacher l'incisive qui la précède en montant par-dessus. C'est pour ça que j'évite de sourire en montrant ma dentition sur les photos. Mes cheveux sont longs et noirs. Raides et sans forme. Je les déteste. C'est assez simple, il n'y a pas grand-chose que j'aime chez moi. Je sais, il faut que je travaille là-dessus. J'essaie, chaque jour, de me regarder dans le miroir avant de quitter la maison et de me dire avec un air convaincant : « Trop sexy bébé! ». Mais jusqu'à maintenant, je n'ai réussi à convaincre personne, pas même ma glace.

Après avoir rangé le contenu de mes sacs, enlevé mes souliers et jeté mon manteau sur une chaise près de la porte, je fais réchauffer un « plat-minute ». Je sais, ce n'est pas très sain. Chaque fois que je fais ça, je me promets que le lendemain, je me préparerai un lunch santé avec des fruits et des légumes, mais quand je vois le prix, je change immédiatement d'allée dans le supermarché. Je ne suis pas riche et, en plus, j'ai peur de gaspiller des aliments parce que je ne suis pas bonne cuisinière. C'est sur la liste des qualités de mon homme idéal. Savoir apprêter de la nourriture pour sa dulcinée. Je me demande si Georges cuisine.

Je retourne m'étaler de tout mon long sur le divan et j'engloutis en deux temps, trois mouvements mon repas devant une série étrange qui passe à la télé. J'en profite pour flâner sur mon téléphone. Je regarde mes courriels. Une infolettre de la boîte où je bosse vient d'entrer. Il y a un cliché pris lors de l'inauguration d'une nouvelle campagne d'un gros client. Georges est sur le portrait avec son beau sourire, près de son père,

Willis, qui ne sourit pas. Pendant un instant, je me demande sincèrement s'il n'a pas été adopté ou si sa mère ne l'a pas conçu avec le facteur ou le laitier. Je sais, je suis méchante. Je préférerais cent fois que ce soit lui qui ait les mains longues au lieu de son paternel avec ses griffes de loup-garou.

J'allais supprimer le courriel, non pas sans enregistrer l'image dans l'album nommé « beau mec » de mon téléphone, lorsque mon attention est attirée par la photo sur laquelle apparaît un autre homme, fort séduisant je l'avoue. Il est tellement à croquer qu'il me fait presque oublier Georges pendant une seconde, j'ai dit presque. C'est un avis de nomination. Philip J. Castle est le nouveau directeur aux communications qui entre en fonction la semaine prochaine. Je ne savais même pas que Paul Lancaster prenait sa retraite et que le poste avait été affiché. Je n'aurais pas postulé, mais n'empêche, je me rends compte que je ne porte pas du tout intérêt à ce qui se passe au bureau. Il faudrait peut-être que je lâche Georges un peu et que je m'intéresse à mon environnement de travail. Non! IL est ma motivation! Il est hors de question que je retire mon attention de ce dieu vivant. Le type esquisse un sourire plutôt froid, mais ses yeux gris, magnétisants, semblent profonds et mystérieux. Dieu, j'ai beaucoup de vocabulaire! Je pourrais presque écrire un roman. Philip J. sera ainsi mon nouveau chef de division. Dis donc, ça commence à être excitant d'aller travailler dans cette boîte.

Mon téléphone sonne et je regarde qui ose m'appeler à dix-neuf heures quarante-sept. Je vois le visage d'Evy apparaître, ma plus vieille copine au monde, mais aussi celle que je fréquente le moins souvent. C'est une maman accomplie de trois garçons. Trois gamins polis et sages comme des images. Je soupçonne ma meilleure amie de les mettre sur les antidépresseurs à l'heure où je vais chez elle pour être certaine qu'ils ne bougent pas trop devant moi. Si, lorsque j'avais quatorze ans, j'aspirais au riche prince charmant et à son cheval blanc (ou peut-être plus à une décapotable, car je suis allergique à cet animal), Evy rêvait d'épouser Mark Holland qui était le quart-arrière de l'équipe de football du lycée et avec qui elle souhaitait avoir quatre enfants. Son rêve à elle était d'être une femme au foyer qui attend son homme à son domicile, le repas chaud et prêt sur la table. Après des études en communication comme moi (même qu'elle était meilleure que moi, mais chut !), elle a épousé son prince. Présentement, mini-Mark numéro quatre est en chantier. Ils ont une grosse maison dans le New Jersey. Son mari a été l'unique héritier de l'entreprise lucrative de son père. Ce dernier œuvrait dans le domaine funéraire, avec lequel il a fait toute sa fortune.

Evy est ce genre de personne qui réalise tout ce qu'elle désire. Elle voudrait une licorne rose avec un tutu et je suis persuadée qu'elle se manifesterait réellement. Je ne suis pas jalouse. Enfin si, un peu, mais bon, chacun a son karma et le mien, il n'est pas facile. Pas du tout. En plus, Evy est enceinte de sept mois et, à part un ventre rebondi, elle n'a pas pris une seule livre. J'ai envie de l'emmerder, mais je m'abstiens. Ce n'est pas gentil d'envoyer promener les gens simplement parce qu'ils sont chanceux d'avoir un organisme qui fonctionne bien.

Je décroche après deux sonneries. Je ne veux pas qu'elle devine que je pratique la procrastination devant la télé et mon téléphone. Encore.

– Salut Evy! Qu'est-ce qui se passe?

– Salut, ma belle Julia! Je t'appelle pour parler un peu, j'ai couché les enfants un peu plus tôt et Mark avait un corps ce soir.

Je frémis lorsqu'elle prononce la dernière phrase. Je trouve tellement cette expression morbide. Et elle dit ça, avec sa voix la plus douce, comme si c'était tout à fait normal. Je ne sais pas s'ils discutent, attablés autour d'un bon petit repas préparé par Evy, de la façon dont le corps est arrivé, s'il était en pièces détachées ou s'il était en un seul morceau. J'arrête! C'est moi qui deviens morbide.

– C'est gentil. Les enfants étaient malcommodes, c'est pour ça que tu les as couchés?

En fait, la réponse ne m'intéresse pas du tout. Et je ne l'écoute pas. Je suis une mauvaise amie. Je plaide coupable. Elle est partie dans un long monologue sur sa parfaite journée de ménagère et moi, j'en profite pour chercher ce que je pourrais apporter comme lunch le lendemain au bureau. De temps à autre, entre deux phrases, je dis *hum, hum* ou un *ah, oui*? Et elle continue de me parler comme ça pendant une trentaine de minutes. Dans le brouhaha de la conversation, j'apprends que Léo a fait son premier pipi sur le pot, qu'Isidore a perdu deux dents et que Maximilien a eu dix sur dix dans un test quelconque à la maternelle. Mon cerveau a retenu quelques informations qui seront probablement détruites demain matin. Ma vie n'est pas aussi palpitante que la sienne, mais ce n'est pas grave, j'arrive rarement à en placer une. Et habituellement, au moment où c'est à mon tour de raconter ce qui se passe dans mon existence, un de ses gamins a besoin d'elle ou c'est Mark qui requiert sa présence.

— Alors, je pense que Mark me trompe, lâche-t-elle à la fin de son monologue.

— Quoi? m'exclamai-je tout de go.

Elle aurait pu commencer par ça au lieu de m'expliquer la vie en détail de ses marmots. Entendez par là, J-'-A-D-O-R-E les enfants, mais seulement loin de moi ou quand j'aurai les miens. Que son homme se joue d'elle, c'est bien plus croustillant comme détail!

— Je pense qu'il est infidèle. En fait, je ne crois pas. J'en suis persuadée, affirme-t-elle, la voix enrouée.

Je cherche quelque chose d'intelligent à lui dire, mais je ne trouve pas, alors je lui pose une question pour l'amener à parler.

— Qu'est-ce qui te fait imaginer ça?

Elle se racle la gorge et se mouche. Ça doit être vraiment sérieux, car Evy ne pleure jamais. De toutes les femmes que je connaisse, c'est elle qui est la plus calme et la plus sensée. Elle m'a ramassée plusieurs fois à la petite cuillère, adolescente et même adulte, en pleurs parce que mon dernier copain en liste m'avait foutue là.

— Il est rentré tard hier soir. Je croyais qu'il avait passé la soirée au funérarium, c'est ce qu'il m'avait dit au téléphone. Mais, quand il est arrivé, il s'est rendu directement dans la douche. Je me suis levée et j'ai ramassé sa chemise avant qu'elle ne se froisse ou que notre chat aille se coucher dessus, car il déteste ça, et j'ai senti un parfum de femme. Je te jure Julia, ce n'était pas le mien et je ne le connaissais pas.

Je soupire. Il est avec des morts toute la journée, possible que cette odeur appartient à un de ces cadavres. Je me retiens de lui en parler, car je frémis juste à y penser.

– Un parfum, ça ne veut rien dire... Peut-être une cliente... vivante qu'il a dû consoler. Ne saute pas aussi vite aux conclusions, répondis-je.

– L'autre soir, j'ai cru voir une marque rouge sur son épaule. Comme une morsure ou une sucette, ajouta Evy. Puis, connaissant mon humour noir, elle reprend : tu vas me déclarer que c'est un de ces morts qui lui a fait ça? Quand je lui ai demandé comment c'était arrivé, il a éludé la question et il a pris la direction de la salle de bain pour encore se doucher. Je suis naïve, mais j'ai mes limites aussi. J'ai vu neiger.

Je ris nerveusement. Elle a raison. Je ne devrais pas trouver d'excuse à Mark. C'est un enculé s'il fait vivre ça à Evy. Pire, je crois que je lui attrape les couilles et que je les écrase comme des castagnettes. J'exagère un peu. Il fait 1,80 mètre et pèse presque 91 kilos de muscles. Je ne fais pas du tout le poids devant lui avec mes 57 kilos et mes 1,60 mètre.

– Tu as raison. C'est suspicieux.

Et me voilà fière d'avoir utilisé un mot à cent piastres. Ce n'est pas le bon moment pour montrer à ma meilleure amie que j'ai du vocabulaire. Elle n'en a vraiment rien à faire. Dans un geste d'une bonté qui m'étonne moi-même, je n'arrive pas à retenir la proposition que je lui fais et que je regrette déjà.

— Tu veux qu'on l'espionne un soir qu'il reste à une heure avancée au bureau?

— Tu es sérieuse?

Je devine l'excitation dans sa voix. Il est trop tard, je ne peux plus me rétracter. Et puis merde, je peux bien faire ça pour elle. Elle ne mérite pas de se faire traiter comme madame Pierce. C'était une habitante de notre quartier quand nous étions adolescentes et que nous vivions à Albany. Tous les gens de la ville savaient que son mari, Johnny, sautait toutes les minettes qui croisaient son regard. Un vrai tombeur. Mais il était comme le Patroon Islande Bridge, le pont qui surplombait la rivière Hudson à Albany. Tout le monde avait dû passer dessus au moins une fois. Pauvre femme. Elle était probablement au courant de ce qu'il faisait, mais pour une raison qu'elle seule connaissait, elle restait avec lui. J'avais beaucoup de pitié pour elle. Alors, si Mark est comme ce type, il mérite une correction adéquate.

— Si je te le propose, c'est que c'est bon, répondis-je incertaine.

Je m'en veux maintenant de lui avoir soumis ça. Je n'ai pas envie de jouer les espionnes. Je n'ai pas de voiture et prendre la minifourgonnette d'Evy va nous faire repérer immédiatement. J'essaie de penser rapidement à une solution. Mark me connaît depuis le lycée. Il faudrait que je porte une casquette et des grosses lunettes noires et même un foulard pour cacher ma bouche. Vraiment pas subtil en plein durant le mois de mai. On commence à mettre nos petits manteaux d'été.

– Tu ne peux pas imaginer comme tu me fais plaisir, Julia! Merci ma belle amie!

C'est ça. Dans quelle galère je me suis encore embarquée! Espionner Mark Holland dans le New Jersey, moi qui n'ai pas de voiture à moi, car je me déplace à quatre-vingt-dix pour cent du temps en transport en commun, en taxi ou à pied. Une idée extraordinaire me traverse l'esprit et je songe à mon autre meilleure amie, Teresa Churchill, qui possède une auto.

– Comment est-ce que ça va? s'informe Evy m'arrachant de ma rêverie.

– Ça roule. Métro. Boulot. Dodo. La routine quoi.

– Tu as rencontré un futur prétendant? demande-t-elle curieusement.

– Pas vraiment. Aujourd'hui, j'ai vu Georges… il était tellement…

– Je parle de quelqu'un d'accessible, coupe-t-elle.

Elle a cette facilité à me remettre les pieds sur la Terre cette femme. Elle se fait toujours un plaisir de me jeter au visage mes quatre vérités et sans prendre la peine de mettre des gants blancs. Je considère cela un peu difficile à assumer du coup. Pourtant, je ne me permets pas d'être aussi vindicative qu'elle. Comment est-ce que je pourrais avoir la foi en moi quand mon amie d'enfance n'a même pas confiance en ce que je dégage et en ce que je suis? Evy n'a jamais eu ce problème-là, tout le monde l'estime parfaite avec ses longs cheveux frisés blond platine, ses grands yeux bleus aussi clairs que l'océan et sa taille superbe et élancée. Elle est le modèle Barbie par excellence et Mark est son Ken. Mais son Ken semble s'être trouvé une nouvelle version de Barbie avec qui jouer…

— Non, personne. Je sors vendredi avec Teresa, après quoi peut-être que…

— Alors, je te le souhaite. Bon, Mark vient d'arriver, je te laisse et je te rappelle pour tu sais quoi. Bonne nuit bella.

Vous voyez ce que je vous disais? Nous commencions à peine à discuter de moi qu'elle a mis fin à la communication. Finito! Je me demande pourquoi je continue de lui parler. Parce que je l'aime et que c'est mon amie depuis toujours. Elle me connaît par cœur et moi aussi. Enfin, presque. Durant les dernières années, je ne lui ai pas raconté toutes mes aventures sans lendemain ou d'autres problèmes que j'ai dû vivre. Nos trains de vie nous ont tranquillement éloignées. C'est ce qui arrive quand nous avons deux modes d'existence très différents. Qui plus est, je suis probablement l'unique personne qui la relie au monde extérieur et c'est aussi vers moi qu'elle se tourne aujourd'hui lorsqu'elle fait face à son premier conflit avec Mark. Triste, mais réel. Le seul réseau social qu'elle a se résume aux conjointes des copains de Mark.

Je raccroche et je regarde l'heure. Vingt heures trente-deux. Je compose le numéro de Teresa, ma deuxième meilleure amie, qui est à l'extrême opposé d'Evy. Je suis comme ça moi, j'aime les personnalités différentes dans mon entourage. Je suis une extrémiste.

Trop pareil, ça me décourage. J'adore des gens qui pensent différemment ; comme ça, j'ai différentes opinions sur divers sujets. Sa voix essoufflée me répond après la quatrième sonnerie.

— Ne me dis pas que tu étais en train de faire ce que tu faisais? lui demandai-je avant de rire.

— Pas du tout. Je courais sur mon tapis roulant. Que veux-tu Davis? s'informe-t-elle à brûle-pourpoint.

Teresa ne passe pas par quatre chemins. J'aime ça. Elle est directe et franche. Ça ne traîne pas. Nous nous sommes rencontrées au moment où j'avais été engagée chez Stevenson Communications. Elle était publicitaire et nous nous sommes vite trouvé des affinités. Elle est grande. Elle est même très grande et elle a déjà été mannequin pour payer ses études en marketing. C'est quand même facile quand papa possède l'agence de mode la plus réputée de New York. Encore ma jalousie futile. À vrai dire, elle ne l'a pas eu facile. Elle a toujours dû faire ses preuves, justement parce qu'elle était la fille de Charles Churchill.

— J'ai besoin de toi et de ta voiture pour une excursion top secret.

Je l'entends prendre une longue gorgée, probablement d'eau, avant de réagir.

— Mission clandestine? Ah oui? Quel genre? demanda-t-elle, soudainement intéressée.

— Jouer les espionnes pour Evy. Elle croit que Mark la trompe, répondis-je.

Teresa ne commente pas. Il est difficile de prévoir quelle réaction elle peut avoir en ce moment. Elle n'est pas une grande admiratrice d'Evy. Elle la supporte bien parce que c'est ma vieille amie, mais comme je disais, elles sont à l'opposé l'une de l'autre. Teresa est une femme de carrière et ne s'explique pas les motivations d'Evy pour jouer un rôle de femme au foyer.

– Ho! Je vois…

– Mais si tu ne veux pas, je comprendrai… je prends quand même le temps de lui préciser cela…

Sincèrement, j'espère qu'elle refuse.

– Tu rêves? C'est excitant comme mission! Je me demandais si je pouvais emprunter l'un des appareils, celui qui est muni du méga zoom à l'agence de mon père. Quand est-ce que tu désires qu'on fasse ça? J'aimerais bien le surprendre en pleine action. Le truc sorti, puis…

Et c'est parti. Teresa prend plaisir à se monter des scénarios impossibles, qui l'amusent vraiment. C'est son esprit créatif. Une imagination sans aucune limite.

– Je ne sais pas quand exactement. Je dois reparler avec Evy à propos de ça. La cible est arrivée pendant que je bavardais avec elle. Elle a donc raccroché.

– Et c'était justement au moment où vous parliez de toi. C'est ça?

Je soupire. Teresa voit juste. C'est ce que j'aime chez cette fille, elle est clairvoyante. Si elle me blesse, elle s'en rend compte et s'excuse. Elle porte une attention particulière à ce qu'elle me dit pour ne pas me faire du mal inutilement. Finalement, c'est probablement elle, ma vraie meilleure amie.

– De toute façon, je n'avais pas grand-chose à

raconter.

Elle se racle la gorge.

– Comment est-ce que c'était au travail aujourd'hui?

Teresa évite de donner son commentaire sur Evy, car elle me l'a répété plusieurs fois que moi, je continuais d'être l'amie de service pour elle. J'adore aussi cela chez elle, cette résilience.

– Bof. Pas grand-chose. Willis m'a encore tripotée. Je déteste ça. George est passé au bureau, je l'ai vu flirter avec Sally. Je l'ai en horreur.

Teresa éclate de rire sur ma dernière affirmation. Elle connaît mon obsession presque maladive pour Georges Stevenson. Contrairement à Evy, elle ne trouve pas ça ridicule. Elle me dit que le jour où je me ferai confiance, tout sera possible pour moi. Teresa baigne beaucoup dans la croissance personnelle. Moi, je trempe davantage dans les romans à l'eau de rose. Chacun son truc.

– Pour Willis, il a toujours été comme ça et il ne changera pas. Il a reçu des tonnes de plaintes et à de rares exceptions près, il s'en est sorti parce qu'il a du fric. C'est dommage, mais c'est la triste vérité. Essaie quand même de t'affirmer Ju, et de le repousser plus que ça. Il aime ton joli petit cul.

Elle me parle de sa journée et, contrairement à ce que je fais avec Evy, je l'écoute réellement. Elle est partie de la boîte depuis presque deux ans pour travailler avec son père. Teresa prendra probablement les rênes de l'entreprise lorsque celui-ci sera à sa retraite. Je sais qu'elle a assez de courage pour le faire.

C'est son truc. Avant de quitter la conversation, je repense au nouveau venu de la semaine prochaine.

— Avant que j'oublie, Philip J. Castle, l'as-tu déjà rencontré ?

Je suis au courant que Teresa connaît beaucoup de monde. Quand je dis beaucoup de gens, c'est environ l'équivalent de la population de New York et j'exagère à peine. Je l'entends reprendre une nouvelle gorgée d'eau.

— Ce nom me rappelle vraiment quelque chose. Je crois que c'est un copain de Georges. Hum… Ça me revient. Oui, c'est ça, c'est son très bon ami qu'il appelle toujours P.J. Si je ne me trompe pas, ils ont fait Harvard ensemble, à moins que ce ne soit Yale? Dans tous les cas, ils se sont connus à l'Université. Willis l'a engagé pour succéder à Paul?

— C'est ce qui était inscrit dans le courriel que j'ai reçu. Est-ce que tu l'as déjà rencontré?

— Une ou deux fois. Je n'ai eu aucune présentation formelle à vrai dire. Il semblait arrogant et froid. Je déteste ce genre de type. Je l'ai évité. Il doit traiter les femmes comme des êtres inférieurs. Bon, j'ai un deuxième appel. On se redonne des nouvelles. Bonne nuit Ju. Je t'aime!

Et elle raccroche. C'est Teresa. Elle a été élevée dans la richesse et la gloire, mais elle a de bonnes valeurs et a beaucoup de sollicitude pour les gens à qui elle tient. Et je peux me vanter d'en faire partie. J'enfile le tee-shirt qui me fait office de pyjama et je vais m'échouer comme une baleine dans mon lit pour dormir. Une autre journée de passée.

****

C'est jeudi. C'est le jour de paye, seule journée avec une réelle motivation au bureau. J'ai remplacé mon grand café au lait par un jus que j'ai concocté dans ma nouvelle centrifugeuse. Mes cafés contiennent souvent plus de sucre qu'il n'en faut véritablement. Je le mets toujours en cachette, car mes amis et mes collègues me diraient sûrement de substituer ma boisson par un chocolat chaud. Mauvaise idée pour le jus. En atteignant le bureau, je me rends compte que mon breuvage de betterave et carotte a éclaboussé sur mon beau cardigan couleur crémeux et que je ne peux pas réellement cacher ce détail à quiconque. De plus, c'est Sally qui me le fait remarquer.

Il faut surtout que, parmi toutes les personnes de l'agence, ce soit ma rivale qui m'en informe. Ma pire ennemie. Je sais, elle ne peut pas être mon adversaire étant donné qu'elle n'est même pas au courant que j'ai des vues sur Georges. Je crois qu'il n'y a pas de rivalité entre nous à part le fait que le combat n'est pas équitable. Nous ne sommes pas du tout du même calibre. Elle est un cygne et moi, je suis davantage un vilain petit canard. Ou connard, dépendant du point de vue. Je ne devrais pas me dénigrer de cette façon, Teresa me taperait sur les doigts si elle entendait tout ce qui se passe dans ma tête.

– Juliaaaaa ! Vient ici mon chou!

Sally appelle chaque personne comme ça avec sa voix nasillarde et ses yeux verts qui possèdent des cils interminablement longs. Je les soupçonne fortement d'être faux. Elle m'a accostée de la sorte pour me dire que j'ai une tache violette, qui ressemble étrangement aux dessins que les psychiatres montrent aux gens pour connaître leur vraie personnalité. Je pourrais lui suggérer une psychanalyse et ainsi savoir quelles sont ses intentions envers Georges. Mauvaise idée.

– Merde. Je n'ai même pas de linge de rechange, répondis-je en tentant d'effacer ladite tache, mais ne faisant qu'empirer la situation.

– Ho! Tu fais quelle taille? J'ai une chemise dans mon sac. Je pourrais te la prêter! propose-t-elle en fouillant immédiatement dans son gros sac noir.

Pendant un instant, en la voyant sortir tout ce que son sac contient, je crois qu'elle a un bagage similaire à celui de Mary Poppins et qu'une énorme lampe de salon en sortira. Ce ne fut pas le cas. Mon imagination extraordinaire me joue encore des tours. Sally est grande, avec des jambes qui n'en finissent plus, mais, surtout, elle a moins de poitrine que moi. Mon buste est plus imposant que le sien qui est plus affiné. Ses cheveux roux lui retombent sur les épaules avec une jolie vague naturelle. Elle est belle et semble gentille aussi, mais comme je l'ai prise en grippe, pour moi c'est I-N-T-O-L-É-R-A-B-L-E d'imaginer qu'elle puisse être une bonne personne. Je vous l'ai dit, il n'y a que Audrey Hepburn qui soit dans cette catégorie.

Je n'ai aucun choix. Je saisis la chemise rouge qu'elle me tend et je me déplace pour aller l'enfiler. Le vêtement est tellement serré que j'ai l'impression qu'il va exploser devant la tension que prodiguent mes seins sur le tissu. J'ai surtout peur qu'un des boutons ne se détache en face de Willis et qu'il se délecte du spectacle que je puisse lui offrir. Non! Il ne faut pas penser à ça, car si Evy fait apparaître tous ses désirs les plus chers, moi j'ai la facilité de manifester tout ce que je ne souhaite pas. Teresa dit que ce sont les lois de l'univers. Je dois choisir de me concentrer sur ce que je veux et non sur ce dont je ne rêve pas. J'ai encore beaucoup de travail à faire là-dessus.

Je suis une partie de la matinée au téléphone avec des clients exigeants et, pour certains, insatisfaits. J'en ai un peu marre de mon boulot. Je sais que j'ai beaucoup plus de potentiel, mais je suis engagée dans une routine et j'ai un peu de difficulté à me sortir de ce confort. Je prends une pause pour me dégourdir les jambes, mais, surtout, mon oreille. Le combiné doit s'être fondu sur celle-ci, car j'en ai maintenant la forme. Je m'arrête au poste de travail de Liam pour potiner un peu. Le sport préféré dans la boîte à vrai dire.

— J'ai parlé à Teresa hier, lui fis-je savoir en m'assoyant sur le coin du bureau de mon collègue.

Il ne détourne pas la vue de son moniteur, continuant de taper.

— Comment est-ce qu'elle va?

— Bien. Je lui ai demandé si elle connaissait Philip J. Castle. Au fait, tu aurais pu me le dire pour le départ de Paul. Comme d'habitude, je suis toujours la dernière à être informée de tout, ici.

Liam daigne quitter son écran des yeux et pose son regard bleu foncé sur moi.

— Je ne le savais pas plus que toi. Je crois que c'est

une mise à pied camouflée en départ pour la retraite, répondit-il en croisant les bras sur son torse et en faisant tourner sa chaise pour me faire face.

Ses cheveux châtains sont peignés sur le côté et il semble avoir appliqué beaucoup de gel pour réussir à les faire tenir. Je suis persuadée que c'est aussi glissant qu'une patinoire. Il porte un cardigan vert et brun en laine, sans manches, par-dessus sa chemise grise. Liam est probablement daltonien, car, quand son petit ami est à l'étranger pour son travail, il arrive toujours au bureau avec des vêtements qui ne sont pas agencés. Je n'ai jamais osé lui demander de confirmer mes doutes.

– Alors, que t'a-t-elle dit? reprend-il intéressé.

– Elle ne connaît pas personnellement le nouveau directeur, mais elle croit que c'est un ami de Georges et qu'ils ont fait l'Université ensemble. Elle a aussi mentionné que c'était un type arrogant et qu'il militait contre l'égalité des femmes. Qu'est-ce que tu as à toussoter comme ça?

J'en rajoute une couche pour faire mon intéressante. C'est à ce moment-là que je comprends pourquoi Liam tousse exagérément en regardant par-dessus mon épaule. Merde. Lentement, très nonchalamment, je me retourne pour apercevoir Philip J. Castle qui est là, debout, l'air impassible et Georges qui se tient près de lui, un sourire figé sur son visage. Moi qui espère attirer l'attention de ce dernier, c'est gagné, mais pas au prix de la perte de mon travail.

– Je venais me présenter, mais je suppose que ce n'est plus nécessaire! Vous l'avez très bien fait!

C'est Philip qui coupe le silence embarrassant. J'ai

l'impression de voir une lueur d'amusement dans ses yeux gris, mais je suis trop mal à l'aise pour en être convaincue. Je ne sais plus où me mettre et c'est probablement un des contextes les plus gênants de ma vie. Et j'en ai connu, croyez-moi. Je suis un aimant à situations délicates. Il est davantage mignon que sur la photo et dégage une certaine prestance, une confiance en lui qui m'échappe encore. Je réussis à bredouiller quelques excuses avant de serrer la main de cet adonis. À son contact, je ressens des milliers de frissons parcourir mon être tout entier, mais je décide d'ignorer ce symptôme. Après tout, je viens de me foutre la honte devant mon futur chef, qui, en plus, est quasi, je dis presque, aussi beau que Georges.

Aucune émotion ne semble se trahir son visage. Il se racle la gorge et baisse les yeux au niveau de ma poitrine en faisant un geste rapide. Ne déchiffrant pas trop son manège, je le lui fais comprendre du regard, et il fait alors le mouvement d'attacher les boutons de sa chemise. Je suis devenue rouge de honte, c'est alors que j'ai finalement capté le sens de ses simagrées. Ma blouse s'est ouverte. Merde! Comme si je n'avais pas subi assez d'humiliation comme ça, voilà que je fais un spectacle de topless devant le fils du patron et le nouveau chef du département. Je ne sais plus où me mettre la tête. J'ai simplement envie de retourner chez moi et d'aller me cacher sous les couvertures et ne plus sortir de là avant dix ou quinze ans. Je croise mes bras sur ma poitrine, mine de rien, et le visage probablement aussi rouge vif qu'un camion de pompier, je quitte vers la salle de bain pour voir l'étendue des ravages, tout en tentant de me rappeler quel soutien-gorge j'ai choisi en m'habillant ce matin.

Décidément, ce n'est pas ma journée. C'est un jour à oublier. Les dégâts ne sont pas si graves, j'ai les trois premiers boutons qui se sont détachés, offrant un spectacle légèrement osé, sans être trop déplacé, mais assez pour que Philip se rende compte que ce n'était pas intentionnel. Il a sûrement remarqué que la chemise était une taille trop petite et que j'exposais ma poitrine par inadvertance.

J'ai hâte que la journée se termine. Je passe ma pause déjeuner à mon poste de travail à flâner sur les réseaux sociaux. J'ai trop honte de mon comportement, surtout que ma piètre performance a sans doute dû faire le tour du bureau, grâce à la discrétion peu efficace de Liam. Il en a probablement parlé à toutes les personnes qui se sont présentées au photocopieur. Je n'ai pas revu Philip J. Castle, après cet incident et j'avoue que je ne suis pas pressée de le croiser lundi matin, lorsqu'il sera parmi nous.

– Alors, Mademoiselle Davis, vous avez bien compris? Ces trois dossiers bleus vont au deuxième étage dans le cabinet de madame Peters et cette pile de fichiers rouges ira au troisième dans la salle des archives, m'explique Willis Stevenson qui me fait venir dans son bureau pour me confier cette tâche.

– J'ai bien compris, Monsieur. Je vais porter les dossiers bleus à madame Peters et ceux-là, au troisième, répétai-je pour le rassurer.

Il m'exaspère. Croit-il sincèrement que je ne le vois pas zieuter mon décolleté? C'est même surprenant qu'il n'ait pas encore inventé une occasion pour me toucher. Il a une crampe dans les doigts? Ce n'est pas que j'attends qu'il le fasse à tout prix, mais je trouve ça louche. Je me retourne pour quitter la pièce et voilà que ce qui ne venait pas me frappe finalement de plein fouet sur les fesses avec sa main incluant un mince merci qui est sorti de sa bouche. Je commence sérieusement à penser que ce bonhomme a développé un fétichisme pour mon postérieur qui semble être la cible préférée de ses attaques. Chaque fois, je ressens un malaise profond qui me transperce et je suis dégoûtée qu'il profite de la situation pour me toucher à sa guise.

Je suis trop paresseuse pour prendre l'escalier. Je sais que mes jambes et mon cardio auraient souhaité que j'en fasse l'effort, mais je réévalue les marches de mon immeuble et je me convaincs assez rapidement que je vais probablement le faire gratuitement de retour chez moi. Je me rends jusqu'à l'ascenseur à l'autre bout du couloir. J'ai repensé à mon altercation avec Philip J. Castle, une partie de l'après-midi, reformant dans ma tête le scénario de toutes les façons possibles. Je suis toujours aussi mal à l'aise de ce que j'ai pu dire à son propos. C'est la pire manière de faire pour débuter une relation de travail, ça. Les portes de l'ascenseur vont se refermer avant d'arriver à son seuil.

– Retenez-les S.V.P.! criai-je en exécutant un jogging pour m'y rendre.

C'est alors que, contre toute attente, je remarque une main parfaitement manucurée se poser sur la porte pour en empêcher la fermeture. J'augmente la cadence de mes pas pour ne pas faire attendre ladite personne. C'est en entrant dans l'espace restreint que je l'ai vu. Georges Stevenson me fait un énorme sourire, les yeux brillants. Dieu qu'il est beau. Je sais, j'ai une légère tendance à me répéter et surtout à ne pas être originale sur le qualificatif le concernant. Je n'en connais tout simplement pas de plus fort que ça. J'aime tout de lui. Il est magnifique. De la petite mèche folle qui retombe toujours sur son œil droit et qu'il replace machinalement chaque fois jusqu'à cette manie détestable qu'il a de renifler lorsqu'il est sous pression.

La porte se referme sur nous deux, Georges et moi. Je le regarde du coin de l'œil, trop intimidée pour le fixer franchement. Je vois que son regard me balaie de la tête aux pieds comme pour analyser qui je suis. C'est à ce moment-là qu'il lâche de sa voix grave et séduisante :

– Bonjour Judy.

Je le regarde tout en sentant la chaleur me monter au visage et je lui souris comme une écolière. Je bredouille ce qui s'apparente à un allo ou un salut avec une voix de soprano sur la poudre qui ne me ressemble pas du tout. Bref, si j'espérais que cette rencontre soit un semblant de tentative de séduction venant de moi, c'est complètement raté. Je dois être aussi séduisante qu'une vieille femme qui a perdu son dentier dans un éclat de rire.

Il m'a aussi appelée Judy. D'accord, mon prénom est Julia. Il s'est trompé de quelques lettres et puis après? Il m'a vue! Il m'a regardée et s'est adressé à moi! À moins que Georges Stevenson ait cette faculté de voir et d'entrer en communication avec les entités invisibles, ce dont je doute fortement! Il m'a parlé et m'a saluée. Point barre. Moi, Julia Davis. Moi, l'empotée de service.

Celle qui soupire comme une idiote.

Je cherche un truc intelligent à lui dire, mais comme d'habitude, n'ayant aucun sens de la répartie, je permets au silence de nous unir. Et connaissant mon état d'esprit, il est peut-être préférable que je me taise au lieu de me laisser aller dans une diarrhée verbale non contrôlée qui le ferait fuir, sans en douter un seul instant, lui, qui ne s'est même pas rapproché à vrai dire.

L'ascenseur s'immobilise au deuxième. C'est mon étage… et le sien. Il me fait un geste de la main pour que je marche devant lui. Il est galant qui plus est. Je l'aime encore plus. Je m'avance tranquillement et je m'arrête subitement pour laisser passer une des filles du département de la comptabilité, n'imaginant pas du tout que Georges me suivait d'aussi près. Je le sens me foncer dedans, le premier dossier de la pile prenant son envol comme une belle colombe pour s'éparpiller par terre.

– Pardonnez-moi! Je n'ai pu éviter la collision, dit celui qui avait mis sa main sur ma taille par réflexe, sûrement pour empêcher que je plonge par en avant.

Contrairement à son paternel, il sait où poser les mains celui-là pour donner un effet considérable. J'ai chaud.

– C'est moi qui suis confuse. Merde. Je suis désolée, répondis-je en regardant les pages pêle-mêle.

J'allais me pencher pour rassembler les feuilles quand il me devance. En quelques secondes, il a tout ramassé, classé et il m'a remis le dossier dans un état parfait. Il s'excuse de nouveau en plongeant son regard bleu dans le mien qui réussit tant bien que mal à ne pas fuir le sien. Ce type me fait de l'effet jusqu'aux orteils. Aucune partie de mon anatomie n'est négligée par cet attrait qu'il possède sur moi.

Lorsque je dis que j'ai ce talent inexorable de me mettre dans des situations incroyables grâce à ma maladresse légendaire... Il est certain maintenant qu'il va se rappeler de moi comme de la fille gaffeuse apparentée, probablement génétiquement, à Gaston Lagaffe. Il me fait un sourire énigmatique dont seul lui connaît le mystère, puis il part dans la direction opposée de la mienne d'une démarche assurée et droite. Georges fait quelques pas et revient vers moi. C'est trop irréel comme situation, il faut que je demande à Liam de me pincer. Ce qu'il ferait sûrement sans hésiter et avec la plus grande force du monde. La dernière fois où j'ai eu la stupide idée de le lui réclamer, il m'a quasi arraché une partie de mon avant-bras et je suis restée avec ce bout de peau bleue ou noire pendant presque un mois.

– Bonne soirée, Julia. Julia Davis, lâche-t-il avec un sourire enjôleur avant de repartir.

Pendant quelques secondes, voire une minute, je l'observe jusqu'à ne plus l'avoir dans mon champ de vision. Je pense rêver. Georges Stevenson m'a fait ce sourire de tombeur que je l'ai vu faire des centaines de fois à d'autres collègues féminines. Qu'il est jouissif d'imaginer la tête d'Evy lorsque je lui raconterai cet épisode. Elle qui n'a jamais cru que c'était possible pour moi d'intéresser autre chose qu'un pauvre type dépendant au sexe ou atteint de la phobie de l'engagement. Finalement, la journée n'est pas si mauvaise.

CHAPITRE 2 — MAIN DANS LA MAIN

Je me sens comme une adolescente en puberté qui a reçu le premier sourire de son prétendant. Une vraie folle. On va se le dire tout de suite, le prince charmant est une pute. Je crois à son existence autant qu'à celle des licornes, des fées et des nains qui se trouvent au pied des arcs-en-ciel et dont je ne me souviens plus du nom. S'il existait réellement, j'aurais un beau carrosse, une belle robe rose, nous aurions beaucoup d'enfants et bien sûr, nous habiterions dans un château. Sans problème d'argent. Au lieu de ça, mon carrosse est le métro, mon château est mon petit appartement minuscule et mon prince charmant est mon lapin Carotte, le seul mâle capable de soutenir l'affection que j'ai à donner. Et l'embrasser ne le transformera pas du tout en prince, mais peut-être parce que ce n'est pas un crapaud.

Depuis le court échange avec Georges, je ne touche plus le sol. Je repasse dans ma tête, minute après minute, tous les moments passés avec lui et j'analyse même l'événement. Une vraie obsession. Comme si tout ça allait changer quelque chose à ce qui avait été. C'est surtout, en fait, pour me convaincre que je n'ai rien fait qui peut lui avoir suggéré que je suis vraiment une empotée de service. J'avais antérieurement fait mouche avec Philip J. Castle, c'est difficile de faire pire. Il est compliqué d'avoir confiance en soi quand ta collègue de travail a des allures de mannequin aux jambes interminables. Les hommes prétendent qu'ils ne s'arrêtent pas au physique, mais avez-vous déjà vu l'un d'eux aborder une fille en lui disant : « Hé! ma jolie, ton quotient intellectuel, il est à combien? » N-O-N! Alors, n'essayez pas de me convaincre du contraire. Je suis assez bornée là-dessus. Je ne me vois pas non plus me faire solliciter par quelqu'un qui me signifierait : « Ta gentillesse m'allume, que dirais-tu si on allait souper? » Nous sommes dans une société de consommation. Si tu as le choix entre deux hamburgers, tu choisiras véritablement de prendre celui qui a été le plus joliment monté comparativement à celui qui est tout croche, et ce, même si ça ne change en rien son goût. C'est dommage, mais c'est ça la vie.

Georges n'est pas au bureau aujourd'hui. Je l'ai cherché du regard tout le jour durant, mais en vain. Avec ma journée de jeudi, il a quand même mis le paquet sur ma motivation à travailler. Quand je suis allée reporter la chemise de Sally, j'ai appris qu'il était à l'extérieur pour des affaires privées. Je n'ai pas posé de questions, car, bien entendu, ce n'est pas à moi que l'information a été préalablement rapportée. Je me voyais vraiment m'immiscer dans la conversation, moi, étant sortie de nulle part, pour demander ce que c'est ses « affaires » personnelles. Je me serais sûrement fait rembarrer solidement.

La journée a donc été interminable. Incroyablement longue. Et comble de chance, je n'ai pas croisé Philip qui commence officiellement lundi. Je ne suis pas pressée de le revoir celui-là, avec son sourire fendant. Je suis probablement sévère avec lui. Après tout, je ne le connais pas du tout, mais je n'aime pas son air de monsieur perfection qui s'assume un tantinet trop. Il ne m'a pas donné une première impression qui était bonne et je crois que c'est réciproque.

Evy a appelé. Mark lui a mentionné du boulot à reprendre et qu'il ne rentrera pas avant la nuit. C'est le signal dont nous avions besoin pour notre mission secrète avec mon amie Teresa. Je suis nerveuse, mais excitée par la soirée que nous allons passer à suivre le mari de mon amie. Teresa habite un penthouse luxueux au dernier étage d'un immeuble appartenant à son grand-père, le paternel de sa mère, un magnat de l'immobilier. L'appartement de quatre pièces est situé dans Upper East Side et il offre une vue panoramique sur les toits de New York. Le lieu a quelque chose de magnifiquement romantique la nuit. Pas que j'ai déjà eu de ces moments avec Teresa. No way. Mais vu mon obsession maladive envers Georges, je me suis imaginé qu'il avait une garçonnière de ce genre pour recevoir les femmes. Pour me recueillir... un de ces jours.

L'endroit est décoré à la dernière mode et avec des meubles récents, au goût du jour, malgré l'âge de l'immeuble. Chaque élément est à sa place et les murs sont d'un blanc immaculé, tout comme le divan en cuir qui trône dans son salon, sur un plancher en bois franc brun chocolat. De grosses moulures en bois ajoutent un cachet d'origine au lieu. Lorsque je visite Teresa, je me sens comme une fillette dans un magasin de porcelaine. Je reste debout, j'ose à peine bouger. Je n'accepte aucune nourriture ou boisson. Tout ce que j'aurais pu briser ou salir vaut probablement le double ou le triple de mon salaire annuel.

– Entre Julia, une dernière touche et je suis prête, dit Teresa sur un ton enjoué après avoir ouvert la porte.

J'observe mon amie, sans tenter de me foutre des complexes. Elle a un corps parfait et elle l'a mis en valeur avec des leggings noirs, une légère camisole de la même couleur, ainsi que des petits bottillons avec des talons aiguilles. Je ne sais pas si elle a conscience que notre but ce soir est de passer inaperçues, non pas l'inverse. Elle enfile une grande veste de laine gris brûlé et un long foulard noir avec des motifs blancs. Encore une fois, je me retrouve dans le rôle du vilain petit canard dans mon jean trop large et mon tee-shirt trop étiré à la hauteur du collet, qui permet de voir la mince bretelle de mon maillot de corps. Je porte mes vieux baskets qui me suivent depuis déjà une dizaine d'années et qui prennent l'eau les jours de pluie. J'ai attaché mes cheveux dans un chignon improvisé qui contient beaucoup de bosses sur le dessus, que je n'ai pas réussi à cacher, alors que Teresa a laissé flotter les siens, qui sont couleur brun chocolat et qui lui tombent sous les oreilles.

Maintenant, je comprends pourquoi je suis encore célibataire. Lorsque les hommes me voient avec mes amies, étrangement, je ne suis pas le premier choix. Même lorsque je suis en compagnie d'Evy, avec son bide de femme enceinte, ils lui sourient, tandis que je les soupçonne de m'offrir un regard ou un sourire rempli de pitié.

Quand j'ai rencontré Teresa, je ne connaissais pas sa famille, car, franchement, je n'aurais pas envisagé qu'un être avec autant de potentiel et de cartes dans son jeu ait accepté d'être amie avec une personne comme moi. La première année de notre amitié, nous étions toujours chez moi pour les soupers de filles ou elle dormait à la maison après les soirées trop arrosées au bar. Elle disait qu'elle aimait le coquet appartement que j'habitais. Je n'avais pas vu le sien encore à ce moment-là et, surtout, je n'étais pas au courant de son arbre généalogique. J'aurais sûrement été intimidée si j'avais été mise au courant et cela m'aurait probablement privée d'une merveilleuse relation.

— Tu es au courant qu'on va espionner Teresa? Habituellement, les espions doivent préférablement passer inaperçus dans ce genre de situation.

— Que veux-tu dire? demande-t-elle en enfilant les dernières touches à son costume : un énorme chapeau noir et de grands verres fumés qui cachent presque la moitié de son visage.

— Tu ressembles à une vedette de cinéma qui essaie de fuir les paparazzis tandis que moi, je suis celle qui tente de se camoufler pour te photographier, rétorquai-je franchement.

Teresa éclate de rire. Ma remarque visiblement l'amuse.

— Tu trouves que j'en ai trop mis? reprend-elle sérieusement.

— Ou moi qui n'ai pas fait assez d'effort. Je ne veux

pas que Mark me remarque. Nous sommes allés au lycée ensemble.

Mon téléphone sonne au même moment et je réponds à l'appel en voyant que c'est mon père. Il est à bout de souffle et je lui fais répéter ce qu'il me dit.

– Je suis essoufflé. Excuse-moi... j'arrive de mon jogging... À quelle heure prendras-tu le train samedi? Je vais envoyer Patrick te chercher, redit papa difficilement.

Merde. J'avais oublié que c'était l'anniversaire de maman. Elle va avoir cinquante ans et mon père a préparé cette fête et réservé cette date depuis au moins... un an. Patrick, c'est le fils de notre voisin à Albany. Il a cinq ans de moins que moi et mes parents tentent encore de le caser avec moi. Je ne suis pas une de ces femmes couguars quand même. À vrai dire, quand j'avais quinze ans et lui tout juste dix ans, il a été témoin de mon implacable karma et depuis ce temps, je le soupçonne de fantasmer sur moi. Pire, d'avoir usé beaucoup de papiers-mouchoirs en pensant à ce moment. C'était un été qui devrait être noté dans les annales tellement il avait fait chaud. Nous étions les seuls du voisinage à avoir une piscine à cette époque. Mon plus jeune frère, Luke, avait eu la gentillesse d'inviter Patrick à se baigner tandis que moi, je me prélassais sur un matelas gonflable, portant mon minuscule deux-pièces qui mettait les formes que j'avais en valeur, et m'abandonnant à flotter au gré du vent pratiquement absent. C'est plus poétique mentionné de cette façon, plutôt que de dire que je me serais davantage comparée à une baleine sur le point de m'échouer. Bref, j'étais là, à me laisser caresser par les rayons chaleureux du soleil, lorsque ce petit morveux, car à cette époque c'était ce qu'il était, s'est donné un élan et a sauté au centre de la piscine. C'est alors qu'il percuta mon embarcation et me projeta au fond de l'eau. Rouge de colère, je me suis relevée après avoir avalé deux litres de liquide au goût de chlore, et je me suis mise à crier contre le petit Patrick, fier de son mauvais coup.

Il ne riait plus, mais me fixait étrangement. En fait, son regard était au niveau de mon buste, il avait une drôle de lueur dans les yeux et c'est en suivant la direction de sa vue que je me suis aperçue qu'en tombant, le mouvement avait fait glisser le haut de mon bikini. Le sein droit était totalement à l'air libre, tandis que le second était à moitié dissimulé. Il admirait le spectacle. J'ai rapidement mis mes bras au-dessus de ma poitrine pour cacher cette attraction inédite. Je suis sortie de l'eau, en colère et morte de honte, croisant mon frère au passage qui était allé chercher des accessoires pour son après-midi piscine avec son meilleur pote. C'est à partir de ce moment-là que j'ai remarqué qu'il avait un petit faible pour moi et les deux melons qui me servaient de poitrine à cette époque.

– Alors, quelle heure? me répète mon père.

– Je prendrai le premier train du matin, donc, je serai là en fin de matinée, je suppose. Je t'envoie les informations par message texte.

Il est l'homme le plus technologique de sa génération, en plus d'être le plus sportif. À cinquante-deux ans, il fait encore le marathon de Boston chaque année. Ce n'est malheureusement pas moi qui ai hérité de son amour pour la course et l'activité physique. Je suis plutôt championne au sport de salon et au zapping de télévision. Après avoir raccroché, Teresa m'annonce qu'elle est prête et que nous pouvons partir pour le New Jersey.

****

Je m'enfonce au fond de mon siège côté passager lorsque nous voyons Mark Holland sortir du funérarium dans son habit que je devine sans plis et repassé à la perfection par Evy. Il porte des verres fumés noirs et tient sa mallette de la main gauche. Une veste repose sur son avant-bras droit, celui qui débarre la portière de sa voiture. Il m'énerve. Tout chez cet homme est parfait. Du moins presque. Je n'ai pas eu l'occasion de le voir sans sous-vêtements donc, il est difficile pour moi de juger de la chose. Evy et lui forment la famille exemplaire, sans problème et avec des enfants tout aussi idéaux. Je ne le souhaite pas, enfin, peut-être juste un petit peu, qu'il soit infidèle à mon amie. Elle ne mérite pas ça. Personne n'est digne de ça.

— Cible en vue. Je le suis! chuchote Teresa avant de démarrer la voiture.

— Tu sais, il ne t'entendra pas, répondis-je en la voyant parler le plus bas possible pour ne pas se faire repérer.

Elle éclate de rire.

— Des fois, je peux vraiment être stupide.

Je ne prends pas la peine de riposter ayant trop peur

des conséquences ou de ce qui pourrait jaillir inopinément de ma bouche. Pour la seule raison que, parfois, les mots surgissent avant que je n'aie eu le temps d'ajuster le filtre. Teresa embraye la voiture et nous suivons Mark. Il en fait des détours, je soupçonne qu'il nous a repérées dans la BMW rouge criard de ma compagne.

– Je crois qu'il cherche à ne pas tomber sur des amis, car il fait tout pour éviter l'artère principale, lui dis-je soudainement en remarquant son stratagème.

Il finit par s'arrêter devant un immeuble contenant des appartements plutôt à prix modeste et je le vois sortir pour ouvrir la portière côté passager à une jeune femme avec des cheveux bruns, tirant sur le roux.

– Merde, crache Teresa.

La situation ne m'amuse plus du tout du coup. Teresa prend quelques photos avec l'appareil dernier cri de l'agence de mode que possède son père. Ce Kodak doit valoir des milliers de dollars. Elle me reprend quelquefois en m'expliquant que Kodak est une marque commerciale et non pas le synonyme d'appareil photo. Après dix fois, elle se décourage et me laisse tranquille. Je n'en ai absolument rien à faire du terme exact, tant que l'on comprend ce que je dis. Elle gare le véhicule à quelques pieds derrière celui de Mark. Il s'est arrêté devant un restaurant trop chic pour que je puisse même penser marcher devant dans les vêtements que je porte. Il s'y rend avec la jeune femme en question.

Teresa se permet de sortir de la voiture et de s'y promener à pied, il ne la connaît pas du tout. Mais moi, je dois ronger mon frein. Après le troisième passage, je fais signe à mon amie de revenir. Elle finirait sûrement par recevoir une plainte pour flânage, surtout quand, de manière aucunement subtile, elle observe à l'intérieur du restaurant, les mains de chaque côté de sa tête pour se cacher du soleil. Elle est aussi discrète qu'un éléphant portant une robe de ballerine.

– Alors? demandai-je.

– Ils mangent. Ils se regardent dans les yeux et il ne se passe rien. Ça ne s'annonce pas bien du tout, répond-elle sérieusement.

Après une heure et demie, le couple sort de la bâtisse. De l'endroit où nous sommes, il est impossible de parfaitement distinguer les visages. Tout ce que j'espère, c'est que ce ne soit pas direction hôtel maintenant. Je ne me vois pas vraiment apprendre la nouvelle à Evy. Elle me texte depuis le début de notre aventure. De mon côté, je ne tiens pas compte de ses missives pour éviter de l'inquiéter inutilement.

– Je continue de garder le silence ou je réponds à Evy? Elle est rendue au moins à une dizaine de messages.

– On n'a rien de concret à lui dire. Voyons quel est son trajet, rétorque Teresa.

Mark emprunte une artère principale dans une conduite sensiblement normale. Teresa laisse toujours deux véhicules d'écart entre lui et nous.

– Je crois qu'il suit la direction d'un bar en vogue nommé le Shakidor, lui mentionnai-je en l'apercevant tourner à droite.

– Dans tous les cas, merci pour ce beau moment, je

m'amuse tellement! s'exclame mon amie en allant garer la voiture.

Étrangement, moi, je me réjouis autant qu'un sourd dans un concert de musique classique, mais je le garde pour moi. Je suis contente que Teresa se plaise dans cette mission d'espionnage au niveau d'Ace Ventura.

— Je crois qu'on n'aura pas le choix d'entrer dans le bar, lui dis-je.

Il est hors de question d'attendre pendant trois heures que monsieur Holland daigne ressortir. J'aime bien Evy, mais mon amour a ses limites. Mon style vestimentaire de la soirée n'est pas parfait, mais dans mes souvenirs, c'est un endroit qui est sympathique.

— Tu es super mignonne Julia, tente de me convaincre Teresa pendant que j'essaie d'améliorer l'image que la glace me renvoie dans le reflet.

— Tu passes en premier. Avec la tête que j'ai, nous serons refusées, répondis-je en remontant le miroir du plafond.

Je vois Teresa lever le regard vers le ciel avant de sortir de la voiture.

— Tu as conscience que ça fait plus d'une heure que tu n'as pas discuté de Georges Stevenson? Tiens-tu à ce qu'on aborde le sujet de nouveau? Tu as sans doute oublié de m'entretenir de sa mèche de cheveux ou du parfum...

— Ça va. La ferme, Churchill, répondis-je en lui faisant les gros yeux avant qu'elle n'éclate de rire.

J'ai peut-être légèrement exagéré en parlant de Georges et en décrivant les détails de ces petits moments de bonheur. Mais j'étais au courant que Teresa est heureuse qu'il se passe enfin quelque chose avec lui et que j'arrête de fantasmer sur quelqu'un qui ne sait même pas que j'existe réellement. Je n'ai jamais avoué à mon amie que je me promène avec une photo découpée de Georges dans mon portefeuille entre deux cartes de crédit. C'est mon petit secret non avouable. Si je ne me connaissais pas, je pourrais facilement imaginer que je ressemble à ces admirateurs maladifs. Je n'ai pourtant jamais collectionné les mouchoirs qu'il a jetés dans sa poubelle ou les stylos qu'il a pu toucher. J'ai quand même des limites infranchissables.

Il fait sombre maintenant donc, c'est moins facile d'être repérées à l'extérieur. Lorsque mon amie pousse la porte, je vois que l'endroit est plein à craquer. C'est notre jour de chance. Je me rends au bar, tandis que Teresa va retrouver notre moineau. Je commande deux bouteilles d'eau, et à la grimace que me fait le barman, il sait que ce n'est pas avec nous qu'il fera son argent de la soirée. Involontairement, je lui renvoie sa mimique, ce qui le fait réagir.

– Je ne pensais pas que le New Jersey était sur votre carte, Mademoiselle Davis, dit une voix grave et posée près de mon oreille.

Cette voix me rappelle quelqu'un. J'hésite à me retourner de peur que ce ne soit Mark qui m'ait découverte. Je fais demi-tour lentement pendant que le petit hamster dans mon cerveau pédale rapidement pour trouver une raison de ma présence ici. L'état de New York ne compte pas assez d'habitants, il faut que je tombe sur Philip J. Castle dans un bar perdu dans le New Jersey. Qu'est-ce que ce gosse de riche peut bien faire dans ce lieu de toute façon? Son visage est près du mien, trop rapproché. Il est dans ma bulle. Il est presque certain qu'il ne m'a pas oubliée avec l'intro que j'ai faite de lui au bureau.

— Monsieur Castle, dis-je les dents serrées, cherchant Teresa des yeux, priant qu'elle vienne me sortir d'ici.

— Vous ne semblez pas contente de me voir, me lance-t-il sarcastiquement en s'écartant légèrement.

Tu m'étonnes! Je suis heureuse de le revoir autant qu'un homme qui va à son rendez-vous annuel pour l'examen de sa prostate. Son air est toujours aussi arrogant et le mien devient de plus en plus agressif.

— Je suis au comble du bonheur! J'ai oublié de le dire à mon visage.

Les mots sont sortis sans que je puisse les retenir. C'est lui qui a commencé, qu'il assume. Je ne suis pas capable de faire l'hypocrite, comme tous ces gens au jour de l'an qui te souhaitent mer et monde, alors qu'ils n'en ont rien à foutre. Il éclate de rire. J'ai tenté de l'insulter, à ma manière, et lui, il glousse. Le pire, c'est qu'il est encore plus séduisant quand il rit que lorsqu'il a son air bête. Il commande une bière au serveur qui paraît beaucoup plus sympathique avec lui qu'il ne l'a été avec moi. On sait bien, il a deviné qu'avec lui, il fera la piastre, ce qui n'est pas le cas avec la petite célibataire radine à l'eau.

— Vous êtes marrante. J'aurais pensé que vous auriez essayé de vous reprendre pour hier, mais non, vous semblez assumer. J'aime l'authenticité, me dit-il en laissant un énorme pourboire sur le comptoir.

Qu'est-ce que ça insinue? Qu'entend-il par le fait qu'il aime l'authenticité?

— Ce n'est pas mon genre d'être un lèche-cul.

— Quel est le vôtre Davis? demande-t-il les yeux brillants.

Qu'est-ce que cette drôle de question? Veut-il être informé sur le type de personne que je suis ou tente-t-il de se renseigner sur la sorte d'homme qui me fait perdre la tête. Je ne crois pas que la deuxième option l'intéresse vraiment. Il doit être de cette catégorie à jouer sur plusieurs tableaux en même temps.

— Si vous pensez que je vais vous donner un indice…

— J'aime bien les surprises, répond-il avant de prendre une gorgée de sa bière, tout en me fixant.

Est-ce que c'est une tentative pour me draguer? Non, ce n'est pas possible, il est plutôt en train de se moquer de moi. Un silence plutôt gênant s'installe entre nous.

— Qu'est-ce que vous faites ici? demandai-je pour briser cette pause.

J'espérais qu'il s'en aille et me laisse seule, mais il semble avoir pris racine devant moi. Teresa est toujours hors de vue.

— Enterrement de vie de garçon d'un de mes meilleurs amis d'enfance. Demain, il se fait passer la corde au cou. Et vous, Davis?

Il m'appelle Davis comme si je n'avais pas de prénom ou que j'étais dans son équipe de hockey. Je déteste ça. Il pourrait attendre qu'on se connaisse un peu mieux non? Il fera quoi après cela? On va se frapper le ventre ensemble et caler une bière en hurlant à tue-tête un cri de ralliement?

– Euh… C'est compliqué, répondis-je.

Mon hamster a un bogue. Je ne peux pas dire que je viens prendre un verre, j'ai deux bouteilles d'eau dans les mains. Mentionner que je suis ici pour flirter? I-M-P-O-S-S-I-B-L-E, je suis habillée comme la chienne à Jacques. Il ne doit pas être si stupide.

– Compliqué? me demande-t-il surpris.

Oui, complexe! Tu veux des détails, Bonhomme? Ma meilleure amie, celle qui a une vie parfaite avec des enfants parfaits et une maison parfaite, se fait probablement tromper par son trou-de-cul de mari. Moi, j'ai eu la brillante idée de l'espionner avec une copine, ancienne mannequin, qui ne sait pas ce que signifie passer inaperçue.

C'est à ce moment-là que j'aperçois Mark s'approcher dans notre direction. Sans réfléchir, action que je ne fais pas souvent, je saisis la main de Philip et je me lance sur lui, cachant mon visage dans son cou pour éviter qu'il ne me voie. Ce n'est pas vraiment intelligent venant de moi, car mon futur chef va vraiment me prendre pour une cinglée.

– J'ai l'habitude que les femmes se jettent dans mes bras, mais pas aussi rapidement, murmure Philip à mon oreille d'une voix incroyablement érotique.

Il est narcissique en plus. Un vrai connard. J'attends que Mark passe avant de m'éloigner radicalement de Philip qui arbore un petit sourire en coin.

– Ce n'est pas ce que vous croyez, bredouillai-je.

C'est moi ça! Me mettre dans des situations impossibles. Là, ce type va imaginer que je suis une bipolaire nymphomane qui espère coucher avec lui et le détester le reste du temps.

– C'était qui cet individu? Un ancien petit ami? me demande-t-il.

Il est intelligent finalement, ce Philip Castle, mais il est surtout perspicace. Il a remarqué mon stratagème. Il faudra que je fasse attention au bureau. Me rapprocher et me coller sur lui ainsi m'a donné beaucoup de chaleur. Même si nous ne sommes nullement compatibles, s'il me fait plus penser à Dexter qu'à Roméo, je dois avouer que c'est un homme viril et vraiment séduisant. Dommage qu'il semble être aussi con. Je ne sais pas si c'est une bonne idée de lui parler de ma mission top secret. Est-ce que je peux lui faire confiance? Après tout, dans ma chance incroyable, qui ne me dit pas qu'au final c'est le meilleur pote de Mark? J'exagère à peine. Je ne crois pas qu'il soit assez idiot pour vendre la mèche et je me doute qu'il n'en a rien à faire des péripéties d'une subalterne impolie qui colporte des rumeurs à son sujet.

– Je n'ai jamais eu de relation avec ce gars. Je joue les détectives privés, répondis-je simplement.

À vrai dire, c'est un peu faux. Un soir que j'étais la chauffeuse responsable, après une fête, quand nous étions ados, j'étais allée déposer Evy chez elle et ensuite, j'étais allée reconduire Mark. Il avait tellement bu qu'il m'avait embrassée et je l'avais laissé faire. Je l'ai déjà mentionné, je ne suis pas une bonne amie. Ils en étaient à leur début. Il s'est endormi pendant que j'avais permis à ses mains de découvrir mes courbes… J'ai essayé de ne pas en faire une affaire personnelle. Je me suis dit que je devais vraiment être ennuyante à mourir, mais son état d'alcoolémie avancé m'a fait comprendre que je n'étais pas la source de ce besoin de dormir. Et pour info, le lendemain, il ne se rappelait même pas que j'étais allée les reconduire en voiture. Donc, pour l'échange de pelle mémorable, fallait repasser aussi.

— J'espère que vous êtes plus discrète à jouer les Colombo qu'en colportant des potins, me dit-il plus sérieusement.

Il a employé un ton condescendant. Il est irrésistiblement chiant. Sincèrement, cet homme est un laxatif vivant à lui seul. Il me regarde, fier de son coup. Et où est Teresa? Elle m'a plantée là pour quelqu'un d'autre qu'elle a pu croiser? Ce n'est pas son genre pourtant.

— Vous n'avez pas des amis à retrouver? répondis-je d'une voix assassine.

— Ho! Il est de retour, lance Philip.

Il m'attire vers lui dans un geste TROP naturel. Au moins, il joue le jeu. Peut-être justement prend-il trop de plaisir à le faire. Étrangement, je ressens encore cette sensation désagréable d'être en terrain connu dans ses bras et ça me met royalement en colère. C'est ce moment que Teresa choisit pour revenir. Philip la regarde à peine, après m'avoir repoussée assez cavalièrement dès que Mark a marché devant nous, et il me souhaite poliment une belle soirée avant de me quitter pour rejoindre son groupe d'amis.

– C'est assez, on s'en va, ordonnai-je.

– Excuse-moi, je me suis prise un peu trop au jeu de l'espionne… Tu as eu un mauvais moment?

– Mauvais? Le mot est plutôt faible. Atroce. Terrible. Exécrable. C'est plus doux à mes oreilles pour ce moment, répondis-je.

Je prends la direction de la sortie. Teresa conduit vers New York. Je ramasse le téléphone et je compose le numéro de Evy.

– C'est maintenant que tu m'appelles? réplique-t-elle aussitôt qu'elle décroche la ligne.

Elle est en colère. Je suis même persuadée que la veine qui traverse son front doit être sur le point d'exploser. Cette ligne en relief, qui semble prendre vie lorsqu'elle éprouve ses émotions, m'obnubile. J'imagine toujours qu'il s'agit d'un petit serpent qui s'éveille, nourri par la haine et la tension. Dès l'enfance, on m'a souvent reproché d'avoir trop d'imagination. Je ne comprends pas trop pourquoi.

– Calme-toi Evy. Est-ce que je dois te rappeler que c'est moi qui t'ai offert de surveiller ta douce moitié?

Elle se radoucit aussitôt tandis que moi, je me surprends d'avoir été aussi ferme avec elle. Je suis encore nerveuse à cause de mon altercation avec Philip. Teresa arbore un immense sourire, probablement fière de moi et de ma répartie avec Evy. Je sais qu'elle n'aime pas me voir m'écraser devant mon amie. Elle ne comprend pas comment j'ai pu laisser cette femme avoir une telle emprise sur moi.

– Pardonne-moi, Julia. Je suis un peu sur les nerfs.

Tu as raison, tu n'avais pas à jouer les détectives privés ce soir. Je suis désolée.

Avec une réaction comme la sienne, ça ne me donne plus du tout envie de lui rendre service. Je suis peut-être « bonasse », mais avec certaines limites.

— Teresa t'enverra les photos qu'elle a prises durant la soirée. Il l'a passée avec une jeune femme, lui dis-je calmement et rapidement.

Comme si le prononcer très vite allait diminuer l'accueil de cette bombe. Je sais, je suis naïve un peu, c'est probablement ce qui fait mon charme.

— Attends. Tu veux dire qu'il est avec une autre femme en ce moment même?

J'ai envie de mettre mes mains sur mes oreilles et de chanter à tue-tête une comptine pour enfants pour éviter d'entendre la crise qu'elle nous prépare.

— Ils ne se sont pas embrassés. Pas de gestes déplacés. Ni au resto ni au bar par la suite. Pas de chambre d'hôtel ou de ruelles sombres pour forniquer.

J'ai ajouté la dernière phrase pour atténuer l'atmosphère, mais au regard que Teresa me lance, je crois qu'elle est peut-être de trop. Evy ne parle plus. Elle m'écoute raconter de long en large la soirée de Mark Holland, telle que nous l'avons vue. Je l'entends respirer et soupirer parfois. Elle doit travailler très fort sur elle-même pour ne pas perdre sa contenance. Je connais mon amie. Quand ça ne va pas, c'est sur les autres qu'elle se défoule. Tout le monde emprunte l'apparence d'un punching bag. Chacun court le risque de recevoir son poing dans la figure.

– En gros, c'est pas mal ça. J'aurais envie de te dire d'attendre avant de sauter aux conclusions.

Fais ce que je te dis et non pas ce que je fais. Je suis tellement bonne pour donner des conseils que je ne suis pas du tout. Evy sanglote maintenant au bout du fil.

– Merci les filles pour votre aide. Je vais réfléchir à ce que je ferai à présent.

Je m'en veux d'avoir été un témoin du mensonge de son mari. Son héros depuis au moins quinze ans. Je conçois facilement comment elle peut se sentir, même si je ne l'ai pas vécu. Elle éprouve un sentiment de trahison et est blessée. Elle lui donne tellement de sa vie et elle a sacrifié beaucoup de choses allant jusqu'à sa propre carrière pour élever leurs enfants. Mark semble être un de ces types qui s'imagine faire une fleur à Evy en l'entretenant ainsi. Il doit être du genre à dire : « Tu vois bébé, je t'ai choisie pour me nettoyer, repasser mes vêtements, me ramasser et m'admirer parce que je suis un dieu qui ramène de l'argent pour que tu puisses payer tes fringues et celles des gamins. » Comme si, pour exister, il fallait qu'un homme soit là pour subvenir à nos obligations.

– Dis-lui que je suis désolée pour ces mauvaises nouvelles, mais qu'être indépendante de fortune, ça a ses qualités, me formule Teresa.

– J'ai compris ses paroles et ce n'est pas du tout ce que j'ai besoin d'entendre, grogne Evy.

Je fais une grimace à mon amie. Je n'ai pas vraiment le désir d'être l'intermédiaire d'insultes de filles. Je me sens comme une tranche de jambon prise au piège entre deux feuilles de laitues amères dans un sandwich sans petites douceurs en accompagnement. Je commence à me tortiller sur mon banc. Mince. J'ai envie de pipi. Je savais que je n'aurais pas dû boire d'un trait ma bouteille d'eau. Je suis au fait aussi que, lorsque j'éprouve ce besoin, ce n'est pas pour dans quinze minutes, et je suis consciente que je me transforme en Hulk, la couleur verte en moins. Sincèrement, je pense que si Hulk et moi nous étions l'un en face de l'autre pendant que je suis en SPM, je ne suis pas certaine que le plus effrayant serait notre héros vert.

– Pipi. Pipi! P-I-P-I ! criai-je dans la voiture.

– Et tu me dis ça maintenant? dit Teresa en se tournant vers moi.

C'est en voyant mon visage de Chucky en pleine phase meurtrière qu'elle comprend que c'est urgent. Elle arrête dans le premier poste à essence/dépanneur sur notre route et, par chance, elle n'a pas à subir trop longtemps mon attitude désagréable. C'est mon amie quand même. Elle sait que ma vessie est un format hors norme qui est attribué davantage aux bébés qui n'ont pas de retenue. Je cours vers la salle de bain dont je vois la porte entrouverte. Je lâche, automatiquement, un soupir de soulagement, car je n'ai pas vraiment envie de faire la danse du pipi pendant des heures devant une pièce fermée. Je mets la main sur la poignée et je l'ouvre à grande volée pour y apercevoir une vieille femme, de type asiatique, assise sur la toilette, un sourire étrange sur le visage, et qui me fixe. Je bredouille un « désolée », je referme la porte. Pourquoi n'a-t-elle pas jugé bon la fermer? C'est le truc récent à la mode de se faire voir sur le trône en pleine action? C'est quoi ce sourire de satisfaction? Le nouveau fantasme à la mode? Cette femme m'a pratiquement fait oublier mon envie pendant deux minutes, remplacée par le malaise de l'avoir surprise sur le bol. Elle semblait même sereine d'avoir été découverte ainsi. Teresa vient me rejoindre avec ses achats. Cette personne m'a fait peur.

– Qu'est-ce que tu attends? demande-t-elle

– J'attends le Messie, répondis-je.

– Toi, tu n'as pas encore pu évacuer ton venin… dit Teresa en croquant dans une réglisse rouge et en se trouvant vraiment drôle.

La porte s'ouvre à ce moment-là et la vieille dame apparaît. Elle me fait un grand sourire, comme si de rien n'était, tout en attachant ses pantalons. Teresa se penche à mon oreille en me disant de suivre son exemple de sérénité en sortant de la salle de bain. Je cours prendre la place, je referme derrière moi et je m'assure deux fois plutôt qu'une que la poignée est bien verrouillée. Je déroule environ deux pieds de papier hygiénique, même si je sais ce n'est pas très écologique, que j'étale sur le siège. Il est hors de question que mes fesses soient en contact avec la même surface que cette cinglée exhibitionniste avec un fétichisme non défini concernant la cuvette des toilettes. Je finis par soulager ma vessie, qui a été mise à dure épreuve. Je me lave les mains et je sors. Maintenant, je suis redevenue Docteur Robert Bruce. Ce sera plus agréable pour tout le monde.

Tandis que j'attache ma ceinture de sécurité, j'en

profite pour raconter ce qui vient de se passer et nous nous tapons un fou rire de cinq minutes, pendant lequel notre imagination débridée s'est lâchée amplement.

****

Teresa me dépose devant mon appartement, trois heures plus tard que prévu. Il est maintenant minuit et je dois me lever à sept heures demain matin. Elle a pris la mauvaise voie et nous nous sommes retrouvées dans un village dont je ne connaissais même pas l'existence. La population de vaches devait être plus nombreuse que tous les habitants qui s'y trouvent. Comble du malheur, son GPS nous a induites en erreur et tentait de nous faire suivre un chemin imaginaire. Il voulait nous amener à tourner dans un champ conduisant à une forêt. Bref. Après avoir demandé à trois personnes, qui avaient l'air de n'être jamais sorties de ce village, nous avons fini par regagner le trajet pour revenir à New York. Pendant un instant, j'avais l'impression que nous avions traversé une porte temporelle qui nous avait expédiées dans un monde parallèle. C'était vraiment la soirée des individus bizarres.

Il faut que je confie le fait que ça paraît être quelque chose de normal chez moi de croiser sur ma route des gens étranges ou avec des particularités singulières. C'est comme la fois où je suis allée faire mon épicerie un dimanche soir. Les allées étaient complètement vides. Je pouvais prendre mon temps pour regarder et choisir mes articles sans être bousculée ou sous pression avec un panier sur les talons. Il y a aussi ces gens qui semblent profiter de l'endroit pour faire leur social du week-end et à qui tu as le désir de crier : « *Vous n'avez pas envie de sortir prendre un café et de faire vos achats après?* »

Donc, ce dimanche soir-là, le magasin était désert. Presque personne, à part un individu qui paraissait faire les courses avec son vieux père. C'est d'ailleurs en parcourant les allées que je suis tombée sur eux, dans celle des conserves. En levant la tête, j'ai vu le vieillard frapper au visage son fils alors qu'il s'apprêtait à choisir des articles sur les tablettes. J'ai cru un instant que je rêvais quand j'ai remarqué la face incrédule du commis qui était près d'eux et surtout lorsque l'homme le cogna de nouveau à la figure. Pauvre monsieur qui semblait vraiment embrouillé. Je n'ai pas attendu deux minutes avant de reculer avec mon panier et de changer complètement d'allée.

L'ascenseur est réparé. J'ai eu peur de devoir monter les escaliers encore. Je suis heureuse de revenir dans mon petit cocon après une journée et une soirée pas mal étrange à jouer les espionnes et surtout après avoir rencontré, par hasard, Philip J. Castle, l'individu le plus arrogant que la terre ait porté. L'immeuble est dans le silence le plus complet, si ça pouvait être comme ça le jour aussi. En entrant dans mon appartement, je dépose mon sac sur la chaise à l'entrée et je m'en vais me coucher de biais sur mon lit, les bras en croix. Mon téléphone dans ma poche vibre. Qui peut bien m'écrire à cette heure-là? Je change à peine ma position, tout en fouillant dans mon jean pour en ressortir l'appareil. Je déverrouille l'écran d'accueil et je vois que j'ai une demande de message de Philip sur mon Facebook. Zut. C'est une vraie plaie ce type. Il me nargue aussi sur les réseaux sociaux. Il est hors de question que je l'ajoute dans mes amis. « *Mademoiselle Davis, vous avez oublié votre portefeuille sur le comptoir du bar... je me suis assuré de vous le rapporter lundi. Intact. Il semble que vous êtes légèrement étourdie...* ».

Je me lève d'un trait dans mon lit et je me rends jusqu'à mon sac à main. Je me rappelle brièvement avoir sorti mon porte-monnaie. Avoir fouillé pour trouver des pièces. Puis avoir pris les deux bouteilles d'eau et m'être retournée vers Philip après avoir replacé ma monnaie dans mon étui. Aucun souvenir d'avoir remis la pochette dans mon sac.

J'ouvre la fermeture éclair et vide le contenu de mon sac sur le comptoir. Une lime à ongles (très pratique, surtout que je me les ronge depuis toujours et qu'il n'y a rien à limer), un désodorisant, deux stylos bleus, trois ou quatre factures d'épicerie, des sous noirs qui roulent sur le meuble en y tombant. J'ai aussi une agrafeuse (ça, je ne me rappelle vraiment pas quand et comment elle s'est retrouvée là), un bon de réduction pour des sushis et même de vieux bonbons dont je ne garantis pas la fraîcheur. Il n'y a pas de portefeuille. Il n'y a pas non plus de cartes de crédit ni d'argent. Pas de permis de conduire, même si je n'ai pas de voiture. Pas de papier d'identité. Je suis devenue persona non grata. Nobody. PERSONNE. Je ne peux pas attendre à lundi pour reprendre ma possession. C'est impensable. Demain, je dois prendre le train pour me rendre à Albany pour l'anniversaire de ma mère et avant, je dois aller trouver un cadeau, que j'achèterai probablement dans une boutique de souvenirs à la gare, pour fêter ses 50 ans. Je ne suis pas gratteuse, je suis simplement à la dernière minute et je me rends compte que je n'aurai pas le temps de faire les magasins avant la fête du lendemain. Horaire trop chargé.

Je dois demander à Philip de me le donner samedi matin. J'en ai réellement besoin et ce n'est pas un caprice. « *Merci. S.V.P. croyez-vous que ce soit possible de se donner un point de rendez-vous à huit heures demain matin? J'ai impérativement besoin de ce qu'il contient. Fête familiale. Merci.* » J'attends. J'espère qu'il ne m'a pas envoyé son message entre deux bières ou juste avant de s'endormir dans les bras de Morphée ou de n'importe quelle nymphette avec qui il a l'intention de passer la nuit à tout faire sauf dormir. Je m'aperçois que mon texte est lu après quelques secondes. Je remarque la petite icône qui apparaît lorsque la personne est en train d'écrire une réponse. OUF! Morphée ne le désire pas ou aucune aguicheuse ne veut de lui. « *Votre adresse? Je pourrais passer demain matin lors de mon jogging.* » Quoi? Il court? Quand je le fais, moi, c'est que vous devez courir aussi, car c'est tout sauf normal. Ça doit être vraiment urgent comme situation.

À vrai dire, je le visualisais davantage à s'entraîner au gym et à faire des ego portraits de lui en montrant ses biceps. Ce genre de type qui s'admire tellement qu'il s'imagine que tout le monde l'aime autant. Je suis persuadée que Philip doit avoir des miroirs au plafond de sa chambre et sur les murs pour pouvoir se regarder en train de faire l'amour. Je suis pleine de préjugés, mais cet homme me rend agressive. « *Quelle heure?* » Il faut quand même que je sache pour ne pas qu'il arrive trop tard. Je n'ai pas juste ça à faire, attendre après lui. La réponse ne se fait pas attendre très longtemps. « *6 heures. Bonne nuit. Fin des communications.* » avec un petit bonhomme sourire. Six heures du matin, après s'être saoulé avec ses amis, après avoir passé la nuit avec une nymphomane attrapée dans un bar et qu'il a dû endormir avec un tas de belles paroles. C'est ça. Je lui envoie mon adresse et mon numéro d'appartement. Je l'attendrai en bas pour éviter qu'il voie le bordel dans lequel j'habite. Une femme a quand même son orgueil à préserver. Et j'avoue que je n'avais pas non plus envie d'une autre preuve de son arrogance et de sa prétention à se valoriser.

Il est vraiment matinal. Je remets tout ce que j'ai jeté sur le comptoir dans mon sac, même la brocheuse. Je m'assure que mon lapin Carotte ne manque de rien, puis j'enfile ma robe de nuit et je me couche. Je me donne comme défi d'être debout pour cinq heures et ainsi m'offrir le temps d'être présentable quand il arrivera. Je sais, me lever à quatre heures serait plus raisonnable vu la tâche considérable que j'ai à me rendre acceptable. Mais commencer par aller dormir est déjà une bonne base.

ISABELLE B. TREMBLAY

CHAPITRE 3 — FÊTE FAMILIALE

Je n'ai pas le souvenir de ce que faisait un nain chauve avec un habit de clown dans mon rêve, mais c'est la dernière image que j'ai visualisée avant d'entendre la sonnette de ma porte d'entrée s'incruster dans celui-ci. J'ouvre un œil difficilement et j'aperçois 6 heures 07. Qui peut bien sonner à cette heure aussi matinale, un samedi matin? Tout à coup, tout ça me revient en mémoire et je sors de mon lit d'un seul bond, à quelques centimètres près de me frapper la tête sur le coin du bureau. Je ramasse ma robe de chambre qui est par terre. Et j'ai vraiment, mais à n'en pas douter, approché le sol à l'horizontale lorsque mon équilibre s'est perdu un peu. La sonnette se remet à crier.

– C'est bon! Me voilà! On se calme, dis-je en essuyant mes yeux encore collés.

J'ouvre et je vois Philip, son sourire condescendant sur le visage, mais il est, à la vérité, trop séduisant dans son pantalon de sport et son tee-shirt blanc qui moule son torse divinement. J'arrive à compter les pectoraux qu'il a fait pousser à s'entraîner. Même ses dents sont alignées à la perfection. Il m'énerve ce type.

— Comme promis, me dit-il en me donnant mon portefeuille.

— Merci, répondis-je.

Je vais refermer la porte en lui souhaitant une bonne journée, quand, sans crier gare, il entre dans mon antre sans y avoir été invité préalablement. Je n'ose pas lui demander de sortir. Trop sûr de lui. Un autre point que j'ai en horreur.

— Il est très joli ton appartement, me dit-il.

Il se rend jusqu'au salon. Je regarde mon logis de mon point de vue et tout ce que je vois, c'est l'inexistence de mes comptoirs cachés par des tonnes de papiers et de babioles que j'ai laissés traîner. Mon manteau repose sur une chaise et des revues sont sur le divan. Et je peux même sentir l'odeur de la cage de Carotte que je devais changer aujourd'hui, en principe, si je n'avais pas l'obligation de me pointer chez mes parents pour un anniversaire-surprise.

— Merci, désolée, je dormais encore, lui mentionnai-je en me rendant dans la cuisine pour me faire du café.

— Moi aussi, je vais en boire un! dit-il en me voyant sortir la cafetière.

— Euh... OK.

Il en a du culot. Je lui ai demandé de me rapporter mon portefeuille, et non pas de venir prendre le petit déjeuner avec moi. Il a du front tout le tour de la tête ce type. Puisque c'est un beau gosse, il se permet tout et, en même temps, n'importe quoi parce que la société le lui accorde? Après tout, je dois concevoir qu'il est totalement attirant avec cette petite barbe de quelques jours. Son regard est toujours aussi énigmatique. Un peu irritée, je NOUS prépare du café. Je fais de la place sur la table et j'y dépose le sucre et la crème. Je cherche dans mon lavabo des cuillères à laver. Il continue la visite de mon appartement en parlant de la valeur immobilière ces temps-ci et j'avoue qu'à part retourner me coucher en boule dans mon lit, je n'en ai vraiment rien à cirer de l'évaluation de la bâtisse qui m'abrite. J'émets mon chèque chaque mois, le propriétaire l'empoche. Fin de la discussion.

– Tu as conscience que ta robe de chambre est à l'envers? dit-il soudainement.

– Hum hum… répondis-je en versant du café.

Il semble attendre une réaction de ma part. À vrai dire, je ne prête plus attention depuis le moment où il m'a entretenue des immeubles que son père possède. Ce n'était pas prévu qu'il me pose une question. Merde. Habituellement, je me sors toujours de ces situations-là avec classe. Et quand sommes-nous passés au tutoiement?

– Tu n'écoutais absolument pas ce que je te racontais, n'est-ce pas? dit-il l'air soupçonneux.

Je le regarde et je sens mon visage devenir rouge. Il est trop perspicace ce type.

– J'en ai entendu une partie… mais pas la dernière, je le confesse.

Faute avouée à moitié pardonnée, non? Il éclate de rire et s'assoit à la table. Décidément, je ne comprends pas cet homme. Chaque insulte ou manque de respect venant de moi semble l'amuser au plus haut point.

– Va te regarder dans la glace, me dit-il simplement en prenant une des tasses fumantes.

Je me rends à la salle de bain et je m'observe dans le miroir. Ma robe de chambre qui était originalement blanche est devenue rose après que j'aie fait une brassée de blanc, et qu'une petite culotte rouge se soit invitée dans la lessiveuse. Mais le problème n'est pas là. C'est qu'elle est complètement à l'envers. Par chance, je n'avais pas autre chose de plus incriminant que ma face fatiguée et mes yeux cernés.

– Désolée. Je voulais me lever plus tôt, mais j'ai passé tout droit, lui dis-je en prenant mon café.

En regardant celui de Philip, je comprends que j'ai bien fait de sortir le sucre et la crème. Le sien ressemble davantage à un café au lait qui est caramélisé. Comme celui que j'aime. Nous avons au moins cela en commun.

Un silence gêné s'installe. Moi, je n'ai rien à lui dire. Je ne connaissais pas ce type il y a trois jours et voilà qu'il est assis à ma table à prendre un café avec moi. Mon premier du matin en plus. Le plus important pour moi. Le plus nécessaire aussi pour moi. Celui qui me permet de deviner si je vais avoir une bonne ou une médiocre journée. Car si je me brûle la langue, par maladresse, c'est un mauvais présage pour le reste du jour.

– J'ai cru comprendre que tu avais une fête de famille aujourd'hui? demande-t-il pour couper le silence.

Un point pour lui. Je ne pensais pas qu'il retenait ce genre d'information futile glissée dans une conversation. Il est peut-être plus attentif aux détails qu'il ne le laisse paraître.

— C'est l'anniversaire de ma mère. Elle a cinquante ans.

— Elle est jeune, dit-il impressionner.

— Veux-tu insinuer que je suis vieille?

Il lève les mains en signe de paix.

— Nah! C'est que maintenant, les gens sont plus concentrés sur leur carrière et les enfants arrivent davantage vers la trentaine. Franchement, tu es un tantinet susceptible.

— Je n'aime pas qu'on sous-entende que je sois plus avancée que mon âge réel. J'ai quand même un peu d'orgueil, lui dis-je.

Comment Philip peut-il être aussi frais et dispo alors qu'il a autant d'heures de sommeil que moi et, en plus, qu'il est venu ici au pas de course ? C'est vrai que je ne sais pas où il demeure et il se trouve peut-être qu'il a pris un taxi qui l'a déposé à quelques pâtés de maisons. Teresa me répète souvent que j'ai une légère tendance à juger les gens et à m'inventer des scénarios improbables dans ma tête. Je ne vois pas du tout pourquoi elle dit ça. Elle me suggère même d'écrire des livres. Je ne suis pas certaine pour cette dernière affirmation, car je n'ai pas un très grand talent pour l'écriture.

— Désolée. Ma mère m'a eue à 20 ans. Un triste accident de parcours... qu'elle a refait 13 mois plus tard! J'ai 10 ans de plus et pas le quart de la vie qu'elle avait. Je pense que je suis un cas désespéré.

Je regarde Philip qui m'observe la bouche entrouverte.

– Est-ce que je viens de dire ça tout haut? continuai-je.

Il se met à rire à gorge déployée. Puis, je l'imite. Parfois, il faudrait que j'apprenne à me taire un peu. Il boit d'un trait le reste de son café et il se lève.

– Tu dois avoir des choses à régler pour ta fête. Profite de ces moments en famille. Ils sont précieux. Tellement, me dit-il avant de partir.

Je crois que c'est la première fois qu'il n'a pas son ton condescendant et où il me paraît sympathique. Il y a du potentiel dans cet homme. Il est resté quand même presque quarante-cinq minutes. Et moi, je dois me rendre présentable pour affronter mon entourage. Je l'adore, mais j'ai toujours droit aux mêmes questions embêtantes à propos de ma vie. Souvent l'impression d'être jugée sur mon poids ou ma vie en général par les cousines et les tantes.

****

La croisade en train s'est passée sans anicroche et, lorsqu'il s'arrête au quai, je vois facilement Patrick qui attend, les mains dans les poches. Il a encore cet air de gamin rêveur. Il me fait un signe discret du bout des doigts pour me saluer. Je sais qu'il est timide de nature. Je prends plaisir à lui poser un tas de questions chaque fois que je le revois pour le faire parler. Dans la majorité des cas, il bredouille des réponses çà et là, en rougissant.

– Tu as encore grandi? lançai-je à la blague à Patrick en tirant ma valise sur roulettes.

Je ne passe qu'une nuit à Albany, mais je me déplace toujours avec plus d'accessoires et de vêtements que nécessaire. Mon père est souvent découragé de voir tout ce que je peux apporter et qui n'est aucunement utile. Il ne peut pas réellement comprendre l'importance que cela peut avoir sur ma vie, il est un homme. Lui, il a son peigne et son portefeuille et il est heureux. Moi, j'ai besoin d'une paire de chaussures pour chaque ensemble de vêtements qui peut être mis. Et je dois prévoir qu'il pourrait pleuvoir même si la météo annonce une belle température. Dame nature est passablement hypocrite parfois. Elle nous promet un énorme soleil et change d'humeur tout d'un coup en nous faisant une crise de larmes. Une vraie femme en syndrome prémenstruel.

– J'ai arrêté de grandir il y a au moins dix ans, me dit-il en riant.

Il y a quelque chose de différent chez lui. Il semble avoir davantage confiance en lui. Il est venu me chercher avec la grosse camionnette de mon père. Avant de prendre la route pour la demeure familiale, je fais un arrêt dans une boutique souvenir où je trouve un serre-livres en hibou qui fera l'affaire comme cadeau pour l'anniversaire de ma mère. Je suis souvent dernière minute, mais c'est tout moi, ça. Je n'ai jamais été organisée vraiment. En dix minutes, le présent est choisi, payé et emballé dans un sac.

J'appréhende de retrouver ma famille, mais je crains

surtout de revoir ma sœur Cloé. Miss perfection. Jeune femme carriériste, avocate des droits de l'homme à Washington, mariée avec Will Hudson, un attaché de presse de la Maison Blanche. Nous avons tout juste 13 mois de différence. Je suis l'aînée des enfants, mais parfois j'ai l'impression que les rôles ont été inversés. Ma sœur et moi étions l'une et l'autre à l'opposé. Nous sommes comme chien et chat. Nous sommes le yin et le yang. Je suis le brouillon avant le chef-d'œuvre. La relation que j'entretiens avec elle a toujours été problématique. Ma mère a une grande part de responsabilité là-dedans en nous comparant souvent, en plus d'un petit coup de cœur pour Cloé.

– Es-tu correcte Julia?

Patrick me fait sursauter tandis que j'allais boire le café acheté à la gare. Je suis perdue dans mes pensées.

– Maintenant, ça ne va plus, lui répondis-je, irritée, tout en essuyant le liquide que je me suis envoyé en plein visage.

– Pardonne-moi, mais je ne voulais pas te faire peur. Habituellement, tu es comme une pie et ce matin, tu ne parles pas beaucoup, s'excuse-t-il doucement.

Voilà, je me sens coupable. Patrick est un gentil garçon quand même. Il me fait penser à Winnie l'ourson. L'exemple n'est pas très viril, j'en conviens. Mon père l'adore. Il le considère comme son deuxième fils. Peut-être a-t-il même réfléchi à l'échanger avec Luke?

– Je songeais à... Laisse tomber, ce n'est pas important. Alors, toujours à la recherche de ta Cendrillon?

Pendant que je lui pose la question, je tente de transférer un article à mon amie Teresa qui parle du manque de sexe qui rend dépressif. Je cherche Churchill dans mes contacts sur ma messagerie de réseau social pour le lui envoyer.

– Non. J'ai découvert ma perle rare, répond Patrick visiblement fier comme un coq.

Il reste maintenant à rencontrer la poulette qui lui donne cet air. C'est à se dire que tous les torchons de cette terre trouvent leurs guenilles et que moi, je suis un essuie-tout, car personne ne paraît être à ma recherche et encore moins me repérer. Je dois être jetable.

– Ha oui? Je la connais?

– Je ne crois pas. Son père est mon patron. Nous sommes fiancés depuis trois semaines.

– Wow! Félicitations! Tes parents doivent être fiers de toi!

Les miens doivent être déçus. L'unique garçon qui semblait me porter de l'intérêt vient de localiser sa Juliette. Je suis persuadée qu'ils faisaient un pari entre eux. Ils désiraient savoir si je finirais vieille fille avec un chat. Si on allait me découvrir morte et dévorée par ce dernier quand je ne pourrais plus le nourrir, parce que j'aurais une nouvelle condition de fantôme. C'est triste quand même d'imaginer que le seul homme que j'ai fait fantasmer dans ma courte vie a trouvé une autre source de rêverie.

En pesant sur le bouton « envoyer », je jette un coup d'œil à l'écran de mon téléphone pour me rendre compte que j'ai sélectionné Teresa Churchill, mais que le nom de famille de Castle vient tout juste avant et que, véritablement, je lui ai aussi expédié l'article par erreur.

– Non, non, non. N-O-N !

Maintenant, je crie comme une folle dans la voiture en tapant sur mon téléphone comme si cette action annulerait l'envoi du message. Il est trop tard, le mouvement est enclenché. Patrick ralentit le pick-up et se gare sur le côté de la route.

– Ça ne va pas? Qu'est-ce qui se passe? me demande-t-il soucieux.

– Rien que tu ne peux faire. Tu peux me ramener à la maison, répondis-je le visage écarlate.

Comment le nom de Philip J. Castle peut-il se retrouver dans ma liste d'expéditeurs de ma messagerie quand je ne l'ai pas ajouté comme ami sur mon compte? Maintenant, je lui ai envoyé un article sur les effets que le manque de sexe peut avoir sur notre humeur ou notre santé mentale. Merde. Mon karma a encore frappé. Qu'imaginera-t-il après cela? Teresa a vu mon message et m'a répondu presque aussitôt un bonhomme sourire.

Plusieurs voitures sont garées dans la rue. Ça sent les préparatifs pour la fête-surprise. Papa m'attend dans la cour, les bras grands ouverts pour m'accueillir. Que j'aime aller m'y réfugier! Si avec ma mère ce n'est pas l'amour fou, avec lui, je sais que je suis sa préférée.

– Elle devrait arriver avec ta sœur vers 16 heures. Elles sont parties faire les boutiques.

Ça me laisse encore un bref moment avec lui. Je ne peux en être qu'heureuse.

****

Ma mère semble ravie que l'attention soit portée sur elle. Mon petit doigt, ainsi que ma main au complet, me disent qu'elle était au courant de cette supposée fête-surprise. Son air surpris est aussi crédible qu'une femme feignant l'orgasme sur une ligne érotique. J'ai eu droit à toutes les questions habituelles à propos de mon état de jeune trentenaire célibataire. Si j'avais eu finalement une promotion au boulot. Si j'avais prévu me faire inséminer avant mes quarante ans, au cas où je ne rencontrerais pas d'homme qui désirerait m'enfanter. Oui. La sœur de mon père m'a véritablement posé cette question, puisqu'elle a vu un documentaire sur ces femmes seules qui choisissent d'être mères. Je lui rappelle qu'il me reste au moins dix ans pour trouver un père ou un géniteur. Donc, il n'y a pas de panique si je n'ai pas encore découvert l'être exceptionnel fait pour moi.

— Je suis tellement contente que Cloé, en dépit de son horaire chargé, soit venue de Washington pour ma fête! s'exclame ma mère tout excitée.

Cache ta joie, hein! C'est trop gentil pour moi ça. J'ai négligé la toilette de Carotte moi pour être ici. Ce n'est rien. Et après, elle se demande pourquoi il existe autant de tension entre ma sœur et moi.

— Tu n'auras pas cinquante ans deux fois, répondis-je simplement en évitant de la regarder.

— Merci aussi d'être venue, me dit-elle doucement en tapotant ma main.

Son geste semble tellement... forcé. Je l'aime, mais parfois j'ai l'impression qu'elle m'en veut encore d'être sortie la première de son ventre et d'avoir été un bébé difficile, tout ça car je pleurais ma vie parce que je faisais des coliques.

– Il n'y a pas de quoi, lui dis-je.

Après avoir été un moment dans un silence plus qu'embarrassant, voilà que ma mère se relève et s'en va vers ses sœurs me laissant seule avec moi-même de nouveau. C'est à ce moment-là que mon téléphone vibre dans ma poche. J'avais PRESQUE oublié le message que j'ai envoyé par erreur à monsieur Prétentieux ce matin. « *Est-ce que c'est un message subtil Davis? Dois-je prendre cela pour une invitation quelconque?* ». Quoi? Il pense que je le drague maintenant? Je prends deux grandes respirations. Je suis en colère. Quel être arrogant! Ce n'est pas le moment de lui répondre immédiatement, car je pourrais facilement regretter mes paroles. Me connaissant, je lui écrirais des phrases plus méchantes les unes que les autres et puis, j'appuierais sur la touche « envoyer » au lieu de cliquer sur « supprimer ». Je tape quelques mots, puis je les efface. Cet homme a un énorme talent pour me faire sortir de mes gonds. J'opte pour une réponse neutre. « *Ce message était adressé à Churchill et j'ai accroché Castle par accident. Désolée si je détruis vos espoirs. Bonne journée.* » Je relis. C'est bon. Et je lui envoie. Mon téléphone vibre presque instantanément. « *Je suis le meilleur antidépresseur sur le marché. Dommage pour toi.* »

J'éclate de rire inéluctablement après avoir lu son dernier message. Il est très sarcastique de nature. Et j'ai de la difficulté à le suivre. Il est véritablement en train de se moquer de moi et de me vanter ses prouesses sexuelles. Il se prend pour qui? Je décide de l'ignorer complètement. Je n'ai pas envie d'être la risée au bureau parce que monsieur a choisi de faire de moi son souffre-douleur. Il y a assez de Willis pour me toucher sans vergogne.

– Encore le nez dans ton téléphone?

Je lève la tête pour apercevoir ma belle-sœur Amy qui me regarde avec son air sévère de maîtresse d'école qui martyrise ses élèves avec des coups de règles sur les doigts.

– Désolée. Comme tu peux voir, personne ne se bouscule pour venir discuter avec moi.

– C'est vrai que ce n'est pas comme pour Cloé, enchaîne-t-elle.

Ma sœur est entourée d'une dizaine de personnes à qui elle doit relater sa vie trépidante d'avocate des droits de l'homme à Washington qui pète plus haut que le trou. Amy est en couple avec mon frère Luke depuis tellement longtemps que j'en ai cessé le décompte des années. Ils ont deux enfants. Un garçon et une fille.

– Elle doit raconter l'histoire des réfugiés cubains pour la dixième fois, lui dis-je en fourrant mon téléphone dans la poche de mon jean.

– Es-tu bien certaine que ce n'est pas la douzième?

Amy et moi sommes sensiblement pareilles sur ce point. Le sarcasme est notre meilleur ami à toutes les deux. Elle n'a jamais été fanatique de Cloé et de son statut de fille populaire au Lycée. Elle rend les fêtes familiales un peu moins lourdes à endurer.

— Essaie de ne pas t'approcher de Tobby, me dit soudainement Amy.

— Ha oui? Qu'a-t-il encore fait celui-là?

Dans chaque famille, il y a au moins un oncle pervers. La nôtre ne fait pas exception et il s'agit de lui, le frère de ma mère. Il a tiré le numéro gagnant. En plus d'avoir des mains longues qu'il ne contrôle pas, il a toujours des phrases avec un langage gras et désagréable qui rendent mal à l'aise et, pour couronner le tout, il ne sait pas boire, alors tous ces traits de caractère sont accentués lorsqu'il ingurgite de l'alcool. Mais je pense que le pire dans tout cela, c'est qu'il a épousé une femme qui est son penchant féminin et qui, quand elle a bu, joue dans les deux équipes. Il y a anguille sous roche. Les membres de la famille de ma mère hésitent dorénavant à l'inviter dans les fêtes familiales. Le fait d'avoir une pieuvre ascendant sangsue comme lui parmi nous, ce n'est pas vraiment l'idéal.

— Je crois qu'il donne encore plus qu'à l'habitude dans le mauvais goût, ajoute Amy en grimaçant.

— Georges Stevenson sait que j'existe maintenant!

D'accord. Ma vie est vraiment ennuyante au moment où la seule chose que je trouve à raconter c'est que le fils du patron, le plus séduisant que la planète eut porté, se rappelle de mon nom. Je suis même certaine que mes amis ont pitié de moi derrière mon dos quand j'arrive avec mes fantasmes ou mes histoires à l'eau de rose. Ils espèrent, sans doute, que je rencontre un homme qui me prendra dans tous les sens du terme et me fera oublier cet homme qui, au final, n'en a probablement rien à foutre d'une petite assistante-publicitaire qui se fait mater et toucher les fesses par son pervers de père. J'ai encore 15 ans d'âge sentimental, que voulez-vous? J'assume totalement cela. Et ça ne veut pas dire que je n'ai pas non plus des histoires croustillantes d'une nuit ou deux avec des séducteurs croisés. Je ne suis pas si perdante. J'ai une réputation à tenir quand même.

Il m'arrive parfois d'exagérer certains événements que j'ai vécus ou d'enjoliver la vérité. Je ne fais rien de mal, je ne fais qu'ajouter de la chair autour de l'os pour rendre la situation plus cocasse. Même si en général, je n'ai pas besoin de ça.

— Maintenant qu'il sait que tu existes, ça change quoi? Tu vas avoir une augmentation? demande Amy après un moment de silence.

Je lève les yeux au ciel avant de la regarder de nouveau.

— Je suis obsédée par ce type. Si je ne me contrôlais pas autant, je pourrais récupérer les mouchoirs qu'il jette aux poubelles... Tu vois comment il me rend dingue, cet homme.

Amy me dévisage comme si j'étais une psychopathe évadée de l'aile psychiatrique à sécurité maximum. Je ne sais pas trop si elle prendra la fuite ou si elle me sautera dessus pour m'empêcher de bouger et appeler les autorités compétentes qui pourraient me lobotomiser. Vraiment, cette fille a un visage expressif qui ne laisse aucune place à interprétation.

— Je crois que tu es mûre pour t'envoyer en l'air, me

dit-elle enfin avant d'éclater de rire.

Amy, c'est un peu comme le sable dans le vent, ça t'arrive dans la figure assez raide, mais la bourrasque qui la transporte est pour le moins rafraîchissante.

— Quoi de neuf dans le quartier?

— Du pareil au même. Rien de nouveau sous le soleil.

— Finalement, ma vie n'est pas si ennuyante qu'il y paraît, lui dis-je.

Lors de ces réunions familiales, j'ai toujours le besoin irrémédiable de me mettre dans un coin et d'attendre que la tempête bouge. En général, je passe inaperçue, l'attention étant tournée vers ma sœur. Je me demande parfois pourquoi elle n'est pas devenue actrice ou chanteuse, elle aime tellement séduire les gens qu'on aurait pu la comparer à une prostituée qui tente de faire son chiffre de la soirée et qui réussit à corrompre de pauvres pères de famille sans défense! Mais Cloé n'a pas vraiment le physique de l'emploi. Si elle a une personnalité et un charisme fou, elle n'est pas si jolie. Elle a hérité du gros nez de la grand-tante de papa, Gertrude. Il y a tellement de bosses qu'un camion perdrait son élan à le monter. Ses yeux sont si rapprochés l'un de l'autre qu'elle a probablement le regard qui louche de temps à autre, et ses lèvres sont si minces que ma sœur les agrandit légèrement avec un crayon pour leur donner un aspect plus charnu. Finalement, elle est si maigre qu'elle n'a pas de forme et sa poitrine ressemble plus à deux limes égarées qui pointent dans des directions différentes. Pourtant, quoique avec ce physique ingrat, elle a toujours été la seule qui compte dans cette famille-là... et la plus populaire de l'école. Une personnalité aussi extravertie et impliquée ne semble pas passer inaperçue. Je sais, ma théorie vient de prendre le large à propos de l'aspect très joli d'une dame et du regard des hommes. Elle est l'exception qui confirme la règle.

— Juliaaaaaaa ! Ma belle Juliaaaaaa ! Comment vont tes amourrrrrrrs ?

Quand j'entends sa voix, nasillarde et aiguë, il est facile de reconnaître Tante Mia qui s'avance vers moi avec oncle Bernard ainsi que mon cousin Daniel. Ils doivent être arrivés depuis peu, car je ne les avais pas encore vus. Amy me lance un regard qui veut dire je-te-laisse-avec-TA-famille-moi-je-vais-me-marrer-en-te-regardant-te-démerder. Sur le coup, j'ai envie de m'agripper à la manche de son chandail pour l'empêcher de partir. Mais c'est trop tard.

— Toujours célibataire, répondis-je simplement en croisant les bras.

Si elle connaît moindrement le langage corporel, elle va se rendre compte que je ne suis pas ouverte à discuter avec elle et que je me referme. Pourtant, il semble que ce ne soit pas le cas. Ce n'est pas une de ses aptitudes. Elle continue donc son enquête.

— Qu'est-ce qu'une belle fille comme toi fait encore célibataire ?

La question à deux cents dollars que tout le monde me pose. Je suis possiblement toute seule parce que je porte un masque et qu'en dessous de ce masque je suis une mante religieuse qui tue son partenaire sexuel après l'acte ? Ou peut-être que je suis tellement frigide que les hommes qui passent dans ma vie (voire dans mon lit) finissent morts gelés après m'avoir culbutée.

Il semblerait que ce soit une tare d'être célibataire pour une femme. Encore de nos jours. Même que si elle n'a personne dans son existence, c'est qu'elle a un truc qui cloche. Elle a une case en moins. Un moineau dans le clocher. Tante Mia, je suis sans doute comme ces mecs qui vivent seuls, qui se grattent les couilles quand ça leur plaît et qui ramènent une fille différente tous les week-ends pour tirer un bon coup et en faire un tableau d'honneur. Mais non, un homme peut se permettre de faire ça et devient même un héros. Une femme passe pour une salope. Et on parle encore d'égalité des sexes. Tu dis.

– Je ne sais pas. Je n'ai toujours pas rencontré le bon, bredouillai-je simplement.

C'est la sœur de mon père, je vais tout de même me garder une petite gêne. Rester polie est une obligation. Je tente de tenir la paix.

– Tu sais, Julia, si tu préfères les femmes, la famille continuera de t'accepter...

Quoi? Je suis outrée. Scandalisée. Est-ce que j'ai l'air de les aimer? Non pas que je sois homophobe, loin de là, mais c'est la première fois qu'un membre de la tribu familiale me la sort celle-là. Tout ça parce que ma cousine Jessie a fini par annoncer à tout le monde que sa colocataire des dix dernières années, qui l'accompagnait aux fêtes depuis cinq ans et avec qui elle avait démarré une petite entreprise de beignets, formait finalement un couple avec sa dulcinée. (Pour moi, c'était assez facile à deviner parce qu'elles étaient un peu trop fusionnelles ces deux-là...) Alors voilà, ils s'imaginent que je refoule un truc sur mon orientation sexuelle. Puis, je repense à Philip et à la manière étrange dont il est entré dans ma vie.

– En fait, j'ai rencontré quelqu'un.

Je devrais ajouter qu'il a un pénis pour les rassurer.

– Ha oui? Pourquoi ne l'as-tu pas dit plus tôt?

– Parce que c'est encore tout frais. Il s'appelle Philip.

Bon, il faut bien qu'il me serve à quelque chose celui-là. Je pense qu'en donnant un nom, ils me laisseront tranquille. Mais non, ce n'est pas le cas. C'est même pire! Déjà, tante Mia court dans tous les sens pour aviser la famille que le vilain petit canard a trouvé chaussure à son pied. Voilà que ma sœur Cloé me jette un regard rempli d'amertume ou de rage (je cherche encore ce que c'est au juste, mais il craint). Peut-être est-ce que c'est simplement le fait qu'elle a perdu le centre de l'attention à mon profit? Ma mère lève vers moi des yeux qui trahissent sa surprise.

Dans quel merdier me suis-je mise? J'ai totalement inventé cette hypothétique relation pour avoir la paix et présentement, ça se retourne contre moi. Je suis devenue le clou du spectacle et je ne sais pas comment me sortir de là. Même Patrick me lance un regard interrogateur.

– Qu'est-ce qui est arrivé avec Georges? me demande Amy à mon oreille.

Elle a vu mon stratagème de diversion. Elle en rajoute une couche.

– La ferme, répondis-je avant d'aller m'enfermer dans les toilettes.

Ce lieu s'est transformé en mon havre de paix pour les dix prochaines minutes! D'ici là, ils finiront par trouver un autre sujet de conversation.

****

Je prends le premier train qui part d'Albany le dimanche matin. Je veux éviter de passer plus de temps avec ma sœur et mes parents. Teresa m'attend pour une séance de méditation en fin de journée. Je les aime beaucoup, mais à petite dose. Et c'est un peu dérangeant quand je parle de quelque chose et que ma frangine ramène tout vers elle, toujours en argumentant que, pour elle, c'est plus difficile. J'aurais dû être égocentrique dans ma vie. Et narcissique. Comme elle. Ma mère insiste pour que je reste encore plus longtemps, mais je sais que ce n'est pas sincère. Elle m'a refilé des petits plats avec des restants du buffet d'hier. J'ai au moins quelques lunchs pour la semaine, moi qui ne cuisine pas tellement.

Je choisis le dernier siège de ma cabine et je me mets de la musique plein les oreilles, tout en observant la vue que m'offre ce voyage en train par la lucarne près de moi. Je décide de faire une recherche Google sur Philip J. Castle. La page finit par s'afficher et je découvre qu'il est le fils aîné de Tyler J. Castle, le richissime homme d'affaires qui est dans l'immobilier. Il a une sœur, Barbara, et un jeune frère, Tyler Junior J. Castle ou, comme les tabloïds l'appellent, T.J. Il est étrange que Philip ne soit pas le Junior.

Il y a des photos de lui avec des femmes toujours plus belles les unes que les autres. C'est certain qu'il n'est pas vilain, même si c'est un enfoiré de première. Il doit faire partie de ces hommes qui changent de fille comme ils changent de caleçon. En approfondissant mes recherches, je tombe sur une image de Georges et lui. Georges! Qu'il est beau! Ha! Je rêve du jour (qui n'arrivera jamais) où il m'embrassera. Qu'il doit être doux!

Un type est venu s'asseoir près de moi, mais je l'ignore. Il m'interrompt dans ma rêverie et je déteste ça. Je cherche sur Facebook si Georges y a une page, page que je trouve assez facilement. Il y a une photographie de lui en maillot de bain tenant une grande rousse dans ses bras et riant aux éclats. Je la hais, cette bimbo. Ça y est, je suis jalouse de cette fille. C'est sa petite amie? Je vais voir les commentaires sous la photo. Très jolis. Vous êtes drôles. Mais pas d'explication qui indique qu'ils forment un beau couple. C'est peut-être sa cousine? Bon, je sais, ce n'est pas très convaincant. J'hésite quelques minutes. J'ai envie de lui envoyer une demande d'amitié, mais je doute. J'ai trop peur d'être rejetée ou d'être prise pour une groupie finie. Ce que je suis au final.

J'entends l'homme près de moi respirer de plus en plus fort. J'espère qu'il ne fait pas une crise d'asthme, car je ne sais pas trop quoi faire dans ces cas-là. J'ose un regard furtif. Je crois qu'il dort, ses yeux sont fermés. Je retourne sur mon téléphone et j'accroche le bouton « ajouter comme ami ». Merde! Je n'ai plus le choix. Il verra que je lui ai fait une demande d'amitié.

La requête est acceptée presque immédiatement. L'individu près de moi respire de plus en plus fort. Je m'apprête à lui demander si ça va ou à appeler une personne pour venir l'aider avec son asthme. Et en me retournant, je réalise qu'il n'a pas du tout de trouble avec sa respiration, c'est même le contraire. Monsieur, un type dans la vingtaine, sexe dans la main, est en train de se donner du plaisir. Moi, pauvre idiote, qui pensait qu'il avait des problèmes respiratoires, il m'a plutôt choisie comme cible pour montrer son membre en action. Je suis en colère, mais en même temps, j'ai envie de rire. Je suis étrange, je sais. Je me lève et je sors un paquet de mouchoirs de ma sacoche. Je le lui jette en plein visage. Fini, monsieur l'obsédé sexuel.

– Ne compte pas sur moi pour te donner un coup de main!

Puis, je pars le laissant tout seul et me rendant dans une cabine avec plus de monde. Pourquoi ça tombe toujours sur moi? Je choisis d'aller m'asseoir avec une vieille dame qui fait du tricot. Là, au moins, je n'aurai pas de mauvaises surprises. Mais tout est encore possible.

Mon téléphone vibre et je regarde. Un message de Georges. I-L M'-A É-C-R-I-T U-N M-O-T. Je suis une vraie folle. Il m'a écrit en privé. Je n'ose pas prendre connaissance du contenu, car je crains ce qu'il a pu y rédiger. La méthode d'évitement, je la connais bien. C'est même une habitude chez moi. Mais trop curieuse, je l'ouvre quand même. « *Mademoiselle Davis. Heureux de vous retrouver. Très jolie votre photo.* » Il considère que ma photo est jolie. Wow! Il faut dire que j'ai passé deux heures à la reprendre. Jamais satisfaite de la pose. Un œil plus gros que l'autre. Et j'avoue que j'ai un peu abusé des filtres de mon logiciel photo. Je dois trouver quelque chose à lui répondre. Quelque chose d'intelligent surtout. Il ne doit pas découvrir tout de suite que je dis parfois tout haut ce que je pense au même moment et qui aurait dû, en principe, rester dans ma tête. Je cherche. Rien ne vient. Je tape. J'efface. Je tape. J'efface. Puis, je lui écris un merci, tout simplement, et j'y inclus un bonhomme qui sourit.

– C'est pour ma petite-fille. Elle attend son premier enfant. Je vais être arrière-grand-mère!

Je lève les yeux et regarde la vieille femme devant moi. Je tourne la tête de chaque côté pour voir si c'est bien à moi qu'elle s'adresse. Personne aux alentours. Je lui fais un sourire. Elle doit me parler de ce qu'elle tricote.

– Est-ce que vous avez des enfants?

La voilà qui veut faire la conversation quand je vis le moment le plus intense de mon existence… En fait, peut-être pas l'instant le plus puissant si je repense à cette intolérance quelconque qui m'avait prise dans un autobus voyageur lors d'un voyage à Boston et qui avait fait en sorte que j'avais réquisitionné la petite toilette. J'avais eu la honte de ma vie. Parce que l'odeur aussi avait fait sa place dans le véhicule rempli d'étudiants. En fait, c'était intense, mais pas dans le bon sens. Mes camarades de classe en ont eu pour des mois à se moquer de moi.

– Non, répondis-je poliment.

Elle lève un œil sur moi et semble me dévisager de la tête aux pieds.

– Vous avez encore le temps, mon petit. La plus jeune de mes enfants a eu son premier bébé à quarante ans. Nous étions persuadés qu'elle resterait vieille fille toute sa vie. J'estime, par contre, que c'est un peu tard pour avoir un marmot…

Et voilà que la femme est partie sur un monologue. Si ça peut lui faire du bien de discuter de l'utérus de sa fille qui a fini par trouver la méthode pour enfanter, grand bien lui fasse. Moi, je vais continuer de fixer mon téléphone en espérant que Georges me réponde. Je ne comprends pas pourquoi certaines personnes ressentent le besoin de me parler et de me raconter leur vie. Est-ce que j'ai le mot psychologue ou thérapeute d'estampé sur le front? Mon portable vibre. Je regarde. C'est Teresa qui me demande comment s'est passée la fête de ma mère. Je lui réponds que c'était bien. Sans plus.

La vieille femme en est rendue à m'entretenir de son propre utérus qui a abrité sept fœtus. Dont deux paires de jumeaux. J'ai un peu de difficulté à y croire lorsque je l'observe, toute menue et toute délicate. Elle est sympathique quand même.

— Votre mari vous a quittée en vous laissant toute seule avec vos sept enfants?

Je me suis fait prendre par son histoire. Je sais, j'en ai presque oublié Georges.

— Il est parti avec ma meilleure amie de l'époque. La plus jeune avait deux ans. Ils ont disparu de ma vie et j'ai relevé les manches et j'ai foncé. C'est à ce moment-là que j'ai démarré mon entreprise de tartes et de cupcakes. Tu sais, nous n'avions pas trop d'options à cette époque.

— Bravo! Vous êtes une vraie source d'inspiration! répondis-je impressionnée.

— Il n'y a rien d'extraordinaire à vivre sa vie et à foncer pour avoir ce qu'on veut. Nous devrions tous faire ça, ajoute-t-elle en souriant.

Et vlan! Directement dans les dents. Cette femme vient de me donner la plus belle leçon de ma vie. J'ai une légère tendance à suivre le mouvement et à ne pas me précipiter pour avoir ce que je veux. Par exemple, pour mon travail, je souhaite un grade plus élevé, mais je reste à faire la poire dans mon poste qui est en dessous de mes compétences. Je crois que, comme un gamin, j'ai peur de me faire dire non si je demande.

Cette femme a débuté, dans sa cuisine, la production de pâtisseries pour nourrir sa famille et avoir le minimum de sous, et voilà qu'elle a légué à ses enfants une institution parce que cette entreprise est maintenant reconnue dans le pays.

— Ne dépréciez pas votre parcours. Ce n'est pas tout le monde qui se serait retroussé les manches et aurait foncé comme vous l'avez fait.

Mon téléphone sonne au même instant. C'est Evy. Elle choisit toujours son moment, celle-là. Je dis à la vieille dame que je dois le prendre et lui fais signe que ça ne devrait pas être très long.

— Tu es où? demande-t-elle.

Bonjour, Evy, je vais bien, merci de te renseigner sur ma santé.

— Je suis dans le train qui me ramène à New York.

Je l'entends soupirer. Qu'est-ce qu'elle veut au juste?

— Mark s'est absenté pour l'après-midi. Il m'a dit qu'il est allé jouer au billard avec un copain. Je doute que ce soit vrai...

– Écoute Evy, je crois que tu devrais le confronter et mettre fin à tout ça. Teresa a dû t'envoyer toutes les photos...

– Le confronter? Et s'il m'annonce qu'il me trompe et qu'il veut partir avec cette fille...

– Là, tu es dans tes peurs. Retrouve ta raison et discute avec lui calmement. Avec les certitudes que nous avons, il devra te payer une belle pension si jamais il a l'intention de te quitter...

Evy semble offusquée de mon commentaire. J'essaie de faire preuve d'optimisme, elle ne va quand même pas me critiquer pour ça! Voir le positif dans chaque situation, ce n'est pas ce qui nous est enseigné?

– Je n'ai pas le désir de rigoler avec ça, répond-elle simplement.

Et moi, je n'ai pas envie de lui expliquer que je ne plaisante pas. Evy ne me questionne jamais sur comment se passe ma vie en général. Ha! Elle demande souvent si je vais bien, mais je sais que c'est par politesse qu'elle le fait et qu'au fond, ça ne l'intéresse pas du tout.

– Je dois te laisser Evy, nous serons bientôt dans un tunnel et la ligne sera coupée...

– Mais il n'y a pas de tunnel entre...

Je mets fin à la communication. La discussion avec la vieille dame me fait revoir mes priorités. Et Evy et ses problèmes de femme au foyer cocufiée ne me concernent pas. Elle m'envahit avec son négatif, je n'ai pas besoin de ça. Ce qui est impératif en ce moment, c'est d'être entourée de gens positifs, qui m'aiment et qui s'intéressent vraiment à ce que je vis, même si c'est un peu futile. Et puis Evy m'empêche d'être moi-même. Même si pour ça, je dois faire une folle de moi de temps en temps...

Georges m'a encore écrit. Me revoilà qui deviens folle comme un balai. Je me dépêche de cliquer. « *Nous nous voyons demain, Mademoiselle Davis. D'ici là, portez-vous bien...* » Il a ajouté un bonhomme qui fait un clin d'œil. Je suis tout excitée comme une fillette qui va faire des manèges pour la première fois dans un parc d'attractions. Est-ce que je dois lui répondre ou faire mon indépendante? Je suis totalement perdue et je ne sais pas quoi faire comme prochaine étape. Je sens que mon visage doit être rouge, car j'ai chaud.

– Vous n'aviez pas envie de lui parler? me dit la vieille femme en pointant mon téléphone avec sa broche.

– Non, pas vraiment. Il y a des gens pour qui vous êtes toujours présents quand ils ont besoin, mais qui en retour ne le sont pas envers vous. C'est ce genre d'amie, répondis-je.

La femme lève les sourcils et me jauge du regard.

– Ce n'est pas de l'amitié, ça. Une personne avec qui nous sommes amis, c'est un échange équitable des deux côtés. Si l'aide vient toujours du même côté, il s'agit plutôt d'une relation à sens unique, voire toxique.

Vraiment, j'aime beaucoup cette vieille dame. Le positif aujourd'hui est d'avoir eu près de moi un pervers exhibitionniste dans mon siège de train. Il m'a permis de rencontrer une femme qui est une inspiration.

CHAPITRE 4 — SAUVETAGE À LA PLAGE

Je n'aime pas aller à la plage. C'est assez simple, j'en fais presque de l'urticaire juste d'y penser. Mais Teresa est une adepte de la méditation pleine conscience et elle m'a joyeusement offert de l'accompagner à une rencontre qui a lieu en fin d'après-midi. Et moi, même si tout mon être me crie non, j'ai eu la stupidité de dire oui. De toute façon, je savais que je ne m'éterniserais pas chez mes parents et que je serais de retour assez tôt pour y aller avec elle. Et comme je n'aime pas les gens qui font volte-face, je ne le fais pas non plus, même si ce n'est pas l'envie qui manque.

– J'ai apporté mon petit bikini noir que j'ai acheté lors de mon dernier voyage en Italie, dit Teresa en ouvrant la porte de sa cabine d'essayage.

– Hum, hum, grommelai-je.

Tant que ce n'est pas un monokini, elle peut bien mettre ce qu'elle veut. Moi, ce qui me tourmente, c'est que je ne sais pas si mon deux pièces acheté au magasin du coin en promotion me fait encore depuis la dernière fois que je l'ai mis. J'ai pris un peu de poids, pas énormément, et je me rappelle que je l'avais choisi un peu serré à cette époque.

J'entre dans ma cabine après l'avoir déverrouillée et je pose mon sac sur le banc, mets la clef par-dessus puis je commence à me dévêtir. L'endroit est complètement désert alors, nous avons la paix. Teresa me raconte le samedi qu'elle a passé avec son père et j'avoue, je ne l'écoute pas vraiment. Je repense à Georges et à nos échanges sur les médias sociaux.

– Vois-tu, j'ai demandé à mon père de m'offrir plus de responsabilités dans l'entreprise, car j'ai l'impression qu'il ne me prend pas au sérieux…

– Et il t'a répondu quoi?

– Il avait besoin d'y réfléchir. Réfléchir à quoi? Je fais déjà beaucoup de choses qui ne sont pas dans ma description de tâche.

Je me penche pour détacher mes sandales lorsque la chaîne que je porte au cou glisse et tombe par terre et que le pendentif se met à rouler! Le pendentif est une bague qui a appartenu à mon arrière-grand-mère et qui a une très grande valeur sentimentale. Sans réfléchir, car c'est une chose que j'oublie souvent de faire dans ces cas-là, j'ouvre la porte de ma cabine et je me mets à courir après le bijou qui poursuit sa route sans m'attendre. Alors, me voilà en train de courir en petite culotte à fleurs roses défraîchies et en soutien-gorge un peu étiré et vieilli par le temps, un seul soulier dans les pieds, après la bague qui ne compte pas s'arrêter.

– Arrête-toi espèce de petite… agr!!!! murmurai-je

– Julia? Qu'est-ce que tu fais?

Je n'ai pas le temps de répondre à Teresa que je finis par mettre le pied sur une flaque d'eau et je me sens partir sur le dos sans que je ne puisse amortir la chute. Je me retrouve rapidement couchée par terre de tout mon long, en petite tenue, dans le vestiaire de la plage. Je loue le ciel qu'il n'y ait personne.

– Je courais après la bague de ma grand-mère. Elle est tombée lorsque j'ai voulu enlever mes souliers.

– Et c'est quoi ce vacarme?

– Je suis tombée…

– Ho!

Teresa est toujours en train de se changer et je me relève péniblement. Je ressens une douleur dans le bas du dos et ce n'est pas bon signe. J'espère ne pas trop souffrir de cette chute. Je mets finalement la main sur ma bague et je retourne à ma cabine. Quand je tourne la poignée pour retourner dans celle-ci, j'ai la désagréable surprise de voir que la porte est fermée à clef. Je me mets à frapper contre la porte, comme si un fantôme sorti de nulle part pourrait me l'ouvrir. C'est idiot, je sais. Mais, bon sang, ce que l'espoir peut nous faire faire.

Teresa sort de sa cabine dans un bikini qui ressemble à celui d'un grand couturier et qui met ses courbes et sa ligne en valeur. Je me demande comment elle fait pour avoir cette allure en tout temps. Je n'ose même pas regarder mon reflet dans les miroirs sur le mur, car je m'imagine très bien l'allure générale et pitoyable que j'ai. En levant la tête, je vois la porte d'entrée s'ouvrir et un groupe de trois ou cinq personnes, je n'ai pas compté, fait son entrée.

— Qu'est-ce qui se passe, Julia?

— La porte s'est refermée et elle est barrée. Je ne peux plus retourner dedans.

— Tu n'as pas ramassé la clef?

Je me retiens pour ne pas lui envoyer une vanne. C'est certain que je n'ai pas pris ma clef, sinon, je ne serais pas en bobettes et en brassière en essayant d'arracher la porte. Sa question est tout simplement stupide. Elle voit autant sur mon visage qu'à ma réaction que sa question n'était pas nécessaire. Teresa me tend sa serviette de plage qui semble minuscule et met ses verres fumés sur le nez.

— Tiens, couvre-toi. Je vais aller chercher un préposé.

Deux jeunes femmes entrent en même temps que Teresa sort du vestiaire pour aller chercher de l'aide. L'une des deux femmes, une grande blonde aux seins gonflés à l'hélium, car j'ai vraiment l'impression qu'elle pourrait s'envoler, lève les yeux vers moi et me jette un regard rempli de préjugés. La rousse qui l'accompagne m'ignore complètement. Pour ma part, j'ai simplement envie de lui faire une jambette en étirant la jambe, mais je m'abstiens. Je suis déjà en situation précaire.

Je commence à me dire que la meilleure solution serait de retourner chez moi et de végéter devant la télé. Je me serais peut-être un peu moins ridiculisée. Le temps passe et Teresa ne semble pas avoir trouvé le chemin pour revenir ici. Si je n'étais pas aussi peu vêtue, je retournerais directement chez moi et la séance de méditation serait rapidement oubliée, mais bon, je n'ai pas de vêtements et je crois que je ne passerais pas tellement inaperçue dans le métro.

– Tu sais, il m'a promis de venir nous rejoindre ici. Et il m'a dit qu'il viendrait avec son ami, pour toi! dit la grande blonde avec une voix beaucoup trop aiguë pour mes oreilles.

– Qui ça? Brad?

– Je parle de Georgie! Brad n'existe plus pour moi.

La grande blonde répond sur un ton faussement exténué.

– Je ne sais pas moi! Tu semblais tellement être folle amoureuse de Brad la semaine dernière…

Blondie commence à expliquer le drame qu'elle a vécu lorsque son Brad lui a posé un lapin et qu'elle a rencontré son Georgie au lieu du rendez-vous et qu'il a su la séduire avec intérêt. Je soupire involontairement. C'est tellement peu intéressant que je regarde avec attention l'ascension d'une fourmi sur le mur.

La porte s'ouvre enfin sur Teresa accompagnée d'un jeune homme en début de puberté qui a vraiment l'air d'avoir envie d'être partout sauf ici et qui n'ose pas regarder autour de lui. Teresa le guide d'un pas sûr et certain vers moi. Il lève les yeux furtivement vers moi et me fait un sourire forcé. J'ai envie de lui répondre que moi aussi je préférerais être partout sauf ici, mais je m'abstiens pour ne pas décevoir Teresa.

– Jason, ici présent, a une clef passe-partout, dit doucement mon amie en me présentant le garçon timide.

– Super! répondis-je sur un ton faussement motivé.

Blondie et Brunette passent au même moment en me regardant et en gloussant comme deux collégiennes stupides et immatures, ce qu'elles sont sûrement. Je feins ne pas voir leur comportement et je me recentre sur Jason qui cherche parmi ses clefs celle qui me délivrera de cette situation délicate. Après avoir essayé presque toutes les clefs, et il y en a une centaine, c'est l'une des dernières qui finit par ouvrir ma cabine et me délivre du mal. Pauvre garçon, il semble avoir les mains moites et être tellement nerveux qu'il tremble chaque fois qu'il essaie d'insérer une nouvelle clef dans la serrure. Je me faufile en vitesse dans ma salle d'essayage et je me dépêche de me changer pour suivre Teresa à la méditation de groupe.

****

Quinze minutes déjà que nous sommes en position fœtus dans un silence presque pesant. Cinq minutes que j'entends un bourdonnement tout près de mon oreille, probablement les battements d'ailes d'une mouche prête à me transmettre ses microbes avec joie. Depuis que j'ai visionné une vidéo sur Facebook où on voit une mouche accoucher de tout plein de larves en se posant sur un truc, j'ai développé une phobie de ces insectes-là. Teresa m'a dit de ne pas croire tout ce que l'on peut voir sur Internet, mais je n'en déroge pas, j'en ai presque fait des cauchemars.

J'essaie toujours de faire silence dans ma tête, mais la mouche ne me lâche pas du tout. J'essaie de souffler subtilement pour l'éloigner. Je ne peux pas bouger sinon je vais déranger tout le groupe. Quand, enfin, je ne l'entends plus, je peux me relaxer et recommencer les exercices de respiration, mais c'est sans compter sur la mouche qui revient à la charge et qui se pose directement sur mon front. Je secoue la tête légèrement, j'entends de nouveau la mouche battre de ses petites ailes assassines puis, la petite garce vient se poser sur mon nez. J'essaie de me passer la main au niveau du nez pour la faire partir.

J'ai beau tenter par tous les moyens de me concentrer sur ma respiration et entrer en méditation, j'en suis incapable. Je ne sais pas pourquoi j'ai voulu suivre mon amie, je ne suis bonne à rien avec ce type d'exercice. Mon hamster est beaucoup trop actif, et même si elle me dit que cela peut m'aider à le calmer, c'est plutôt l'effet inverse que j'ai l'impression que ça fait. Quand je fais le vide, il est tout de suite rempli par des pensées stupides et futiles. Incapable d'entrer, moi aussi, en méditation, j'ouvre mon œil gauche et j'observe les gens autour de moi. Chacun semble tellement en transe que je me sens presque coupable d'être parmi eux. Je suis comme toujours l'imposteur du groupe. Tandis que je tourne la tête vers la droite pour voir ce qui se passe ailleurs sur la plage, je reste bouche bée. Je crois reconnaître Georges en compagnie des deux grébiches qui se sont moquées de moi tout à l'heure. Est-ce que c'est possible que son Georgie, soit MON Georges? Non! Il ne faut pas, je crois que je pique une crise.

J'utilise ma jambe pour me soulever un peu et je m'étire le cou pour mieux voir. Il s'agit bien de Georges Stevenson et il se penche pour embrasser sur les deux joues Blondie et, ensuite, Brunette. Il semble être accompagné d'un grand brun et je reconnais facilement Philip avec son air froid et hautain. On dirait même qu'il regarde les deux filles avec dégoût. Pourquoi Georges ne peut-il pas faire la même chose? Teresa m'a déjà mentionné qu'il vient ici s'entraîner, mais, jusqu'à présent, nous ne l'avions jamais croisé. Est-ce que sa présence ici est un signe pour dire que nous sommes faits l'un pour l'autre comme nos précédents échanges qui avaient eu lieu?

Deux autres personnes semblent venir se joindre au groupe me cachant ainsi la vue complètement ou presque. Je vois toujours le sourire arrogant de Philip J. Castle qui s'affiche en permanence dans sa face, mais je ne vois que le coude de Georges. Aussi belle que cette partie de son anatomie puisse être, ce n'est pas la plus intéressante à mes yeux en ce moment même. En m'étirant un peu plus, je peux les voir se rendre vers ce qui semble être une bâtisse, mais, au même moment, je me sens partir vers le côté et je tombe directement sur ma voisine de méditation.

– Hey! Mais ça ne va pas? Fais attention! rugit-elle en me poussant pour se relever.

Tout le monde ouvre les yeux et se retourne vers moi. Même Teresa semble énervée par le fait que j'ai dérangé tout le monde. Je sens mon visage passer par toutes les teintes de rouge. Je déteste être le centre d'attention, si bien que ma propre attention a légèrement diminué envers Georges, Philip et les deux autres femmes qui les accompagnent. L'accompagnatrice qui guide les gens lors de leur méditation me lance un regard qui désigne rapidement la porte.

– Je suis... euh... désolée... Il y avait une... euh grosse mouche! tentai-je d'expliquer en prenant ma serviette de plage et en me relevant pour quitter l'endroit le plus rapidement possible, afin qu'ils puissent reprendre leur méditation et moi, me délivrer de cet endroit trop étrange.

Je fais signe furtivement à Teresa que je l'attendrai ailleurs. Même que si elle avait la capacité de m'entendre au moyen de la télépathie, je lui dirais que je prends la prochaine navette spatiale pour l'espace. Mais au lieu de ça, je m'en vais en tentant de ne frapper personne et en étant le plus discrète possible. Ce qui est un exploit dans mon cas. Je m'éloigne du groupe et je me rapproche du coin de plage où j'ai vu Philip et Georges un peu plus tôt. Bien entendu, ils ne sont plus là.

Tant qu'à être en maillot, je décide d'aller patauger, les deux pieds dans l'eau. Il reste encore beaucoup de temps à l'activité et je ne veux pas fausser compagnie à Teresa. Je fixe l'horizon en imaginant un bateau de pirate qui vient vers moi pour me kidnapper et m'enlever loin. Avec de la chance, il pourrait s'agir de Johnny Depp, les dents pourries en moins. J'imagine mal embrasser un pirate au sourire carié.

– Alors Davis, suis-je pris en filature à mon tour?

Je lève la tête en reconnaissant la voix de Philip Castle. Je devrais plutôt imaginer que c'est lui qui m'a suivie. Personnellement, j'ai suivi Teresa qui a la carte de membre de ce club très sélect. Je ne suis l'équivalent de personne ici.

– Pas vraiment, le centre de mon univers n'est

malheureusement pas vous. Désolée.

Il éclate de rire avant de s'asseoir à mes côtés. Qu'est-ce qu'il fout là? Il porte un bermuda et un polo qui lui donne un air de petit garçon sage. Il soulève ses lunettes de soleil qu'il fait tenir sur le sommet de sa tête.

— Je peux?

Je grogne. Ce qui le fait rire encore plus et ne l'empêche aucunement de s'asseoir près de moi. Je n'ai vraiment pas le choix. Avec de la chance, Georges viendra le chercher et je pourrai lui parler.

— La plage appartient à tout le monde...

— Pas ce bout de plage, elle appartient au club très sélect dont la famille Stevenson est membre de père en fils depuis environ un milliard d'années, rectifie Philip en époussetant quelques grains de sable sur sa cuisse.

Je me demande pourquoi prendre cette peine quand son derrière est bien enfoncé dans le sable de la plage. Je pense toujours à ce qu'il ne faut pas, quand il ne le faut pas. De toute façon, c'est simplement pour m'embêter qu'il me reprend ainsi.

— Vous avez compris ce que je voulais dire, répondis-je sèchement.

— Pourquoi es-tu repassée au vouvoiement? Après l'article que tu m'as transféré, je croyais que nous étions devenus de vrais amis!

Je me sens rougir jusqu'à la racine des cheveux. Comment vais-je m'en sortir maintenant? L'insulter ne semble pas la meilleure alternative, car il ne paraît même pas touché par mes propos.

– C'était une erreur. Le message n'était pas pour vous… toi! Est-ce que je vais en entendre parler pour le restant de mes jours?

– Au moins jusqu'à demain quand même!

C'est cela. Je suis devenue son souffre-douleur et il va m'accabler pour le restant de mes jours au bureau. Je regrette tellement d'avoir trop parlé à Liam pour faire mon intéressante, sans imaginer un seul instant qu'il se tenait derrière moi. Quelle belle approche pour deux inconnus dont l'un deviendra mon supérieur immédiat à partir de demain officiellement.

– Tu ne devrais pas être avec Georges et les deux filles?

– Alors, j'avais raison. Tu m'espionnes!

Je soupire automatiquement. Il ne lâche pas le morceau.

– Je vous ai remarqués quand je faisais de la méditation… par hasard.

– Tu fais du yoga? Wow! Je n'imaginais pas qu'une fille comme toi…

– Qu'est-ce qu'une fille comme moi?

– Euh… non… laisse tomber. Pourquoi tu ne fais plus de méditation?

Il élude mes questions. C'est un professionnel de l'évitement.

– Je me suis fait sortir du cours… mais là n'est pas la question. Qu'est-ce que tu fais avec moi, alors que tu es avec Georges et deux filles canon qui font la moitié de ton âge?

Philip éclate de rire, tandis que je suis quand même fière de ma pique.

– Ce sont les amies de Georges. Je l'ai accompagné, car je voulais voir à quoi ressemblait ce club pour savoir si ça valait la peine de m'inscrire. Je ne suis pas vraiment un bon baby-sitter pour ce type de femme…

Je dois avouer que Philip est très bon joueur. Je ne peux étouffer mon petit rire. Il peut être presque sympathique quand il n'est pas irritant. Je me demande à quoi peuvent ressembler sa ou ses petites amies. Je ne l'imagine pas vraiment en type fidèle, mais plutôt comme un coureur de jupons.

– Davis, comment peut-on se faire sortir d'une session de méditation?

J'entoure mes genoux de mes bras et je soupire. Il pose trop de questions, là. Comment pourrais-je lui expliquer que c'est en tentant d'apercevoir Georges que je suis tombée sur ma voisine de méditation? Il est tellement égocentrique qu'il va s'imaginer que c'est à cause de lui. Non. C'est hors de question. Je me demande si Georges m'a déjà oubliée, moi et mes photos. J'espère que ce n'est pas trop sérieux avec Blondie.

– J'ai perdu l'équilibre. Pis voilà…

– Ce n'est pas assis ces trucs-là? Si tu avais fait du yoga, j'aurais pu comprendre, mais de la méditation…

– Qu'est-ce que ça peut bien te faire de toute façon? Crois-tu vraiment que ça t'empêchera de dormir ce soir de ne pas savoir comment je me suis retrouvée sur ma voisine? Par accident? Non, mais!

Il me fait réellement sortir de mes gonds. Je regarde l'heure sur ma montre et je remarque qu'il reste encore beaucoup trop de temps avant que Teresa n'ait terminé sa session de méditation avec le groupe. Je suis un peu en colère d'être prise au piège avec Philip qui m'assaille de questions.

– Calme-toi! Tu es un brin susceptible, toi! Je trouve juste ça amusant que nos chemins se croisent aussi souvent ces derniers jours… C'est peut-être un signe! dit Philip, motivé.

– Le signe que je dois changer mes habitudes pour ne plus te croiser?

C'est sorti sans que je ne puisse retenir mes paroles. C'est méchant et gratuit. Je ne sais pas ce qu'il va dire, mais je lui ai coupé l'herbe sous le pied. Du coin de l'œil, je l'observe. Il fixe l'océan et ne dit plus rien. Je me sens un peu coupable, mais même quand il essaie d'être gentil, j'ai la sensation qu'il se moque de moi. Qu'il s'agit d'une douce vengeance pour avoir colporté des ragots sur lui alors qu'il m'a prise en flagrant délit.

– Je suis désolée Philip. Tu essayais d'être sympa et moi, j'ai été expéditive…

– Ça va Davis. J'étais en pleine méditation, répond-il avant de me donner un coup d'épaule et d'éclater de rire.

Un clin d'œil pour mon retrait du cours de méditation. Après avoir balayé la plage du regard, celui-ci se pose à l'endroit où j'ai vu Georges un peu plus tôt. Je le vois en compagnie de la blonde et je le vois qui l'embrasse passionnément sur la terrasse. J'ai un grand pincement au cœur et je deviens vite énervée.

Je n'imagine pas que ce puisse être sérieux entre lui et Blondie. J'imagine que c'est une simple amourette ou aventure d'un soir, comment en serait-il autrement? Georges le beau et le magnifique, il est pour moi! Je commence à peine à communiquer avec lui, ce n'est pas vrai que cette petite préado attardée va me le voler! Teresa me dirait qu'elle ne peut pas me voler ce qui ne m'appartient pas, mais moi je le vois ainsi pareil.

– C'est sa petite amie? demandai-je finalement à Philip en pointant du menton Georges et Blondie.

J'essaie d'avoir l'air détendue et détachée, mais je ne me convaincs pas moi-même. Philip éclate de rire avant de hocher la tête négativement.

– Connaissant Georges, j'en doute, répond-il simplement.

Connaissant Georges? Parle-moi de lui dans ce cas-là! Tout de suite!

– Pourquoi dis-tu ça?

– Tu t'intéresses à Georges?

– Pas du tout! Je demande, c'est tout.

Menteuse que je suis! Philip me jette un regard perplexe qui démontre qu'il ne me croit pas du tout. J'essaie d'être le plus détachée possible, mais dans mon cas, tout se lit sur mon visage.

– Georges est un « *gambler* » de l'amour. Pour le reste, tu t'en fais ta propre idée. Lui et toi, vous n'êtes pas du tout du même calibre à ce jeu, dit-il simplement avant de changer de sujet pour parler de la mer.

Je ne l'écoute plus. Au lieu de calmer mon hamster,

ses propos ont accentué ma curiosité. Je me demande bien ce qu'il veut me dire. Que je ne suis pas le genre de Georges et qu'il est trop bien pour moi? Qui est-il pour me juger celui-là ? Je peux être le genre de n'importe quel homme au monde avec des efforts, une maquilleuse efficace et un bon coiffeur. Je sais que le tout ne s'arrête pas au physique, mais c'est souvent ce que les hommes remarquent en premier.

– Ho! On dirait que Blondie a de la compétition! dis-je en m'étirant pour voir davantage la scène.

La blonde ne s'est absentée que depuis quelques minutes que Georges est déjà en train de discuter avec une grande rousse assise seule à une table. À la façon dont il touche son bras, ce n'est pas pour parler de la météo qu'il l'aborde, car il se penche pour lui murmurer quelque chose à l'oreille qui semble la faire sourire, mais surtout rougir. Je la vois écrire quelque chose et tendre un bout de papier à Georges avant que Blondie ne revienne. Philip observe durant quelques secondes puis se lève.

– Une petite baignade, ça te tente? demande-t-il en enlevant son tee-shirt.

Je ne peux que m'extasier devant son buste sculpté et musclé qu'il pavane devant moi. Il doit s'entraîner régulièrement et pas juste quand l'ascenseur de son immeuble est en panne comme moi! Comment peut-il trouver la motivation et le temps de faire ça? Avec le jogging, le travail et l'entraînement, il lui reste du temps pour faire autre chose et avoir une vie sociale?

– Euh non! Pas vraiment…

– Allez! Dernier arrivé est une poule mouillée! dit-il

avant de se mettre à courir et sauter dans l'eau.

Je me lève très lentement, je cours derrière lui et je saute dans l'eau. La seule chose que je sache bien faire, c'est nager. Je suis comme un poisson dans son habitat naturel. Et puis, aller dans l'eau ne me fera pas beaucoup de mal. Je nage doucement en me laissant porter par le courant. Je vois Philip qui n'est pas très loin de moi. Quand je suis dans l'océan, j'oublie tout ce qui m'entoure et, presque, l'existence de Georges. Je dis bien presque. Je continue mon ascension et quand je me retourne, je me rends compte que la plage a rapetissé de beaucoup et que je me suis peut-être éloignée un peu trop. Je vois Philip qui est à une bonne distance de moi et j'essaie de revenir sur mes pas, mais le courant semble de plus en plus fort, chose qui me semble inhabituelle.

– Attention Davis! crie-t-il.

– Quoi?

Je me retourne vers lui, sans voir qu'il y a une grande vague qui me percute de plein fouet. Elle est si forte, que je ne me rends pas du tout compte de ce qui se passe et je me sens projetée dans l'eau avec force. Au passage, je crois que j'avale une bonne quantité d'eau. Puis, c'est le néant pendant quelques minutes.

Tout est noir et j'ai l'impression que j'ai perdu tout contact avec la réalité. Je suis peut-être morte, puis j'entends la voix de Philip qui sort du lot.

– C'est de ma faute, je n'aurais pas dû la mettre au défi d'aller dans l'eau... Je n'avais pas vu la grande vague qui venait...

– Julia est assez grande pour faire ses choix toute seule.

Je crois reconnaître la voix de Teresa qui semble inquiète. Je n'ose pas trop ouvrir les yeux pour me rendre compte que finalement je suis décédée. Mais si j'étais morte, je ne me parlerais peut-être pas ainsi. Ou que peut-être que si?

– Est-ce que je suis morte? demandai-je la gorge tout simplement irritée par toute l'eau que j'ai ingurgitée.

– Non, je t'ai sauvé la vie, dit Philip.

Lorsque j'ouvre finalement les yeux, je vois une dizaine de visages autour de moi qui appartiennent, pour la majorité, à ceux qui faisaient de la méditation sur la plage et à quelques curieux du bar qui ont fait le trajet. Pas de Georges, par contre. C'est peut-être mieux ainsi, car je serais un peu gênée.

– Il t'a même fait le bouche-à-bouche! s'écrit Teresa.

À contrecœur, je grimace. Je trouve que Philip et moi sommes devenus beaucoup trop proches, et ce, trop rapidement à mon goût.

– Ce n'est pas vrai! dis-je en tentant de me lever.

En tout cas, une chose est certaine, Teresa ne me permettra plus jamais de l'accompagner à ses sessions de méditation. Je crois qu'à moi toute seule, j'ai réussi à mettre fin à leur réunion.

– Merci aurait suffi, riposte Philip.

Il tend la main pour m'aider à me relever tandis que je l'ignore. Pas question qu'il ne me touche encore une fois. Au moins, Georges n'a rien vu. Pourtant lorsque je lève les yeux vers l'endroit où je l'ai vu la dernière fois, je remarque qu'il est toujours assis avec Blondie et Brunette. Il ne s'est pas déplacé et pourtant, il aurait pu venir porter secours à son meilleur comparse de mauvais coups. Je suis un peu en colère contre lui.

– Merci, dis-je furtivement tandis que la foule se disperse tranquillement.

Philip me fait un sourire qui semble sincère et je lui en fais un forcé. Je sais que je devrais lui être reconnaissante de m'avoir probablement sauvé la vie. Une partie de moi l'est, mais l'autre partie est blessée dans son orgueil. Moi, qui suis pourtant une nageuse exemplaire qui aurait pu lui en montrer, il faut encore une fois que je me montre vulnérable devant lui. Et en plus, il m'a fait le bouche-à-bouche pour me réanimer. Je suis frustrée.

Je me dis que j'aurai dû finalement retourner chez moi, tranquillement, surtout quand je pense à ces derniers jours étranges. Je ne prends pas la peine de présenter Teresa à Philip ou vice-versa. Je préfère ramasser ma serviette et mes affaires sur le sol à quelques pieds de l'endroit où j'ai été transportée pour me sauver et je fais signe à mon amie que je m'en vais me changer. Je sens le regard de Philip qui me fixe.

– Faudrait peut-être aller vérifier que tout est correct, dit-il.

Je me retourne vers lui et lui fais un demi-sourire.

– Je suis en super forme!

– Il n'a pas tort Julia, tu sais, il existe des noyades sèches...

– Quoi qu'avec toute l'eau qu'elle a recrachée, je serais surpris que…

– Je vais survivre. Merci, Philip, nous nous reverrons demain au bureau. Et soit dit en passant, je ne veux plus JAMAIS que nous reparlions de cet incident. JAMAIS.

Je crois que je suis assez claire. Je le vois lever les bras dans les airs, l'air innocent.

– Si c'est ce que tu désires… Je ne raconterai pas que je t'ai sauvé la vie et je ne ferai pas de billet pour le distribuer à tout le monde pour indiquer que nos deux bouches se sont touchées le temps que je débouche tes bronches.

Il est sarcastique. Je ne comprends pas pourquoi ça me dérange autant que ce soit lui qui m'ait sauvé la vie. Probablement parce que tout est parti de lui. Cet homme était un inconnu pour moi, il y a deux ou trois jours. Et je me demande même, si à force de le croiser tout partout, nos chemins ne se croisaient pas déjà avant, sans que nous ne le sachions, ni l'un ni l'autre. C'est vrai, il y a trop de hasard pour que ce ne soit pas le cas.

Il me semble que si ça avait été le cas, je m'en serais rappelé. Il est quand même remarquable avec sa gueule de vedette d'Hollywood. Son air arrogant m'aurait sûrement irritée dès le début.

– Philip J. Castle, on dirait que tous mes malheurs sont liés à toi. Tu m'épuises.

Vraiment, mon filtre disparaît à son contact. Je ne crois pas que ce soit une bonne chose, surtout avec lui.

Il faut que je me rappelle quel rôle il va jouer sur un plan professionnel dans ma vie prochainement.

– Je savais que j'étais devenu indispensable pour toi! Alors, nous nous voyons demain au bureau Davis. Et surtout, attention au retour à la maison, je ne serai pas là pour te secourir! dit-il avant de tourner les talons.

Je me mets à marcher d'un pas très rapide vers les cabines pour m'éloigner le plus possible de Philip J. Castle et de cette plage qui m'a fait honte. Au moins, je n'ai pas perdu une des pièces de mon costume de bain durant cette attaque de vague.

– Julia Davis! Ralentis! Tu vas trop vite pour moi! hurle Teresa, essoufflée.

Je n'ai même pas remarqué qu'elle me suivait. Je ne sais même pas depuis quand d'ailleurs elle le fait. Je suis tellement concentrée sur ma propre existence que j'ai oublié sa présence.

– Désolée. Je suis frustrée! répondis-je en m'arrêtant.

– Je vois ça! En tout cas, je ne sais pas si tu as des doutes sur ta forme physique, mais à la vitesse où tu marches, tu n'as aucun problème de cardio, ma belle amie!

– Je le dois aux marches de l'immeuble.

– Continue de les utiliser, tu vas pouvoir faire le marathon de Boston l'an prochain! Je devrais peut-être déménager dans ton bloc, car mon cardio n'est pas super...

Je regarde Teresa qui est pliée en deux et qui tente de reprendre son souffle, et je me mets à rire.

– Pourtant, tu t'entraînes plus que moi! Tu manges mieux que moi!

Tu fais tout mieux que moi, pensai-je.

– Je ne suis pas très disciplinée en ce qui concerne mon jogging sur tapis roulant. Je le fais une fois sur deux. Ça, c'est quand j'y pense.

Je vais m'asseoir sur un des bancs qui font face à l'immeuble qui contient les salles d'habillage. Teresa vient prendre place à côté de moi.

– Philip m'a vraiment fait le bouche-à-bouche?

Teresa me fait un sourire rempli de compassion et met sa main sur mon genou.

– Je crains que oui. Tu avais vraiment avalé beaucoup d'eau. Tu sais, ce n'est pas si grave que ça, ça aurait pu être pire, tu as vu le gros monsieur avec une moustache et la craque de plombier qui était près de nous? Il était prêt si jamais Philip n'arrivait pas à te sauver. Crois-moi, tu as évité le pire.

J'avale difficilement et j'essaie de me rappeler l'homme dont elle parle, mais je n'y arrive pas. Tout ce que je me rappelle, c'est le visage inquiet de Philip qui était au-dessus de moi. Et il ne feignait pas l'inquiétude, ça, j'aurais pu le jurer.

– Tu as vu si Georges est venu?

– Georges était là? Je ne me rappelle pas l'avoir vu? Tu es certaine?

Je suis déçue, légèrement. Il n'a même pas daigné venir voir ce qui se passait.

– Philip est venu avec lui. Il était avec deux filles

dans le restaurant pas très loin…

– Ah non! Je ne l'ai pas vu. Je suis désolée Ju, je sais que…

– Philip a semblé dire que ce n'était personne…

J'essaie encore de me convaincre. Georges ne sait que depuis deux jours que j'existe, je dois lui donner une chance quand même! Et puis, c'est peut-être une relation naissante qui n'aboutira à rien. Mais, il y a la rousse aussi. Je suis persuadée que c'est son numéro de téléphone qu'elle lui a donné. Comment pourrais-je lui en vouloir d'avoir tenté une approche, il est tellement beau et tellement extraordinaire! Elle est tombée sous le charme elle aussi!

– C'est probablement le cas, Julia. Pourquoi ça te dérange autant que Philip t'ait sauvé la vie? Son geste était héroïque tout de même. Il a crié quand il t'a perdue de vue dans l'eau et s'est mis à ta recherche. Il n'a même pas paniqué. Moi, j'aurai paniqué.

– Je n'ai pas perdu la carte aussi longtemps? Si?

– Un petit moment quand même.

Elle a la délicatesse de ne pas revenir sur l'affreuse façon dont j'ai mis fin à son cours de méditation ni sur la manière dont je me suis fait sortir de là.

– C'est une journée à complètement oublier, sauf pour les messages que j'ai échangés avec Georges. Et la vieille dame que j'ai croisée dans le train qui m'a raconté l'histoire de son utérus.

– Quoi?

Ça, c'est totalement moi. Dire un bout de phrase et

garder l'essentiel dans ma tête. Je lui explique alors, en gros, comment s'est passé le retour d'Albany en train, et je lui parle de la femme qui m'a raconté son histoire de petits gâteaux et d'enfants qu'elle a élevés seule. Teresa est passionnée par ce que je lui raconte et sourit.

Je suis contente d'avoir une amie qui est aussi facile à vivre et avec qui je m'entends très bien. Je suis persuadée qu'elle aurait apprécié rencontrer cette dame. Toutes les deux auraient eu beaucoup de choses à se dire, j'en suis convaincue.

Je me relève du banc où j'étais en me frottant les hanches. Ma plonge sur le plancher mouillé, qui est arrivée un peu plus tôt, a laissé quelques séquelles sur mon corps. Je sens que le lever du corps sera plutôt difficile demain matin. J'espère que Philip ne tentera pas de reparler de ce qui s'est passé ici et de ma tentative de noyade. Pourquoi il faut toujours qu'il soit dans les parages quand je me fous la honte? Est-ce que j'ai réellement besoin d'un auditoire pour ce type de maladresse?

– Je vais aller te porter chez toi avec ma voiture. Je crois que tu l'as bien mérité avec toutes tes aventures de la journée, dit doucement Teresa.

– Merci mon amie. Je ne crois pas que j'aurais survécu au voyage en métro et d'avoir à marcher autant encore. Tu es vraiment une amie extraordinaire, tu le sais au moins?

Teresa me fait un immense sourire et se rend dans sa cabine pour aller s'habiller, tandis que je rejoins la mienne pour en faire autant. Cette fois-ci, je ne prends aucun risque et je fais attention pour garder avec moi ma clef pour que la situation du début de soirée ne se répète pas.

Lorsque j'ouvre mon téléphone pour prendre mes messages, je remarque qu'il y en a un de Philip. Il veut juste que je lui écrive quand je serai arrivée chez moi pour s'assurer que je sois en un seul morceau. Je ne sais pas si c'est vraiment de la sollicitude ou si c'est par politesse, mais je me sens tout à coup coupable d'avoir été aussi frustrée contre lui. Ce n'est pas de sa faute après tout. J'aurais pu tout simplement refuser son défi et laisser mes fesses bien au chaud dans le sable. De toute façon, je verrai bien comment il agira avec moi demain matin.

CHAPITRE 5 – DEUX POUR LE PRIX D'UN

Dans une autre vie, je devais probablement être le papillon qui, par un battement d'ailes, pouvait créer un ouragan. Tout ce que je peux toucher fait une réaction en chaîne. Ce matin, après avoir accroché la lampe du salon et en voulant la rattraper, j'ai malencontreusement effleuré une toile posée sur le mur et, en tentant une manœuvre pour l'empêcher de tomber, j'ai heurté avec le pied la petite table sur laquelle était déposée ma lampe de sel que j'ai pu attraper au dernier moment avant qu'elle n'atteigne le sol pour se casser en mille morceaux. Est-ce que j'ai dit, auparavant, que ma vie était ennuyante? Je me crée moi-même des compétitions tous les jours. Tout cela pour mon sac à main qui se trouvait sur une chaise et que je désirais récupérer. En regardant l'heure, il était temps de me rendre au bureau.

Sans trop m'en apercevoir, je suis déjà dans

l'ascenseur qui m'amène à ma journée de travail. Je suis un peu anxieuse de revoir Georges. La porte est en train de se fermer lorsqu'une main avec de très grands doigts vient la retenir. C'est alors que Philip J. Castle fait son entrée. Je l'avais presque oublié celui-là et son aspect prétentieux.

– Alors, Mademoiselle Davis, vous avez trouvé un antidépresseur ce week-end?

Il est sérieux? Son air pince-sans-rire me laisse passablement perplexe. Je suis persuadée que l'envoi de cet article samedi dernier, au mauvais expéditeur, a été une erreur monumentale. Pendant combien de temps me ramènera-t-il ce commentaire? Je suis déjà passée à autre chose, mais il semble que ça a allumé une cloche dans son imagination… ou dans son pantalon, allez deviner.

– Je ne répondrai pas à ce genre de question. Certainement pas et, surtout, lorsque je sais ce que ça sous-entend. Franchement.

Il éclate de rire. Sa dentition est toujours aussi blanche et bien alignée et ses yeux sont rieurs. J'aimerais pouvoir le prendre en défaut et lui mettre au visage qu'il a un grain de poivre ou un morceau de salade coincé entre deux dents. Mais non, il est trop parfait et juste pour cela, il m'énerve. J'évite de croiser son regard, car, que je le veuille ou pas, il m'intimide à un certain niveau.

– Passé un beau week-end familial? me demande-t-il finalement plus sérieusement.

Est-ce que la réponse a une réelle importance pour lui ou est-ce une simple question de courtoisie? Je préfère répondre poliment sans m'évader dans les précisions scabreuses du retour.

– Oui, c'était agréable.

Je sens sur moi ses yeux inquisiteurs. Il ressemble à un détective qui analyse chaque détail pour faire avancer son enquête, ainsi que les preuves qui lui ont été servies. Comme si c'était pour s'assurer que je lui ai avoué la vérité. Au moins, il ne me ramène pas l'histoire de la plage, il a compris mon besoin essentiel d'oublier cet instant de ma vie et de ma mémoire. Il fait comme si nous ne nous étions jamais croisés et qu'il ne m'avait jamais sauvé la vie. Super ! Au moins, je sais que je peux compter sur sa discrétion!

Voilà que Philip me regarde de la tête aux pieds, de nouveau avec son sourire arrogant.

– C'est beaucoup mieux que cette blouse trop petite que tu portais lorsque je t'ai vue la première fois, me dit-il en faisant un clin d'œil avant de sortir de l'ascenseur et que je ne puisse ajouter quoi que ce soit.

Je suis là, bouche grande ouverte, café à la main et sac sur l'épaule, à ne savoir quoi répondre à ce monsieur prétentieux. Saloperie de karma! Il me faudra vivre avec les conséquences de cette chemise qui a explosé devant ses yeux pour le restant de mes jours. J'ignore si je dois prendre cela comme un compliment ou une insulte ces paroles surgies de ses lèvres, comme un dragon qui crache du feu. Je ne comprends pas pourquoi il arrive à avoir un tel pouvoir sur moi. Je me suis rendue à mon poste de travail et comme tous les jours, tout le monde semble être indifférent à ma présence. Je me demande si ça vaut bien la peine de leur faire des sourires hypocrites.

— Pssssst ! chuchote Liam à mon intention.

Je me retourne vers lui. Il me regarde, la tête penchée, comme s'il avait un secret à me partager.

— Qu'est-ce que tu veux?

— Leslie a dit à Jonas, qui est venu me dire, que tu as pris l'ascenseur avec le nouveau. Comment était-il avec toi? Eh bien, vois-tu, sachant comment tu l'as traité…

Bon, il faut qu'il me rappelle lui aussi le comportement un peu désagréable que j'ai eu envers Philip.

— Philip et moi sommes devenus les meilleurs amis du monde. Il m'a même invitée à son mariage, répondis-je sarcastiquement.

— Sérieusement?

Liam me regarde avec un regard surpris.

— Idiot.

Je tourne les talons rapidement et je retourne à ma place. Il est facile de lui faire avaler n'importe quoi. Il y a longtemps que j'ai pris conscience que la machine à rumeurs à l'agence est essentiellement alimentée par lui. J'imagine aisément celle qu'il ferait circuler et je suis persuadée qu'elle ferait le tour du bureau en moins de temps qu'il ne faut pour le dire.

— Ne t'en va pas comme ça Julia! Je veux des détails, moi!

J'ai envie de bouder. Et je fais la tête, en plus de bouillir. Je n'ai pas revu Georges et je suis fébrile de le rencontrer. En attendant, je dois me mettre à travailler, car la pile de dossiers qui s'est accumulée sur ma surface de travail n'a pas la capacité de disparaître toute seule. Je ne suis pas encore à ce stade dans ma magie. J'anticipe la réaction de Georges lorsque je tomberai dessus dans les couloirs. Comment va-t-il réagir?

Il ne paraît pas s'être présenté au bureau ce matin, par contre, j'ai croisé Philip quelques fois à la machine à café et au photocopieur. J'ai pu facilement ressentir sur moi son regard pénétrant qui me rend mal à l'aise. Il s'est abstenu de commentaire et, lorsque mes yeux rencontraient les siens, il y avait cette étincelle qui brillait et qui me déstabilisait complètement. Il semble prendre un réel plaisir à me mettre sous tension et à me faire marcher sur des charbons ardents. Il m'énerve. Point barre.

– Bonjour, Mademoiselle Davis, murmure une voix grave et chaude à mon oreille.

Je suis à faire les photocopies d'un dossier important. L'arôme de son parfum caresse mes narines. Je l'ai reconnu. Je peux facilement le ressentir lorsqu'il est à proximité de moi. Son champ magnétique est électrisant. Envoûtant. Il ne me touche pas et reste le parfait gentleman qu'il est, mais, bon Dieu, que de le sentir aussi près de moi fait monter ma pression. Mon corps est parcouru de vibrations similaires à de petites décharges électriques. Je me retourne, dans un geste qui se veut nonchalant ; par contre, connaissant ma technique à ne pas être naturelle quand il s'agit de simuler une attitude, j'ai plus l'impression d'être un robot. J'ai maintenant très chaud. Il est devant moi, à seulement quelques pouces de moi, laissant une distance à peine raisonnable entre nous. Dans ma tête, des milliers de scénarios très peu probables se sont déjà mis en place. Je lui fais mon plus beau sourire enjôleur. Bien que je possède tous les défauts du monde qui me sont innés et acquis, ce côté charmeur, je l'ai hérité de ma grand-mère. Je peux facilement être charismatique si j'en fais l'effort. Je n'ai pas seulement des imperfections quand même. Je passe nerveusement ma langue sur mes lèvres, tout en soutenant son regard.

Et celui qu'il me lance est nouveau pour moi. Je n'arrive pas à le cerner ni à le comprendre. Il me fixe, comme s'il espérait une réaction de ma part, une réponse ou un geste. Mon sourire ne paraît pas le satisfaire.

– Monsieur Stevenson, bonjour!

Je suis fière de moi. Les paroles sont sorties sans que je bégaie et sans qu'elles se heurtent à mes lèvres. Mais ça ne semble pas encore l'apaiser, il attend toujours autre chose. Que c'est compliqué un homme au final! En détournant les yeux légèrement de mon beau fantasme vivant, je remarque que Philip nous observe avec un regard impassible. Je sens alors la main de Georges Stevenson se poser sur mon avant-bras. Voilà! Mon heure est arrivée! Il me touche! Il me touche! Comment survivre au contact de cet homme! Je sais, je suis modérément folle.

– Vous allez bien, miss Davis?

J'admire sa moue charmeuse. Celle que je l'ai vu utiliser des milliers et des milliers de fois. Mais sur d'autres femmes que moi.

– Oui merci, Monsieur Stevenson.

— Appelez-moi donc Georges. Monsieur Stevenson, c'est mon père, me dit-il en effleurant mon épaule avec sa main droite.

Il s'arrête et continue de me regarder et j'ai l'impression d'avoir un gros point noir en plein milieu du visage. Il est vraiment intimidant ce type. Tellement séduisant.

— D'accord… Georges, lui dis-je doucement

— Votre visage est vraiment joli, me complimente-t-il en me faisant un clin d'œil, tout en faisant quelques pas à reculons avant de repartir vers ses tâches professionnelles.

Il me faut regarder sur mon bras s'il a laissé une marque. Est-ce que j'arriverai à me laver maintenant qu'il m'a touchée? Eh bien! Son commentaire m'a légèrement émoustillée, tandis que je sens le rouge me monter aux joues. Il semble que Georges Stevenson m'a finalement remarquée et ce n'est pas pour une de mes maladresses légendaires ou une erreur monumentale que j'ai pu faire. En levant les yeux, je m'aperçois que Philip n'a rien perdu de la scène et, au lieu de me faire son éternel sourire satisfaisant, il détourne le regard et m'évite totalement. Je crois rêver. Ce n'est pas dans son habitude, du moins celle que je lui connais depuis les quelques jours qu'il fait partie de ma vie professionnelle. Je tente de nouveau un regard vers lui, mais il dévie le sien aussi rapidement. Je retourne à mon bureau et je vais me plonger dans mes dossiers. J'épuise vite ma concentration en imaginant ce que le fils du patron pourrait faire avec moi dans le local d'archivage.

– Alors Davis, il arrive ce dossier?

Je lève la tête et je vois Philip qui me regarde, impatient. Son ton est vindicatif. Je n'ai aucune idée du document dont il parle. Je l'observe, la bouche entrouverte et les yeux complètement perdus. J'ai probablement l'air débile, mais j'étais trop plongée dans mes fantasmes pour savoir quoi que ce soit. Il me présente une feuille avec un numéro de douze chiffres et lettres inscrit dessus au stylo rouge. Je reconnais l'écriture ronde et appliquée de Sally, la réceptionniste. Je tends la main et attrape son papier.

– Qu'est-ce que vous voulez au juste? dis-je en reprenant mes esprits.

Il me sourit et c'est forcé. Un sourire comme celui du Joker dans la série télévisée Batman des années soixante. Philip fait presque peur. Je le préfère quand il est sarcastique.

– J'aimerais que tu me trouves ce dossier et que tu me l'apportes dans mon bureau s'il te plaît, me dit-il avant de tourner les talons rapidement sans me laisser le temps de répondre quoi que ce soit.

Si Georges avait réussi à faire naître en moi du désir, Philip a éveillé en moi de l'irritabilité et un drôle de sentiment que je n'arrive pas à identifier. J'entends mon téléphone vibrer dans mon sac à main, je me penche pour regarder qui le fait sonner et j'aperçois le visage d'Evy comme appel entrant. J'ignore la sonnerie et je me lève pour récupérer le document que Monsieur-j'ai-mangé-de-la-vache-enragée m'a demandé. Je ne comprends pas pourquoi il me fait cette requête, car ce n'est pas à moi de chercher ses trucs de bureaucratie pour lui. Je vais carrément lui dire que je ne suis pas sa secrétaire particulière et que mon poste est beaucoup plus important que de trouver sa documentation. Après dix minutes de recherche, tout en rouspétant, je tombe sur le dossier demandé. Je tire sur le cartable, mais il semble être coincé dans un autre document.

– C'est donc dans ce repaire que se cachent les fichiers en cours?

Je reconnais facilement la voix de Philip, qui s'est par contre adoucie comparativement à notre conversation à mon bureau. Je suis toujours penchée à tenter de sortir le fameux cahier qui résiste à ma poigne.

– Oui, c'est ici, alors la prochaine fois, vous pouvez venir le chercher votre dossier. D'ailleurs, si vous regardez sur ma fiche de présentation, ce n'est pas indiqué que je suis secrétaire…

Et au même moment, je tire un peu trop fort sur le cartable qui s'ouvre. Comme au ralenti, je vois les papiers s'envoler et s'éparpiller un peu partout. Mon bras, dans l'élan que j'ai pris à vouloir faire sortir le cahier, va violemment frapper la poitrine de Philip qui s'est approché de moi entre-temps. Je l'entends faire un drôle de bruit lorsque mon coude le percute de plein fouet. Je sens une douleur incroyable au niveau de ma main, mais je n'ai pas le temps d'y penser. Tout ce que je constate, c'est que les feuilles du document tombent pêle-mêle de toute part dans la pièce.

Je me mets à courir comme une poule pas de tête à travers la salle pour ramasser les papiers non numérotés et essayer de ne pas les froisser ou les déchirer. Il faut, bien entendu, que le dossier ait un nombre important de pages. Je ne porte même pas attention à Philip qui est plié en deux, se tenant le ventre ou tentant de reprendre son souffle. Je choisis ce moment pour m'arrêter et je me retourne vers lui.

– Est-ce que ça va?

Il lève les yeux vers moi et il hoche la tête doucement de haut en bas, mais aucune parole ne traverse ses lèvres. Il semble souffrir le martyre. Une partie de moi a presque pitié de lui et voudrait apaiser la douleur qui a été causée par une de mes maladresses, mais l'autre est satisfaite de lui avoir rendu la monnaie de sa pièce avec ce qu'il m'a fait un peu plus tôt. J'ai l'esprit un peu vengeur. Il arrive à m'énerver ce type, mais en même temps, il y a quelque chose chez lui qui vient me titiller. Je finis par lui tendre la chemise avec les feuilles qui débordent de tous côtés. Certaines sont repliées ou froissées, mais j'ai réussi à limiter les dégâts. J'ai entendu dire que ça faisait quelques mois qu'il étudiait les dossiers de la boîte et que c'est pour cette raison qu'il était aussi à l'aise dès sa première journée. Avec Willis, il préparait son entrée dans l'agence depuis longtemps.

– Davis, si je ne t'avais pas vue à l'œuvre, je n'aurais pas pu le croire. Comment t'y prends-tu? dit-il simplement, le regard écarquillé.

La petite étincelle dans ses yeux est revenue. Ce type s'adapte à toutes les situations rapidement.

– Ma mère se demande encore comment elle a pu avoir une fille qui fait autant de gaffes en si peu de temps, répondis-je.

— Je vais te quitter avant d'être tué, probablement éventré par accident lorsque tu ouvriras des enveloppes avec le coupe-papier, me dit-il.

Sa réplique me fait sourire involontairement. Il a un sens de l'humour qui, je dois l'avouer, ressemble étrangement au mien. En retournant à mon poste, je remarque une note laissée par Sally m'indiquant qu'Evy a tenté de me rejoindre et qu'il est important que je l'appelle immédiatement. Je n'ai aucune envie de la rappeler. Je prends le téléphone du bureau et je compose le numéro sur le papier.

— Julia, enfin! Je croyais que tu m'évitais…

— Evy, je ne te fuis pas, je suis au boulot… j'espère que c'est important…

— Je sais que tu es à ton emploi, mais oui, c'est SUPER important, voyons…

Je me demande si c'est pertinent de lui remémorer ce détail, car elle ne semble pas comprendre l'importance de gagner son pain pour des gens comme moi. Je ne veux pas dire qu'elle ne travaille pas avec tous les marmots dont elle prend soin, mais disons que, la paye, c'est son mari qui la ramène à la maison, tandis que moi, je n'ai pas encore trouvé un homme digne de me faire cet honneur.

— Peux-tu en venir au fait? Je dois te laisser, car tous mes collègues me regardent là…

En fait, il n'y a que Liam qui semble hypocritement tendre l'oreille pour satisfaire sa curiosité. Un jour, je lui dirai de s'acheter une vie. C'est pathétique de s'attarder sur l'existence des autres comme il le fait, et sur la mienne, c'est pire, dès lors que je n'en ai pas! Je lui fais une grimace. Il replonge dans son dossier.

– Ton bureau n'est pas fermé?

Je soupire. Si elle s'était intéressée le moindrement à moi, elle saurait que non. Mais Evy n'aime que sa propre personne.

– Peux-tu en venir au fait? Je n'ai pas beaucoup de temps, répondis-je simplement en jouant avec un trombone.

– Mark a quitté pour quelques jours, il est en voyage d'affaires. Je crois qu'il est avec elle. Je suis persuadée qu'il est parti avec elle. Je n'en peux plus de ses cachotteries...

Sa voix est tremblante, je peux ressentir sa peine et sans le vouloir, toute cette histoire vient me toucher. Je ne suis pas aussi insensible que ce que je veux bien le laisser voir.

– Qu'est-ce que tu comptes faire?

Elle reste silencieuse. Je finis par m'asseoir sur ma chaise et je brasse la souris de mon ordinateur pour continuer mon travail. Étant une femme, j'ai la chance d'être capable de faire deux activités à la fois. Cela ne veut pas nécessairement dire que je suis apte et totalement concentrée sur les deux choses en même temps. Après un certain temps à entendre sa respiration et ses sanglots étouffés, pas que je n'ai pas de cœur, mais je sais que mon patron ne me paye pas pour jouer les psychologues, je lui mentionne que je passerai la voir en soirée pour la consoler et l'écouter. Je n'en ai pas envie, mais j'ai conscience que, parfois, c'est la seule chose dont nous avons besoin pour aller un peu mieux. Une oreille attentive. Je crois que ce n'est pas le moment de lui dire que j'ai des avancées avec mon beau Georges. Ce n'est vraiment pas le bon temps.

Le reste de la journée se déroule comme d'habitude. J'ai surpris quelquefois Philip à m'observer avec son regard impassible. Georges n'est passé qu'en coup de vent, et il m'ignore comme il le faisait avant. Je n'aime pas cette sensation qui m'habite au moment où il le fait. Je me sens vivante quand il pose les yeux sur moi. Alors que, lorsqu'il ne me regardait pas, j'avais l'impression de n'être rien ni personne. Il faut vraiment que je trouve un sens à ma vie. Déjà l'heure du retour à la maison. Je range mes trucs et je vais prendre l'ascenseur. Il est fortement encouragé par l'employeur et le comité social d'utiliser les escaliers pour améliorer notre santé physique, mais, avec mes petits talons d'une hauteur de 2 pouces, je ne me vois pas le faire. Je souris machinalement à Sally qui est à l'intérieur avec ses jambes interminables. Je crois qu'elle n'a pas besoin de monter ou descendre les étages ici pour les entretenir. Elle me fait un énorme sourire. Tout le monde dans la boîte a un nombre infini de dents dans la bouche. Je me sens assez exclue du groupe avec le mien qui est limité.

– Tes cheveux sont très jolis, me dit Sally gentiment.

– Merci! Je n'ai pas fait grand-chose… répondis-je en rougissant et en passant ma main dans ceux-ci.

– Ça fait ressortir tes yeux, ajoute-t-elle avec un grand sourire.

Son compliment m'embarrasse. J'ai mis de la mousse

coiffante et j'ai utilisé le séchoir. Ce n'est rien comparativement à son allure quotidienne, toujours impeccable. Il arrive très peu que nous discutions toutes les deux. Je n'ai pas l'impression que nous avons tant d'affinités que ça. La porte de l'ascenseur va se refermer lorsque Philip se dépêche à y entrer.

– Davis, demain j'aimerais que tu viennes dans mon bureau dès la première heure. Je dois te parler du dossier Weinsterg. C'est assez important, me dit-il sur un ton qui est un peu trop solennel à mon goût.

Le cas Weinsterg est le premier que j'ai pris l'initiative de faire tout entier, car personne ne désirait de ce client et de ses sandwichs nouveau genre.

– D'accord. Sans faute.

Sally me fait un sourire qui se veut rassurant, tandis que Philip garde ses distances, comparativement à son habitude avec moi dans les derniers jours. Cette attitude me rend mal à l'aise. J'ai maintenant peur qu'il me dise que tout mon travail sur le dossier n'avait pas valu le temps que j'y ai mis. Je suis rapide et forte pour remettre en question ma valeur. C'est le domaine où j'excelle le plus. Je sens en moi l'anxiété monter. Peut-être que son attitude est différente parce que Sally est présente? Il est vrai que toutes les fois qu'il a fait ses blagues douteuses, nous étions seuls et en dehors de l'agence. Il s'arrête deux étages avant celui de Sally et moi et nous salue brièvement et même froidement avant de nous quitter. J'échange rapidement un regard avec ma compagne d'ascenseur, mais nous n'avons rien à nous dire, un malaise subsiste. Jamais je ne sais quel sujet de conversation avoir avec mes collègues du bureau.

— Je te souhaite une belle soirée Julia, me dit finalement Sally en sortant et en prenant un chemin opposé du mien.

Elle semble très sympathique, en dépit de tous les préjugés que j'ai envers elle. Je l'ai vue minauder avec Georges après tout. Je me sens coupable maintenant de lui en avoir voulu, alors que cette jeune femme est très gentille.

****

Quand j'arrive enfin au palier de mon appartement, je peux entendre clairement des pas d'enfants qui sautillent dans le corridor. Je me demande qui peut bien être là, car ce sont majoritairement des adultes célibataires et des personnes âgées qui habitent l'étage. La réponse m'est donnée rapidement.

— Tatie Juju! s'écrie le petit Isidore qui court à ma rencontre.

Isidore est le deuxième des garçons d'Evy. Si le bambin est là, se précipitant vers moi, c'est qu'elle ne doit pas être loin. Or, elle ne vient JAMAIS chez moi. J'ouvre les bras pour accueillir le mignon bout de chou qui me fait un câlin comme je n'en reçois que rarement. Je le porte pour me rendre à l'appartement. J'aperçois Evy qui est assise par terre, enceinte jusqu'aux oreilles, avec le minuscule Léo sur ses genoux, qui suce son doigt et le grand Maximilien qui tient un livre dans ses mains. Près d'Evy, il y a trois valises de différents formats. Je comprends rapidement ce qu'elle attend de moi et la panique s'empare de moi. Il est hors de question que je les héberge!

— J'ai quitté Mark, me confie-t-elle simplement en me voyant.

J'avais deviné… à moins d'avoir choisi de prendre des vacances dans un tout inclus dans mon très petit appartement, ce qui est peu probable.

— Tu sais que je n'ai qu'une chambre? Un seul lit? répondis-je en sortant les clefs de mon logement.

— Je sais… mais je n'ai personne chez qui aller. Mes parents adorent Mark et j'ai trop honte pour leur révéler qu'il me trompe… Et pour les siens, le projet est mort dans l'œuf. Et mes copines sont les conjointes des meilleurs amis de Mark, il me retrouvera tout de suite…

— Et moi?

— Il ne pensera jamais que j'ai pu venir ici avec les enfants. Et il n'a pas ton adresse.

C'est certain que je ne pouvais être le type de personne chez qui sa femme pourrait aller crécher. Je suis la camarade irresponsable qui vit une existence hors-norme comparativement à leur vie insipide et rangée de gens de banlieue. J'avoue que la mienne est aussi monotone, mais vue de l'extérieur, je suis une célibataire qui fait la fête. Ou presque. C'est quand même leur perception.

— Est-ce que Mark sait que je suis toujours en vie?

Evy me regarde avec un air incertain sur le visage, tandis que de mon côté j'ouvre la porte de l'appartement. Les gamins se faufilent dans l'embrasure pour entrer et courir dans le logement. J'offre mon bras à mon amie pour l'aider à se relever. Elle est gigantesque et enceinte jusqu'aux oreilles, mais elle ne ressemble pas à une baleine échouée sur une banquise. Moi, je sais que c'est à ça que je ressemblerai quand j'attendrai un enfant. Dès que c'est un peu humide, mes chevilles et mes jambes deviennent énormes, alors, imaginez un peu en faisant de l'embonpoint abdominal causé par la procréation! Ce ne sera pas tellement séduisant.

— Je changerai les draps et vous prendrez mon lit pour la nuit, je dormirai sur le divan. Est-ce que ça t'ira comme ça?

— Julia! Tu es tellement gentille avec moi! Avec nous!

Est-ce que j'ai vraiment le choix? J'arrive de mon boulot et je te trouve à ma porte avec tes trois gamins. Et je sais que tu es limitée en ce qui concerne ton entourage. Je ne me vois pas te demander de t'en aller et de t'acheter de nouveaux amis. Ça ne se fait pas. Enfin, je n'ai pas assez de cran pour te le dire.

— C'est tout à fait normal, c'est ça l'amitié, répondis-je hypocritement.

À vrai dire, j'ai la folle envie de lui avouer que si ce n'était que de moi, je la déposerais dans un taxi et je la retournerais directement chez elle, mais comme j'ai peur de passer pour une personne dénuée de sentiment et sans cœur, je tolère sa visite ici. Il me faudra trouver une autre solution pour le reste de la semaine, car je sais que mon divan est TOUT, sauf confortable. La présence des garçons me fait plaisir par contre. Ils mettent de la vie et les entendre rire et les voir jouer me fait du bien.

— J'ai écrit une note. J'ai laissé mon téléphone

portable directement sur la table à la maison, donc, s'il tente de me rejoindre, je ne serai pas portée à céder à ses requêtes…

— Pourquoi ne prends-tu pas le temps de discuter avec lui pour vous expliquer?

Je suis consciente ne pas être la meilleure personne qui puisse donner ce conseil, car je suis quelqu'un qui fuit la discussion en général. Comme la majorité des gens, je suis excellente pour conseiller des choses que je ne fais pas. Mais ça, les autres ne sont pas obligés de le savoir.

— J'ai peur. J'ai la trouille qu'il me dise qu'au final, il m'abandonne pour cette pimbêche, crache-t-elle.

— Alors, tu préfères le quitter sans explications? Quelle en est la logique?

Evy hausse les épaules et s'en va s'étaler sur le divan. Je ne cherche pas à comprendre. Tout ce que j'imagine en ce moment, c'est que je dois faire le souper à cinq personnes. Je suis en mode panique un peu. La meilleure recette que je sache apprêter, c'est celle où j'appelle le livreur chinois du coin et où je mets cette belle nourriture dans des assiettes que je sers humblement. Evy ne mange pas de plats préparés. Elle fait tellement attention à tout ce qu'elle ingurgite et fait un tri de tout ce qui entre aussi dans la bouche de ses garçons.

— Ne te casse pas la tête pour le souper, je vais faire livrer, me dit Evy comme si elle avait lu dans mes pensées et elle poursuit : qu'est-ce que tu proposes?

— Moi, je suis une poubelle. Je mange pas mal

n'importe quoi, alors je te laisse choisir par rapport à tes goûts et à ceux que tu as pour tes enfants.

Remarquez la nuance, des envies QU'ELLE a pour sa progéniture et non les souhaits qu'ils pourraient avoir. Avoir le contrôle sur tout, c'est une de ses devises. Je devine facilement que même Mark ne doit pas avoir libre recours à son imagination sous la couette avec elle. Je les visualise dans la position du missionnaire. Evy qui dirige son mari au centimètre près. J'écarte rapidement cette image de ma tête en grimaçant. Comme je suis une abonnée des repas livrés, je sors tous les menus des restaurants qu'il y a dans un rayon de dix kilomètres et je lui donne le choix. J'ouvre mon réfrigérateur et je remarque que la majorité de la nourriture qui s'y retrouve est expirée depuis un bon moment et qu'elle pourrait bientôt ramper jusqu'à la poubelle d'elle-même. Je trouve une bouteille de vin à peine entamée, ce qui me surprend étrangement, moi qui ne laisse jamais ce genre de boisson inachevée. Je la sors et je me rappelle qu'Evy ne peut pas boire enceinte, puis je la replace dans le frigidaire aussi rapidement, avant qu'elle ne la voie. Ce serait vraiment cruel de m'enivrer devant elle, alors que c'est plutôt elle qui doit noyer une peine. D'ailleurs, je l'observe du coin de l'œil, elle est très zen pour une femme qui vient de quitter l'Homme de sa vie en catimini.

Je prends un moment pour envoyer un message texte à Teresa pour lui expliquer ce qui se passe. Elle m'a répondu aussitôt pour me proposer de m'héberger si je le veux. L'offre est tentante de vivre comme une princesse, pendant quelque temps. Je regarde Evy qui sélectionne encore le menu qu'elle commandera, je la soupçonne de compter secrètement les calories et les sucres que ces plats peuvent contenir. Je crois que ses enfants n'ont jamais touché une seule sucrerie de leur vie et que si je m'amusais à leur donner des bonbons en cachette, ils auraient sur eux un effet de drogue stimulante de sorte qu'il serait impossible pour moi de les arrêter de courir ou de jouer. Je peux même imaginer leurs yeux exorbités et leurs pupilles complètement dilatées, causés par les méfaits du sucre. Je ne peux m'empêcher de rire, ce qui attire l'attention de mon amie, mais c'est impensable pour moi de lui transmettre les images tordues produites par mon imagination débordante. Elle n'assimilerait probablement pas mon sens de l'humour. Il est déjà difficile pour moi de lui faire comprendre des blagues qui sont, pour le moins, de base.

– Que dirais-tu, Evy, si je te laissais mon appartement et que j'allais chez Teresa? L'endroit est petit ici et j'ai peur que nous nous marchions sur les pieds…

Mon amie lève la tête de ses menus, l'air pensif. Il est évident qu'elle analyse la situation. Son regard fait le tour de mon logis. Un sourire se dessine lentement sur ses lèvres.

– Je ne voudrais pas te jeter dehors non plus… mais puisque tu le proposes… Ça pourrait être bien. Est-ce que Teresa a assez de place pour te recevoir?

Je faillis m'étouffer avec ma salive. Elle ne connaît pas complètement mon amie ni ses moyens financiers. La grandeur de ma cuisine et de mon salon est de la même superficie que sa salle de bain. Et si on regarde la situation d'un autre œil, nous sommes présentement cinq dans un appartement qui ne peut contenir au maximum que deux personnes, un couple qui plus est. Étrange comme réflexion, vraiment.

– J'aurai probablement ma propre chambre, répondis-je doucement.

– Dans ce cas, c'est d'accord! C'est tellement généreux de ta part, Julia! Sincèrement! Je savais que je pouvais compter sur toi. Tu es une vraie amie.

Elle se lève pour venir me serrer dans ses bras et moi, j'attrape le petit dernier, que je transporte pour m'échapper de ce câlin contre nature que nous pourrions échanger elle et moi. Je me rends compte qu'en ce moment, je me mets dans le rôle du sauveur envers elle et que c'est parce que je ne veux pas la laisser à elle-même. Je n'ai pas besoin de cette amitié, mais comme je la connais depuis toujours, j'ai l'impression que je me dois de continuer, car je vois cela comme une défaite si je romps définitivement notre lien. Même si Teresa me dirait probablement que ce n'est pas un échec, que c'est juste une relation qui se termine pour faire place à une autre. De tout temps, quand je vivais une situation difficile ou que j'avais un problème, Evy n'a jamais été la première personne à qui je pensais téléphoner pour me confier et pourtant, pour elle, je suis cette personne-là. Parce que je prends en permanence les communications téléphoniques, et ce, à n'importe quelle heure du jour ou de la nuit. Je suis comme le 911, perpétuellement prête à aider l'entourage par rapport à une urgence. Si je m'arrêtais à me demander si un ami répondrait à mon appel à 3 h du matin, la liste serait aussi longue que celle des personnes désirant, de leur plein gré, passer une coloscopie pour le plaisir. C'est triste en y songeant quand même.

– Je vais souper avec vous, t'expliquer tout ce qui se déroule ici… et montrer aux garçons comment bien s'occuper de mon lapin…

– Les enfants sont tellement heureux de prendre du temps avec toi. Tu n'es pas venue très souvent ces derniers temps…

Tu ne m'as pas invitée, pensai-je.

– J'ai eu beaucoup de boulot, répondis-je en donnant le téléphone à Evy.

– Je ne te fais pas un reproche, tu sais. Il s'agit simplement d'un fait.

Je soupire et je me tourne vers Isidore qui requiert mon attention en me montrant son index enveloppé dans un pansement. Il m'explique en long et en large la mésaventure qu'il a eue avec le chat du voisin qui a mordu son doigt, car il le prenait pour une petite souris en jouant. Quel drame pour un gosse de son âge, mais quel courage de ne pas avoir pleuré et d'avoir compris que le chaton est encore un petit enfant, comme lui. Qu'il n'avait pas conscience de sa force! Je ne suis pas seulement une psychologue pour mes amis, je crois que j'ai du potentiel pour agir comme thérapeute avec les gamins. Ils viennent me raconter leur grosse peine sans pudeur et ils sont beaucoup plus intéressants à entendre.

– Isidore, que dirais-tu d'être responsable de mon lapin pendant que je serai partie? Tu pourrais t'en occuper comme un grand! Lui donner des carottes, de la nourriture, nettoyer sa cage lorsqu'il fait ses besoins et même jouer avec lui. Tu aimerais?

Le gamin me regarde avec les yeux écarquillés. Il tremble de tout son être, tellement il semble excité par l'opportunité qui se présente à lui. Il finit par me sauter dans les bras, comme si je lui avais offert un de ses cadeaux de Noël en avance.

– Je pourrai flatter Carotte aussi souvent que je le veux? Et lui faire de gros câlins? Wow!

Et voilà, ce petit garçon est aux anges. J'aimerais tellement avoir une technique aussi infaillible pour séduire les hommes de mon âge. Il me semble que ce serait tellement... plus facile! C'est plus aisé pour moi de les laisser venir à moi, plutôt que d'aller vers eux. J'ai souvent l'impression de ne pas être assez belle, pas assez drôle, pas assez séduisante, pas assez rien finalement. Teresa me dit que je les intimide parce que j'ai l'air trop indépendant et ça, ça fait fuir les hommes. Elle est bonne celle-là, voir si j'ai la capacité de les gêner. Je ne suis pas une bombe sexuelle à ce que je sache. La seule explosion que j'arrive à produire, c'est mon maïs soufflé dans un four à micro-ondes, et je réussis même à le brûler. Mon amie me dit que c'est mon attitude qui est froide et désintéressée. Que je ne souris pas lorsqu'un homme me regarde et, qu'à la limite, je l'ignore complètement. En fait, je ne le vois pas quand on m'observe réellement. Je me demande si ce n'est pas ma copine ou une fille près de moi qu'on admire plutôt. Je n'imagine pas la honte générée si je fais un sourire et que je m'aperçois que le garçon vient vers la femme à côté de moi. Une fois, c'est arrivé qu'un monsieur m'envoie la main avec un grand sourire. Sur le coup, je n'ai pas eu de réaction, j'ai regardé à ma gauche et à ma droite, mais il n'y avait personne. Lorsqu'il a recommencé à faire un geste vers moi, alors là, j'ai soulevé timidement la main et j'ai fait un mince sourire forcé et c'est à ce moment-là que je me suis rendu compte qu'il s'adressait à une personne qui était derrière moi et qu'il m'a ignorée complètement. Je n'avais pas été aussi expressive qu'à l'habitude, et c'est une chance que j'aie choisi de me garder une petite gêne… car parfois, je peux être un peu étourdie et m'exprimer assez fortement sans nécessairement penser aux conséquences.

– Julia! JULIA!

Je lève la tête et je vois Evy qui me regarde avec des sacs dans les mains. Elle avait finalement commandé du chinois. Ce qui me surprend venant d'elle, mais bon, la vie est remplie de surprise. Elle avait peut-être besoin de vivre dangereusement aujourd'hui et de tester de la nourriture hors de son contrôle. Je n'ai même pas entendu le livreur passer.

– Quoi? répondis-je en sortant de ma rêverie.

– Manges-tu avec des baguettes ou des ustensiles?

– Hum… je ne suis pas tellement habile avec ça.

Je suis maladroite de façon maladive. J'ai déjà envoyé l'une d'elles dans le coin de mon œil et j'ai presque eu un coquard. Mais comment expliquer cela sans passer pour la pire des gaffeuses? J'avais décidé que j'avalais mes sushis avec les baguettes qu'ils nous donnaient lorsqu'on les commande. Je recevais chez moi un ami avec qui j'espérais augmenter notre niveau d'intimité, mais j'ai gaspillé toutes mes chances lors de cet incident, car j'avais détruit tout ce qui me restait de charisme. Stephen, c'était le nom de celui qui m'a vue en pleine action, a tellement ri de moi que cela m'a rendue désagréable et m'a fait perdre toute envie d'aller plus loin avec lui. Son rire était presque aussi ridicule que celui de Liam, mais au lieu de s'apparenter à celui d'une hyène, c'était probablement plus celui du sanglier ou du cochon. Cela m'avait plus insultée que d'avoir eu l'air d'une folle avec mon incident et mon attaque de baguette. Une fille a tout de même son orgueil. Je sais rire de moi, mais j'ai aussi mon quota d'autodérision.

— Je vais souper et, ensuite, préparer mes valises. Tu peux m'appeler n'importe quand, s'il y a quelque chose d'urgent, lui dis-je en m'assoyant à la table.

— Je devrais être capable de m'arranger. Les enfants ne risquent pas de tomber sur des trucs personnels? Tu sais, il est possible qu'ils fouillent… Je n'ai pas vraiment envie que l'un d'eux revienne avec un jeu de grand, me dit doucement Evy, en évitant de dire des mots à caractère sexuel devant eux.

— Je vais faire le tour avant de partir. Je ne veux pas plus que toi qu'ils trouvent mes jouets d'adultes.

Finalement, est-ce que c'est bien une bonne idée de laisser mon appartement à mon amie et ses enfants? J'essaie de faire le tri mentalement des articles de « grands » qui ne doivent surtout pas être mis dans les mains de jeunes garçons encore purs et innocents. La liste n'est pas vraiment longue. Je ne possède pas tant d'accessoires qui peuvent être utilisés à mauvais escient. Je n'ai pas une salle de jeu comme Christian Grey et je ne suis pas non plus du genre à prendre plaisir avec des menottes ou une cravache. Je suis de la bonne vieille méthode... les jeux de rôle ne sont pas vraiment ma tasse de thé. La seule fois où j'ai essayé de sortir des sentiers battus avec un amant, j'ai été prise d'un fou rire incontrôlable lorsqu'il a tenté d'employer une voix sensuelle pour me dire des trucs irrésistibles à l'oreille. Il avait tellement été insulté qu'il a fini par bouder et j'ai dû trouver une manière originale de me faire pardonner. De ce côté-là, j'ai quand même beaucoup d'imagination.

– Il a sonné durant ta chasse au trésor, me dit Evy en me tendant mon téléphone cellulaire.

En prenant le combiné, je vois tout à coup un message de Georges Stevenson qui me demande comment je me porte. Mon cœur manque un battement. Je lui notifie que ça va bien et je lui retourne la question. Je sens le regard d'Evy qui me scrute attentivement, probablement qu'elle a remarqué le rouge qui m'est monté au visage. J'aurais peut-être dû patienter un peu avant de lui répondre, car j'ai l'air complètement désespérée.

Sa réponse ne se fait pas attendre. Il dit qu'il se porte beaucoup mieux depuis qu'il me parle. J'ai l'impression d'être dans une émission de télé qui attrape les gens avec des blagues de mauvais goût. Je doute que ce soit vraiment Georges qui m'écrive et je pense qu'à un moment donné, quelqu'un va me faire une sortie cruelle et se moquer de moi et de mon intérêt pour ce type. Je veux dire mon obsession pour lui. Je crois que j'ai trop souvent vu de films d'adolescents où la fille quelconque se fait ridiculiser par celles qui sont populaires à son école secondaire.

— Il fait chaud tout à coup, lui dis-je pour tenter d'expliquer mon visage aux nouvelles teintes de rouge.

J'ai l'impression d'être un homard en train de bouillir dans un grand chaudron sur le four.

— Qui t'écrit pour que tu sois aussi troublée?

Elle n'a pas mordu à l'hameçon. Je ne croyais pas qu'elle pouvait reconnaître des tics ou des manies que je pouvais avoir.

— Bah, un type que j'ai rencontré dans un bar…

J'essaie d'inventer une histoire, mais ce n'est pas vraiment mon meilleur talent. Je sais que je vais rougir encore plus et c'est le cas, car Evy a un regard qui est davantage inquisiteur.

— Julia Davis, si tu ne veux pas me révéler qui t'a contacté, c'est parfait, mais s'il te plaît, ne me mens pas! C'est un homme marié, c'est ça?

Elle semble offusquée maintenant, voire en colère. Après tout, je n'ai aucun compte à lui rendre et ma vie personnelle ne la regarde pas du tout.

— Non, ce n'est pas un type marié. Et puis, même si je te dis qui c'est, tu ne me croiras pas de toute façon, répondis-je.

Mon portable sonne de nouveau indiquant que Georges m'a écrit.

— Dit toujours, j'aviserai.

— Je n'ai pas le désir d'en parler tout de suite. Je vais voir quels seront les débouchés. Tu seras la première au courant.

Je mets mon téléphone dans mon sac à main et prends la direction de ma chambre pour finaliser mes bagages. Je n'ai pas envie qu'elle me gâche mon bonheur en lui disant que le superbe, l'extraordinaire, l'unique Georges Stevenson s'est rendu compte que j'existe. La connaissant, elle trouverait certainement le moyen de me blesser ou pire de me ridiculiser. Et d'un autre côté, c'est peut-être moi qui la vois toujours comme l'adolescente avec qui j'ai grandi et qui obtenait tout ce qu'elle voulait, tandis que moi, je devais galérer.

Teresa, qui est mon maître-penseur, me dirait sûrement de revoir avec mes yeux d'adulte et avec objectivité les liens qui me faisaient souffrir lorsque j'étais plus jeune. Il est certain que ma relation avec Evy n'a jamais été d'égale à égale. J'avais régulièrement l'impression d'être la petite clown de service ou son faire-valoir auprès des garçons. J'étais souvent la fille amusante qui se tenait avec la plus jolie de l'école. Il faudrait possiblement que je change ma perception devant tout cela. Un jour peut-être. Un jour. En attendant, je me dépêche de finaliser mes valises, de donner les dernières instructions à mon amie et de lui laisser un double de mes clefs. Je dois me rendre chez Teresa avec mon sac à dos et il est pesant.

CHAPITRE 6 — LA RÉUNION

La chambre d'ami de Teresa est aussi épurée et blanche que le reste de l'appartement. C'est à croire qu'elle fait une fixation sur cette non-couleur. Je trouve cela très dangereux de m'y retrouver et j'ai presque failli refuser la petite coupe de vin blanc qu'elle m'a offerte lorsque je suis arrivée, car, oui, tout est concept, même l'alcool qu'elle sert. Je me sens beaucoup mieux en sa présence, comparativement à celle d'Evy. Teresa me permet davantage d'être à mon naturel, puisque je ne ressens pas le jugement à travers son regard et pour ça, elle reste la personne la plus extraordinaire de ma connaissance, excluant Georges, bien entendu.

J'ai si bien dormi que j'aurais failli manquer l'heure du lever si je n'avais pas entendu Teresa qui faisait de drôles de bruits avec sa bouche. Pendant un instant, il a été facile pour moi d'imaginer le pire et je pensais qu'elle avait invité un homme dans sa chambre après que je sois allée me coucher hier soir. Je m'étire le plus possible, il est difficile de ne pas percevoir les craquements de mon corps qui ressemblent étrangement au son que fait le papier bulle qui protège des articles fragiles lorsqu'on en écrase les sphères contenant de l'air. Je manque d'activités physiques et de remise en forme. J'en suis consciente et je crois que le fait de prendre le métro est mon seul exercice quotidien. Marcher d'un point d'embarquement à un autre est, oui, une habitude, mais c'est quand même de la marche que je fais tous les jours. Je souhaiterais posséder la taille de Cara Lavigne, mais sans les efforts qu'il faut y mettre. C'est pathétique quand on y pense. Des idées folles qui me traversent la tête de temps en temps. C'est comme espérer gagner à la loterie sans pour autant avoir acheté un billet.

Après avoir quitté mon lit, j'enfile le peignoir d'invité, qui est, lui aussi, blanc comme les murs, le plancher et le couvre-lit. J'ouvre la porte très doucement et j'aperçois dans le salon Teresa qui est assoupie au sol dans une posture pour le moins assez étrange et elle fait toujours ces bruits avec sa bouche qui ne me rassurent pas du tout. En sortant de la pièce, elle lève les yeux vers moi et me fait un grand sourire.

– Bonjour Julia! Tu viens faire du yoga avec moi? demande-t-elle gaiement.

Tout ça ne me dit vraiment rien de bon, aussi je lui fais non de la tête. Même si c'est une amie extraordinaire, je n'adhère pas à toutes ses activités concrètes.

– Bonjour Teresa. Je vais prendre quelque chose de vite fait et filer pour le boulot. Philip veut me rencontrer ce matin, lui dis-je en me dirigeant vers la cuisine.

– Fais comme chez toi ma chère. Je termine mes figures, je fais quelques minutes de méditation et je te retrouve.

Teresa avait sorti sur le comptoir tout ce qu'il était possible d'ingérer comme petit déjeuner. Des fruits frais, du jus d'orange fraîchement pressé, des céréales, des œufs, du pain, bref tout ce que je consomme rarement pour le déjeuner, mais qui est très appétissant pour moi. Je choisis ce qui me donne le plus envie et je m'installe sur un des tabourets, blanc bien sûr, pour manger tranquillement. J'ai encore le temps avant d'arriver au bureau. Philip m'a envoyé un courriel pour me rappeler notre rencontre de ce matin. Toujours aussi froid et distant avec moi qu'il l'a été devant Sally ou Georges. Peut-être a-t-il compris que son comportement est tout sauf professionnel à mon égard? Même s'il m'énerve quand il s'acharne sur moi avec ses blagues douteuses, je n'aime pas le voir ainsi prendre ses distances avec moi. Il est étrange de réaliser comment l'attitude d'une personne peut influer sur nous.

– Il ne te manque rien? demande soudainement Teresa en entrant dans la cuisine et en allant chercher une bouteille d'eau qui contient des morceaux de lime et de fraise pour ajouter un peu de goût.

– Tu veux rire. Je n'ai pas l'habitude de manger beaucoup le matin, répondis-je en tartinant une rôtie avec du caramel fait maison.

– C'est pourtant le repas le plus important de la journée. Tu ne devrais pas le négliger.

Et la voilà qui se met à m'éduquer sur mon alimentation et l'importance que je devrais y donner. C'est probablement le côté de Teresa qui m'agace le plus. Cette manie qu'elle a de nous faire la morale sur le bien-être physique et mental que nous devons nous accorder. J'en suis consciente, mais je ne ressens pas le besoin de me le faire redire, comme un vieux disque d'Elvis Presley ou de Johnny Cash. Mais je me dis qu'elle doit parfois se dire la même chose de moi, quand je me mets à répéter comment Georges est si formidable, si extraordinaire, si... inaccessible finalement.

– Georges m'a écrit en privé hier. Tu crois qu'il s'intéresse à moi?

Tentative de diversion qui semble fonctionner.

– Tu dois être sa prochaine proie. Il est comme un lion ce type, il poursuit sa cible et le moment venu il lui saute dessus et vlan! Il en fait son festin!

Teresa fait de grands gestes en parlant, rendant le tout très imagé.

– Tu crois qu'il me pourchasse?

J'ai la bouche ouverte et j'observe mon amie qui se verse un verre de jus frais. Elle lève les yeux vers moi, ils sont pétillants et rieurs.

– Je ne sais pas Julia, mais Georges Stevenson n'est pas le type le plus monogame au monde. Il ne ressemble pas au voisin, si on le compare à Willis... Mais j'avoue qu'il est beaucoup plus séduisant et attrayant physiquement que son père. Tu devrais lui demander directement ce qu'il veut.

Je baisse les yeux sur le reste de ma rôtie et les relève ensuite vers mon amie.

– Non, j'ai trop peur qu'il me rejette. Tu imagines la honte?

Teresa met sa main sous son menton, l'air pensif.

– Je crois que tu crains encore plus d'être blessée. Il incarne le fantasme de toutes les femmes qui rêvent au prince charmant. Il est jeune, beau, riche et séducteur. La rumeur dit qu'il est destiné à épouser Alice Kroker, la fille cadette du magnat du pétrole Ted Kroker. Tu es certaine qu'il est célibataire? demande Teresa.

– Je n'ai pas vraiment abordé le sujet avec lui. De toute façon, il ne veut peut-être que jouer un peu avec moi sans aller plus loin…

– Je ne crois pas, Georges Stevenson aime bien obtenir ce qu'il veut. Je le connais quand même.

Teresa a réussi à semer le doute en moi.

– Je ne sais pas.

– J'ai un 5 à 7 assez jet set au Hilton pour le lancement de la nouvelle collection. C'est ce soir. Il est possible que Georges soit présent. Est-ce que tu aimerais venir? J'envoie un courriel à Tina qui t'ajoutera à la liste des invités. Je t'aiderai à choisir ce que tu dois mettre pour être jolie comme tout et femme fatale en prime! Il y aura quelques prospects célibataires ayant la cote qui seront là. Une belle occasion pour toi!

En regardant l'heure, je me rends compte que je vais être en retard pour ma rencontre avec Philip si je continue à traîner ainsi.

****

En mettant les pieds dans les bureaux, Sally me fait un grand sourire. Elle a tellement de dents. Je la soupçonne d'en posséder un nombre plus élevé que la normale. Je cesse de compter après quelques-unes. Son regard est intense et étrangement, elle ne me surnomme plus mon chouuuuuu! Peut-être a-t-elle compris que ce surnom est désuet et que ce n'est pas du tout flatteur de se faire appeler par un nom de légume. Je sens ses yeux qui me suivent jusqu'à mon poste de travail, et ça me rend mal à l'aise. Je suis aussi persuadée qu'elle n'a pas manqué de voir que je m'étais pris les pieds dans mes lacets de bottines que j'ai omis de lacer pour ne pas perdre de temps, car j'ai finalement traîné trop longtemps dans la douche. Heureusement, j'ai pu me rattraper sur le bureau vide de Liam qui n'est pas encore arrivé. Ou… il est peut-être absent.

Je pose près de mon ordinateur le sac contenant la robe et les escarpins que Teresa veut que je mette ce soir pour le petit 5 à 7 jet set. Je ne suis pas certaine de l'allure que j'aurai, mais j'imagine que ce sera mieux que mon habillement du jour qui fait très professionnel. Le défi de la journée est de ne pas égarer les vêtements ni de salir de quelque manière que ce soit le joli tissu noir en laine ou peut-être synthétique. Je ne me souviens plus. Mon amie connaît pratiquement tous les matériaux de mode. Et moi, ce n'est pas vraiment ma tasse de thé.

Je vais frapper à la porte de Philip qui est au téléphone, il me fait signe d'entrer et de fermer derrière moi. Je suis un tantinet nerveuse, comme une vieille fille qui en est à son premier rendez-vous galant, sauf que je ne suis pas une vieille fille et que ce n'est pas la première fois que je rencontre Philip. Il raccroche, soucieux, et lève les yeux vers moi, mais comme si ce n'était pas moi qu'il regardait.

– Bonjour, Davis, ça va bien? demande-t-il en souriant.

Il a retrouvé le petit air espiègle que je lui connais.

– Oui… et vous?

Il soupire fortement et plonge son regard perçant dans le mien.

– Je crois qu'on peut facilement se tutoyer.

– Pourtant, on n'a pas élevé les cochons ensemble, si?

Je ressens le besoin d'être méprisante avec lui, c'est plus fort que moi. C'est la réaction qu'il provoque chez moi. Au lieu d'en être offusqué, il esquisse un léger sourire. Ce qui accentue mon envie d'être désagréable.

– J'aime bien cette expression. Tu vois, à force de te côtoyer, j'élargis mes horizons, me dit-il simplement.

Je commence à m'impatienter. Il semble tourner autour du pot et je déteste ça. Il ressemble à un médecin qui doit annoncer à un homme qu'il lui reste six mois à vivre et qui tente de rendre cela moins dramatique. On s'entend que, peu importe la manière dont tu vas le communiquer, le temps restant est le même. Et ce, même si l'annonce est faite avec des ballons et un clown ou avec un air tragique, le compte à rebours est déjà commencé.

– Bon, alors, viens-en au fait, qu'est-ce que je n'ai pas fait de bien? demandai-je finalement.

Philip se met à rire. J'ai beau le trouver prétentieux et merveilleusement imbu de lui-même, il est vraiment séduisant. Il faut que je le confesse. Ses yeux gris sont expressifs et magnétiques, mais le reste de son visage peut rester impénétrable.

– Rien du tout. Est-ce que j'ai l'habitude de t'appeler dans mon bureau pour dire que tu as mal rendu ton boulot? Je travaille ici depuis si peu de temps... Renforcement positif, Davis!

Je soupire de soulagement. J'ai quasiment peur que, pour faire suite à l'épisode dans la salle des archives, il ait eu l'intention de me faire perdre mon travail. J'ai la sensation de jouer aux échecs avec lui et j'appréhende son prochain mouvement. Il est imprévisible. Je devine son regard sur moi. Je le ressens intense et profond, j'en suis presque mal à l'aise.

– Alors, qu'est-ce que j'ai fait sinon ? Je ne suis pas ici parce que tu apprécies ma présence, non?

En tentant de maintenir mon attitude zen et décontractée, tout en étant assise sur le bout de ma chaise, je tends la main pour saisir le coupe-papier quand, par accident, j'accroche une pile de documents. Elle prend la direction du carrelage pour s'éparpiller. Je sens le rouge me monter au visage et je me dépêche de ramasser les feuilles étalées sur le sol. J'entends Philip glousser.

– Vraiment Davis, je crois que je n'ai jamais vu quelqu'un de plus maladroit que toi avec les dossiers et les papiers.

Tandis que je suis à genoux par terre, Philip se lève et s'installe debout devant moi. Je peux admirer ses chaussures hors de prix. Je me doute qu'il les fasse cirer pour qu'elles puissent rester aussi luisantes. Je suis embarrassée. Un moment comme je suis seule à être capable de créer. J'ai un talent inné pour cela. J'ai un génie incroyable pour manifester ce genre de scénario. En me relevant, je pose les feuilles sur le bureau, à peu près comme elles étaient, et je m'installe de nouveau sur ma chaise. J'évite maintenant de toucher quoi que ce soit. Philip ne bouge pas et il reprend la parole, plus sérieusement.

– Le dossier Weinsterg, c'est toi qui l'as travaillé de A à Z, n'est-ce pas?

– Oui. J'ai un contact dans l'entreprise, ce qui m'a facilité l'ouvrage. Je sais que ce n'est pas dans ma description de tâches, que j'ai peut-être fait preuve de trop d'initiative…

– Arnold Weinsterg. Il désire signer un contrat avec nous et que tu t'occupes de sa campagne. Tu réalises ce que ça veut dire ça?

J'ignore quoi répliquer. Je travaille depuis tellement longtemps ici sans que personne n'ait vu le quart du potentiel que j'ai. L'émotion qui s'installe en moi est tellement forte qu'elle me donne envie de pleurer de joie. Je n'arrive pas à répondre à Philip qui me regarde avec un sourire d'encouragement. Il reprend la parole devant mon silence.

– Tu as une promotion. La semaine prochaine, tu viens avec moi à Los Angeles pour la signature du contrat. Trois jours payés dans la cité des anges. N'est-ce pas merveilleux? Good job, Davis, me dit-il en mettant sa main sur mon épaule en signe de soutien.

Le contact sur moi me fait un drôle d'effet dont je ne suis pas certaine d'en aimer la signification. Je ressens des frissons. Ce geste, pourtant anodin et sans arrière-pensée, ne peut pas être considéré comme un comportement à caractère sexuel. C'est pour cette raison que cette réaction en moi me dérange autant. Il est impossible pour moi qu'un homme qui m'horripile autant puisse m'attirer en même temps. Il faut que je chasse cette idée absurde de ma tête. L'image de Georges se manifeste et me soulage amplement de ces trois secondes d'angoisse que m'a procurées tout le reste.

– Los Angeles? Trois jours? Wow!

Ma réponse ressemble à celle d'une gamine de dix ans qui n'a pas assez de vocabulaire pour exprimer la joie qu'elle ressent devant le cadeau de ses rêves qu'elle vient de développer. Philip ne semble pas se moquer de moi. Il n'a pas son regard malicieux habituel, et même qu'il paraît être sincèrement heureux de voir que la situation me comble.

– Bien entendu, tu auras ta propre chambre, tes dépenses seront payées dans la limite du raisonnable. Et nous aurons du temps pour visiter la ville aussi. Tu es déjà allée en Californie?

Je n'ai jamais vraiment voyagé dans le pays. Une fois j'avais pris le train jusqu'au Canada pour un voyage avec l'école, mais je suis trop honteuse pour l'avouer à Philip J. Castle qui doit avoir fait le tour du monde plusieurs fois.

– C'est tout nouveau pour moi, Los Angeles, répondis-je doucement.

Je prononce chaque syllabe comme si je voulais en réaliser la teneur. Je ne crois tout simplement pas ce qui est en train de se manifester et j'ai besoin qu'on me pince le bras pour me faire comprendre que je ne rêve pas. Je suis tellement émerveillée par ce voyage d'affaires. Moi, à qui il n'arrive jamais rien à l'habitude.

– Alors, je demanderai à Sally de faire les réservations, de s'occuper de l'hébergement et de tout le tralala ennuyant. Est-ce que tu penses que tu pourras te libérer pour ces jours où nous serons en déplacement?

Quelle question idiote! Il l'ignore. C'est certain que tout ce qu'il y avait à l'horaire s'annulerait et de toute façon, mon existence est aussi excitante que celle d'une religieuse qui va à l'office du dimanche. Je ne vais certainement pas lui révéler cette information sur ma vie privée, car je sais qu'il prendrait un énorme plaisir à me le remettre sous le nez à répétition.

– Je crois que ça peut facilement s'arranger.

Je reprends peu à peu mes esprits pour réaliser la chance extraordinaire qui m'est offerte sur un plateau d'argent. Je suis tellement heureuse que je fais la liste mentalement de tous les amis avec qui je pourrai partager cette merveilleuse nouvelle. Puis je constate aussi que ce sera trois jours complets avec Philip. Endurer ses écarts de caractère et son humour plus que douteux.

– Je t'enverrai un courriel avec toutes les

explications, les rendez-vous et l'itinéraire. Merci Davis, me dit-il en se levant, ce que je fais aussi.

Il plonge son regard gris et perçant dans le mien et je me sens inconfortable tout à coup. Je ne suis plus certaine que ce soit une bonne idée finalement de partager avec lui un voyage d'affaires.

– Merci pour la confiance en mon travail, lui dis-je timidement.

– Tu le mérites, si ce n'était pas le cas, tu ne serais pas du déplacement, me dit-il.

Il m'accompagne vers la porte. En sortant de la pièce, je croise Georges qui me dévisage à son tour de la tête aux pieds d'un regard que je ne lui connais pas. Il me fait un sourire plus que parfait avec un clin d'œil avant de rejoindre Philip dans son bureau. J'éprouve toute la chaleur que cet instant a fait monter en moi. Je me demande pourquoi j'existe maintenant dans son monde. Je n'ai vraiment rien changé et surtout, je suis toujours restée en retrait et aussi attrayante qu'une plante verte sans fleurs qu'on oublie d'arroser régulièrement.

****

La journée a passé rapidement, sans incident et avec quelques sourires de Georges. Je suis tellement intimidée par lui que je ne trouve aucun sujet de conversation et nos échanges se bornent à des « ça va bien » ou à d'autres propos tels que la température extérieure. Il doit vraiment s'imaginer que je suis stupide, ennuyante et que mes intérêts sur la vie en général sont limités.

Je prends la direction de la petite fête à laquelle Teresa m'a conviée. J'ai mis une belle robe noire en dentelle qui suggère qu'elle est transparente à certains endroits, mais il s'agit bien entendu d'un effet voulu par un tissu couleur chair en dessous de ce matériau de grande qualité. Teresa m'a prêté ses escarpins qui valent une fortune pour me donner de l'assurance, dit-elle. J'ai laissé mes cheveux détachés sur mes épaules et j'ai fait un effort pour maquiller mon visage, sans pour autant ressembler à un clown. C'est vraiment la crainte que j'ai lorsque j'ose appliquer du fard à joues et du rouge à lèvres. J'ai toujours cette désagréable impression d'en avoir trop apposé et que ce n'est que ça que les gens regardent quand ils me voient apparaître. Par chance, Sally est arrivée dans les toilettes du bureau, tandis que j'essaie de faire quelque chose de respectable et elle me propose de m'aider à étaler la bonne dose de maquillage qui me mettra en valeur au lieu de dégrader la situation.

J'ai de plus en plus envie de baisser la garde avec Sally et de la trouver aimable. Pourtant, il ne faut pas que je le fasse, étant donné qu'elle peut rester une menace pour la non-relation entre Georges et moi. Il lui fait de la belle façon et elle ne semble pas indifférente à ses manifestations. Peut-être est-elle sympathique avec moi car je lui fais pitié? J'essaie de chasser cette idée de ma tête et de penser à autre chose. Teresa dirait facilement que je me dénigre trop souvent et trop aisément. Son attitude gentille avec moi est probablement simplement due au fait qu'elle m'aime bien et veut tenter une approche amicale avec moi. Il faut que je cesse de considérer toutes les femmes qui ont des jambes interminables et une face de déesse comme des ennemies.

En entrant dans la salle de réception, je m'efforce d'observer les gens à la recherche d'un visage sympathique que j'aurais pu reconnaître, mais non. Il y a bien quelques figures connues qu'il est plus habituel de remarquer dans les magazines ou à la télévision. Je prends un verre de vin rouge lorsqu'un serveur s'approche près de moi. J'ai besoin de trouver le courage d'aller parler avec ces inconnus. Je ne veux pas être celle qui est confondue avec les fleurs du tapis.

– Davis! Je ne pensais pas te voir ici!

J'ai seulement fait quelques pas quand je reconnais la voix si distinctive de Philip. En me retournant, il se tient devant moi, avec une jolie blonde à son bras.

– Oui, j'ai aussi mes entrées pour ce genre de fête, répondis-je les dents serrées.

J'aurais préféré ne pas l'avoir rencontré, mais il est trop tard. Je surprends son regard qui me balaie de la tête aux pieds. Je ne suis pas capable de deviner si l'expression qui habite ses yeux est de l'admiration ou du mépris. J'ai l'impression parfois qu'il me prend de haut, mais comme la promotion que j'ai obtenue vient contredire ce que je ressens, je ne sais finalement pas sur quel pied danser avec lui.

– Je n'en doute pas. Je te présente Ruby Stevenson, la fille de Willis, me dit-il le plus simplement du monde.

La jeune femme, qui est sublime et digne de la beauté des vedettes d'Hollywood, est donc la sœur de Georges. Je ne me rappelle pas l'avoir déjà vue au bureau et j'avoue que je n'ai jamais trouvé l'intérêt de connaître la famille élargie de Willis. Elle ne semble pas très vieille et j'en déduis qu'elle doit être la petite amie de Philip.

Ruby me tend la main et me salue chaleureusement. Elle est très gentille et d'une douceur qui peut être désarmante. Elle ne ressemble aucunement à son père et elle possède la même fossette sur le menton que Georges.

Teresa arrive à ce moment. Je vois rapidement l'intérêt de Philip se tourner vers sur mon amie qui est très jolie dans sa robe rouge de Christian Dior. Je sais que la jalousie est un vilain défaut, mais ça vient titiller quelque chose en moi de sentir cet intérêt que tous les hommes peuvent lui porter. Ce serait plus facile si c'était une coquille vide, mais Teresa est très intelligente et ce n'est pas un deux de pique. C'est une femme parfaite pour la gent masculine. Je ne comprends pas d'ailleurs pourquoi elle n'a pas de petit ami ou de fiancé, mais en même temps, ça ne me regarde pas. Tout cela lui appartient à elle. Je devrais lui poser la question par curiosité, un de ces jours.

Teresa, très à l'aise, se met à discuter avec Philip et Ruby, comme si elle les connaissait depuis des années. Je me sens un peu diminuée et hors contexte. Aussi, le plus subtilement possible, je m'éloigne. Je vais vers le bar, là, où plusieurs personnes seules semblent s'être déposées pour socialiser ou faire des rencontres. Je prends une très longue gorgée de mon vin lorsqu'un homme, pas très grand, mais quand même de belle apparence, me fixe inlassablement. Je finis par lui faire un sourire, car il ne paraît pas vouloir regarder ailleurs.

C'est comme si je lui avais donné l'encouragement dont il avait besoin pour venir vers moi. Ce qu'il fait immédiatement. Il se présente rapidement, son prénom est Baron, et s'informe du mien avec beaucoup intérêt.

— Mon nom est Julia, lui dis-je distraitement en fixant Philip et Teresa qui semblent en pleine conversation animée.

Je ne comprends pas du tout pourquoi cela me dérange et ça me frustre encore plus pour cette raison.

— Est-ce que vous vous êtes toujours nommée ainsi?

Je manque de m'étouffer en réalisant ce que Baron m'a demandé. Qu'est-ce que c'est cette question? Sans être capable de contenir mon incrédulité, mais surtout l'arrogance qui monte en moi, je le regarde avec hargne.

— En fait non, avant je m'appelais Roger et j'avais tout ce qui va avec, répondis-je en bouillant.

Comme si la possibilité de changer de nom était courante dans la vie d'une femme. Est-ce qu'il s'imagine que je m'amuse à camoufler mon identité? Peut-être trouve-t-il que j'ai des traits masculins. Pourtant, le reflet que mon miroir m'a renvoyé est du genre féminin. Ce n'est pas Teresa qui me racontait que je faisais fuir les hommes déjà parce que je suis intimidante? Il y en a pour qui ce n'est pas le cas.

Baron me regarde l'air incrédule, comme s'il n'était pas certain de la phrase que je viens de dire. J'ai l'impression d'avoir le visage rouge et les oreilles qui font de la fumée. J'allais en rajouter une couche lorsque j'ai senti une main se poser sur ma taille doucement pour m'amener vers l'arrière.

– Elle est avec moi, chuchote la voix douce de Georges en m'attirant vers lui.

– Je suis désolé, je ne voulais pas être désagréable, bredouille l'homme, complètement embarrassé avant de me quitter rapidement.

J'ai l'impression que je vais fondre sur place. Georges me tient par les hanches et je suis contre lui. Mon visage est tout près du sien et mon corps est contre le sien. Il approche ses lèvres de mon oreille, si près, qu'il doit me frôler.

– J'ai cru pendant un instant que tu allais l'attaquer. Une vraie tigresse comme j'aime, susurre-t-il.

– Il l'a bien cherché, répondis-je en souriant.

Le monde a cessé d'exister tout autour. J'ai les mains moites et j'ai chaud. J'ai tellement peur de transpirer au point de faire des cernes sous les bras. Georges réveille en moi quelque chose de sensuel et de primitif. En levant les yeux, je crois observer Philip qui nous jette des coups d'œil rapides et récurrents.

– Julia, pourquoi ne t'ai-je pas découverte avant?

Je ne sais pas moi. Qui remarque l'adjointe administrative qui fait tout le sale boulot? Je ne peux pas lui répliquer cela. C'est inconcevable. D'ailleurs, j'ignore vraiment pourquoi il a réalisé que j'existe maintenant. Le tout me rend perplexe du reste.

– À vous de me le dire, répondis-je simplement.

Il remonte doucement son index sur mon échine dans une caresse langoureuse. Mon corps est parcouru de milliers de petites vibrations électriques jusque dans ma culotte. Je connais ses manœuvres de séduction et, en dépit du fait qu'il est irrésistible, je ne veux pas tomber dans le panneau et devenir la prochaine fille sur son tableau de chasse.

— Tu as l'air d'être une femme accessible, à l'écoute des autres et qui fait attention à tout ce qu'ils éprouvent. Est-ce que tu me ressens en ce moment?

Je ne l'ai pas vu venir sur ce coup-là. Ce que je sens immédiatement, c'est surtout l'excitation que sa proximité a sur moi.

— C'est possible, mais il est aussi envisageable que je me trompe. Je n'aime pas supposer des théories lorsque la situation est ambiguë, j'ai encore besoin de preuves, lui dis-je distraitement, tout en tentant de me contenir.

La distance entre nous a diminué d'un cran. Je ne crois pas que c'est réaliste d'être aussi près que cela en public. C'est presque indécent.

— Si je n'étais pas un garçon sage, ça fait longtemps qu'il n'y aurait plus d'ambiguïté, chuchote-t-il à mon oreille.

Il continue de descendre et de remonter son index dans mon dos et j'ai terriblement envie de le pousser contre le mur pour l'embrasser à pleine bouche. Mais, comme des tas de personnes nous entourent, tout cela est impossible. Enfin, je n'ai pas vraiment le désir de me donner en spectacle. Je me tourne la tête vers lui et en plongeant mon regard dans le sien, je me sens comme hypnotisée par lui. Il pourrait me dire n'importe quoi et j'obéirais probablement. Une vraie folle. Ce type me fait complètement perdre mes moyens. Comment est-ce possible?

– Alors, je te permets d'être un vilain garçon, répondis-je.

J'ai laissé tomber mes bonnes manières. Je ne le vouvoie plus et je le tutoie maintenant. Georges me fait un sourire en coin et il va ajouter quelque chose lorsqu'il s'écarte brusquement en se raclant la gorge. Un peu déstabilisée, je me retourne pour voir Philip qui arrive vers nous. Il nous regarde pourtant avec indifférence. Il m'ignore complètement et s'adresse le plus normalement du monde à Georges à propos d'un des gros clients de la boîte, puis il se met à parler du contrat que je ferai signer avec lui à Los Angeles.

– Julia ne s'en est pas vantée, lui dit Georges en me faisant un clin d'œil.

Je lui fais un sourire discret et je laisse Philip expliquer le reste.

– Donc, la semaine prochaine, nous irons tous les deux à Los Angeles pour finaliser tout ça.

L'attention de Georges est piquée au vif, celui-ci se montre beaucoup plus intéressé maintenant à ce qui se raconte.

– Je regarderai mon horaire et je crois que je vous accompagnerai dans cette virée en Californie. J'ai souvent entendu parler de Weinsterg, mais je n'ai jamais eu l'occasion de le rencontrer, nous dit-il.

Philip ne parait pas du tout d'accord avec sa présence, il s'oppose pendant un moment, mais n'offre pas une très grande résistance. Je trouve sa réaction étrange. Sa venue semble l'irriter. Moi, je suis aux anges. Trois jours avec lui, c'est plus que parfait pour l'admiratrice finie de cet homme que je suis.

– C'est la première visite de Davis en sol californien, lui dit Philip en me faisant son petit rictus arrogant.

Je sais où il veut en venir. Il désire que je passe pour une fille inexpérimentée et sans intérêt aux yeux de Georges. Je n'aime pas cette attitude envers moi.

– Alors, raison de plus pour que je sois du voyage, je me ferai un plaisir de jouer les guides touristiques pour toi, me dit Georges avec un grand sourire.

L'effet escompté a été manqué et Philip se renfrogne. J'ai envie de tirer la langue et de lui faire une grimace comme une gamine pour le narguer. Je trouve cela complètement enfantin comme comportement, mais c'est mon genre de faire cela, et parce que je suis une adulte dans une soirée mondaine, avec des gens de classe supérieure à la mienne, il est préférable que je ne fasse rien de tel pour garder un minimum de crédibilité. Je m'excuse et choisis d'aller me rafraîchir aux toilettes pour vérifier que je n'ai pas frotté mon œil, par mégarde, et que je n'ai pas de crayon noir sur le visage ou de mascara qui s'est permis de s'étendre. Finalement, cette soirée est bien plus amusante qu'elle ne le laissait présager au début.

Je suis surtout heureuse du revirement de situation que cela occasionne avec Georges. Je crois que je lui plais peut-être un petit peu après tout. Mais en me regardant dans le miroir, je me sens tout à coup anxieuse. Je n'ai pas l'impression que c'est Julia Davis d'Albany qui est devant moi. Les traits de mon visage sont adoucis par mon maquillage, épousant la forme et accentuant les détails. Cette robe, ce n'est pas moi. Pourquoi le syndrome de l'imposteur vient-il me hanter soudainement? Souvent, j'ai le sentiment que je suis Cendrillon et que mon carrosse se changera en citrouille à minuit. C'est certain que je n'ai pas de belle-mère acariâtre, pas de prince charmant qui me cherche désespérément et pas, non plus, de demi-sœurs désagréables. Finalement, je ne partage pas beaucoup de points communs avec elle quand j'y pense vraiment. N'empêche que c'est ainsi que je me sens, que je ne mérite pas la place que j'ai présentement.

Après m'être répété, comme un mantra, que je suis belle, gentille et capable, je reprends la direction de la salle de réception. J'aperçois Teresa qui est en grande discussion avec des gens d'affaires probablement importants et, plus loin, Philip qui vient vers moi avec un sourire en coin. Il est impossible pour moi de l'éviter. Il est évident qu'il a vu que je l'ai repéré dans la foule.

– Qu'est-ce que tu dirais si on se faufilait vers la sortie pour aller manger un hamburger et des frites? demande-t-il en arrivant à ma hauteur.

– Hein? Euh…

Je suis tellement surprise de son invitation que j'ignore quoi répliquer. Je pense bien que je suis la dernière personne au monde avec qui il a envie de partager un repas sur le pouce. Il reste là, me dévisageant, attendant probablement une réponse. Je souris bêtement, ne sachant pas trop si j'ai le désir de partir de cette soirée où Georges est, lui aussi, présent. Et puis, il est certain que c'est une occasion en or d'apprendre à connaître davantage Philip avant notre séjour à L.A.

— Alors Davis? Ça te dit?

— Ruby nous suit aussi?

Pour moi, c'est une évidence. Cette question est de mise. Il me regarde, l'air effaré et les yeux interrogateurs.

— Pourquoi viendrait-elle?

— Ce n'est pas ta fiancée?

Il éclate de rire avant de croiser les bras et tout en continuant de m'observer, il reprend son sérieux.

— Ruby Stevenson? Je la connais depuis les couches ou presque… Ce n'est pas du tout ma petite amie, j'aurais trop l'impression de commettre l'inceste. Alors Davis, c'est la dernière offre que je fais…

— D'accord. Laisse-moi dire au revoir aux autres et je te suis.

Les autres… c'est Georges. J'ai besoin de le revoir avant de partir, sinon je pense que je vais regretter ce moment toute ma vie et que je m'en souviendrai le jour de mes noces. L'objet de mes désirs est au bout de la salle en pleine conversation avec une vieille dame qu'il me présente comme une richissime femme dans le domaine de la mode. Georges ne me laisse pas le quitter aussi rapidement et il m'attire à lui pour m'embrasser sur les joues. Je suis en extase de savoir que ses lèvres se sont posées sur une partie de mon corps, et ce, même si c'est mes bajoues. Je pourrais ne plus jamais les laver pour garder ce contact éternel. Je fais une blague. Je ne suis quand même pas si obsédée. Je sais que je suis intense comme femme, mais pas obsessionnelle à ce point.

Après avoir déposé un chaste baiser sur ma joue droite, il approche sa bouche de mon oreille pour me murmurer quelque chose.

— Tu es séduisante dans cette robe, mais je suis persuadé que tu serais encore plus magnifique si je te l'enlevais. Je suis occupé ce soir, mais ce n'est que partie remise.

Je sens le rouge me monter au visage encore une fois et je ressens ma respiration s'accentuer. Son audace a eu l'effet escompté, je suis complètement stimulée par ce qu'il vient de me dire. Sa main effleure mon épaule et il se recule comme si de rien n'était en me souhaitant une belle fin de soirée. Tous ses gestes semblent calculés afin d'atteindre son but. C'est probablement un Casanova de première ligne. Georges Stevenson a réussi une fois de plus à me troubler, mais aussi à m'exciter au point que je sais que j'aurai de la difficulté à m'endormir ce soir, car je ne ferai qu'imaginer le contact de son corps contre le mien. Fantasmer sur ce que nous aurions pu faire ou ne pas faire. Perdre le contrôle de mon organisme et lui laisser les commandes.

Ma conscience me ramène rapidement à la réalité en me rappelant qu'il n'était, au préalable, pas capable de rendre la marchandise. Il est peut-être de ces hommes qui aiment bien parler, mais qui n'agissent pas forcément de la bonne façon ou pire, qui ne pensent qu'à leur propre plaisir. Ce n'est pas vraiment le moment de faire des hypothèses sur sa manière de faire l'amour. Je suis tellement tranquille de ce côté-là depuis un certain temps que je suis heureuse de constater que mes organes sont encore fonctionnels et qu'ils n'attendent qu'à être entraînés, mais surtout explorés.

Je me rends à la sortie pour rejoindre Philip qui semble en pleine discussion avec une jeune femme. Il met fin à la conversation lorsqu'il me voit. Il salue la demoiselle de façon cavalière. J'imagine qu'il a eu une aventure avec elle et qu'il l'a laissé tomber après une nuit d'égarement. Je suis persuadée que c'est son genre. Je l'ai dit, je suis remplie de jugements et ça me joue beaucoup de tours, mais je n'arrive pas à calmer mon imagination qui est très productive.

– On y va? demande Philip.

– On y va! répondis-je.

****

Philip m'emmène dans un petit restaurant, genre casse-croûte que je ne connais pas, près de Central Park. L'endroit n'est pas très vaste et a une allure des années soixante-dix. En plein le stéréotype des ceux que l'on voit dans les séries télévisées ou dans les films. Il choisit une banquette à proximité d'une fenêtre. Le banc est en cuir brun, luisant. Elle couine lorsque je m'assois. Il n'y a pas beaucoup de gens dans le restaurant. La serveuse, une grande blonde aux traits rudes et sévères, porte même un uniforme rose, avec une jupe et une chemise, assorti d'un petit tablier. J'ai l'impression d'être de retour dans le temps. Le lieu me plaît quand même par sa simplicité. Je suis un peu gênée de mon allure qui est peut-être trop chic pour l'endroit.

— Bonsoir, Philip, je te sers la même chose que d'habitude? lui dit la femme en déposant la carte devant moi.

Son badge indique qu'elle s'appelle Jillian.

— Tu me connais trop bien ma chère. Oui, la même chose pour elle, ajoute-t-il avant de me retirer le menu que je viens à peine de prendre pour regarder.

Quel toupet? Il ne me laisse même pas choisir ce dont j'ai envie! Quel homme contrôlant! Je regrette soudainement d'avoir accepté son invitation. Il rit lorsqu'il voit mon air offensé.

— Je sais à quoi tu penses, explique-t-il.

— Tu es devin maintenant?

— Je ne cherche pas à contrôler et comme c'est moi qui régale ce soir, je veux qu'au moins une fois dans ta vie tu goûtes les hamburgers d'ici. Le Rocket Café a une sauce secrète qui les rend extraordinairement bons.

— Tu ne m'as pas demandé si j'avais une intolérance ou une allergie alimentaire…

— C'est le cas?

Je lui fais non de la tête. Mon attitude est celle d'une fillette de 8 ans qui refuse qu'on choisisse pour elle. Après tout, je ne déteste pas manger un hamburger de temps en temps, même si ce délai peut s'échelonner sur des années. Et Philip n'a pas voulu mal faire, même que c'est lui qui prend la facture; une raison pour éviter de bouder.

— Je ne connaissais pas l'endroit, lui dis-je pour

couper le silence qui devient de plus en plus lourd.

— Je viens ici dès que je peux. C'est un de mes lieux préférés au monde, sourit-il.

— Ah bon! Je n'aurais pourtant pas cru…

Il me jauge du regard.

— Qu'est-ce que tu pensais? Imaginais-tu que j'étais un gosse de riche qui ne se paie que des restaurants hors de prix et qui ne se promène qu'en limousine ou en voiture haut de gamme?

Je suis prise au piège comme une mouche dans du miel. Et les ailes enfoncées bien profondément. Il devine absolument tout ce que je pense. J'ai l'impression d'être devant le gourou d'une secte qui comprend ma psychologie pour mieux me manipuler. Au lieu de me laisser intimider par lui (en fait, je le suis quand même un peu), ma meilleure option reste mon côté arrogant que je copie sur lui.

— Ce n'est pas le cas, Philip J. Castle?

Pour ajouter de l'impact à mes paroles, je soulève un de mes sourcils. Jillian arrive entre-temps avec deux énormes assiettes qu'elle dépose chacune devant nous. Il se gratte le front et évite de me regarder. Il prend une frite qu'il met dans sa bouche, avec un air satisfait.

— Merci, Jillian, c'est parfait, lui dit Philip.

En observant mon repas, j'entends mon ventre crier. Je n'ai rien mangé depuis le dîner et c'est maintenant que je me le rappelle. Les émotions que j'ai eues avec Georges m'ont complètement fait oublier cet état de fait. Je prends mon hamburger à deux mains, puisqu'il est énorme et contient deux boulettes de bœuf haché écrasées, des oignons cuits, des cornichons, du fromage en tranche et même une sauce rouge et épaisse. En mordant dedans, je suis stupéfaite par le goût qu'il a, car ce n'est pas du Barbecue. C'est tout simplement exquis et je n'ai jamais mangé quelque chose d'aussi délicieux, même si c'est du restaurant-minute. Philip avale sa bouchée avant de répondre finalement à ma question.

– Ma mère a travaillé ici, pendant vingt ans. Alors, je connais parfaitement l'endroit.

– Je n'aurais pas pensé que…

– Je l'ai bien imaginé! Mon père m'a reconnu à l'âge de 8 ans seulement. Et c'est quand j'ai eu 14 ans qu'il a décidé de prendre ses responsabilités et qu'il a commencé à nous verser un montant. J'ai fréquenté l'école publique. Et puis, je suis l'enfant qui lui ressemble le plus, difficile de m'ignorer, se confie-t-il en jouant avec ses frites.

J'attends le moment où il m'avouera que c'est un canular, mais ce qu'il dit est poignant de vérité. Mon cœur se serre dans ma poitrine. Philip n'a pas eu une jeunesse dans la ouate, comme je l'avais présumé. Je suis touchée par ses confidences. Il est toujours un enfoiré, mais un imbécile pour qui j'ai maintenant de la sympathie.

– C'est affreux. Tu es né hors mariage?

Après avoir posé ma question, il était beaucoup trop tard pour la rattraper. Elle est naïve, un peu sotte, comme si c'était un drame de nos jours d'être conçu en dehors des liens sacrés d'une union à l'Église. Nous ne sommes plus à l'époque où tu es un petit bâtard si tes parents se fréquentent et ont des relations impures sans le consentement de la religion. Philip me regarde puis éclate de rire, se cachant la bouche qui est probablement pleine de nourriture.

– Mon père était marié avec sa première femme et a eu une liaison avec ma mère. Il l'a mise enceinte assez vite et il l'a laissé tomber, croyant qu'elle courait deux lièvres à la fois. Alors, je suis né quand même pendant le mariage de mon paternel, mais pas avec celle qui m'a conçu, me dit-il à la blague.

– Il a fini par t'accepter?

– Sa deuxième femme l'a un peu forcé, car elle a trouvé son comportement vraiment immature pour un type de sa condition. Et c'était évident qu'il était mon géniteur. Je suis une reproduction physique de lui.

– Comment as-tu connu Georges exactement? À l'Université?

– Georges n'est pas un homme pour toi, répond-il simplement avant de changer de sujet complètement.

Qui est Philip J. Castle pour me dire si Georges Stevenson est un mec pour moi ou non?

CHAPITRE 7 — LA CITÉ DES ANGES

J'ai rempli ma valise de vêtements pour presque deux semaines alors que je ne pars que pour trois jours. Retour prévu pour le quatrième jour. Je suis passée à mon appartement pour faire mes bagages et cela fait déjà cinq jours qu'Evy s'y planque avec les enfants. L'endroit ressemble à une garderie tant il y a des jouets partout. Au moins, elle a parlé avec Mark, qui lui jure sur la tête de tout le monde qu'il n'a pas d'aventure et, quand elle lui a montré les photos de lui et de la jeune femme du restaurant, il était désolé de ne pouvoir justifier cette rencontre. Que ce n'est pas ce qu'elle peut s'inventer, mais qu'il ne peut pas lui révéler maintenant qui elle est. Il a promis.

Les hommes disent tout ça. Ce n'est pas ce que tu crois. Tu l'as imaginé. Je ne te tromperai jamais. C'est ça. Ils seraient découverts dénudés par leur conjointe, dans les bras d'une poulette dernier modèle sur le marché, et ils jureraient que c'est un accident, que ce n'est pas vraiment ce qu'elle pense... C'est plutôt rare de tomber nu dans le lit d'une autre. En outre, ça demande quand même un peu de volonté pour un homme d'avoir un effet physique.

Je suis de tout cœur avec Evy sur ce coup-là. Si Mark n'a pas le cœur de lui avouer l'évidence même ou de lui apporter les preuves qu'il n'a pas sauté dans la couche d'un modèle plus récent, il ne mérite pas l'extrême-onction. Il lui dit qu'elle n'a pas le droit de le priver des enfants comme elle le fait, mais elle ne flanche pas. Je sais qu'elle est du genre à rester sur ses positions, et ce, même si c'est probablement difficile pour elle. Elle a droit quand même au respect de son statut auprès de lui.

– Alors Davis, prête pour la ville des anges?

Philip me retire de ma rêverie. Il me tend mon propre ticket qu'il est allé chercher à l'embarquement.

– Je crois que je n'ai rien oublié.

J'ouvre le billet qui est à mon nom et son numéro. Je n'ai pas pris l'avion très souvent, possiblement une ou deux fois. Alors, le code ne me dit absolument rien, mais il faut bien que j'aie l'air de m'y connaître devant mon supérieur hiérarchique.

– Georges est encore en retard, crache Philip entre les dents.

Je le cherche dans la foule, mais il n'est pas dans mon champ de vision. Teresa m'a prêté une petite valise rouge sur roulettes qui est parfaite pour le voyage. Je l'aime beaucoup et, voyant la marque du bagage, je sais que je n'ai pas les moyens de m'en acheter une identique en ce moment, peut-être dans une ou deux vies, si je deviens à l'aise financièrement.

Depuis notre repas au Rocket Café, Philip et moi sommes moins orgueilleux l'un envers l'autre, même si cette mauvaise habitude revient de temps en temps. Il ne s'est pas complètement ouvert ce soir-là, mais je comprends tout de même qu'il a été ignoré par son père pendant une partie de son enfance. C'est quelque chose de très difficile pour un enfant. Je me découvre presque un petit côté empathique ou maternel. Il ne faudrait quand même pas que cela devienne une faiblesse pour moi.

Georges a multiplié les moments au bureau pour me croiser et faire monter le désir. Ma culotte était sous tension. Il a le talent d'instaurer un climat chargé de sensualité.

— Il arrive, lui dis-je en apercevant Georges, alors que nous nous sommes assis pour attendre notre heure d'embarquement.

— Désolé, il y avait un énorme bouchon, nous dit-il en me déshabillant du regard sans même faire attention à ce que Philip pourrait voir.

— Voilà ton billet, lui dit Philip.

Georges prend son ticket et son visage trahit son irritabilité.

— En classe affaires? J'avais demandé à Sally d'être en première…

— Écoute Georges, tu ne mourras pas si une fois dans ta vie tu es assis avec des gens de catégorie inférieure à la tienne? Si?

Je sens le sarcasme dans la voix de Philip. Et l'attitude de Georges me met mal à l'aise. C'est comme si cela s'adressait aussi à moi, car je n'aurais jamais les moyens financiers de me payer un billet en première classe. Je suis une femme de classe affaires. Pas une VIP.

— J'ai remarqué que Sally ne savait rien faire comme il faut, grommelle-t-il en s'assoyant près de moi.

Le malaise s'accentue. Je ne souhaite pas qu'il la dénigre devant moi, même si elle est, d'après le contexte, ma première rivale au bureau pour obtenir son attention et ses faveurs. Je me rends bien compte que ce n'est pas le cas, et que c'était probablement du superficiel lorsque je les surprenais en pleine séance de drague. Si ça se trouve, il l'avait peut-être culbutée une ou deux fois avant de la jeter comme une vieille chaussette.

— Sally a fait du mieux qu'elle a pu avec les moyens du bord. C'est moi qui lui ai demandé ces billets classe affaires. Donc, si tu n'es pas satisfait, vire-moi et cesse de grogner comme un enfant.

C'était 1-0 pour Philip. Il a beaucoup de caractère pour tenir tête ainsi à Georges qui semble bouder maintenant. Leur lien d'amitié, si c'est cela, lui permet peut-être d'être plus vindicatif avec lui. Je ne sais pas comment réagir devant cette nouvelle facette de cet homme qui est l'objet de mon obsession et de mes pensées les plus intimes. Je ne l'avais pas imaginé aussi… hautain.

Philip me jette un regard rapide et se place à côté de moi. Il reste calme tout de même et ne trahit aucune émotion. Moi, je serais probablement montée aux barricades, j'aurais crié, mon visage serait devenu rouge et complètement déformé par la colère, puis tous les mots qu'il ne faut pas défiler en présence d'enfants auraient été dits. Je n'ai pas une approche que nous aurions pu qualifier de zen vis-à-vis tout ce qui peut exister comme conflit. Quand j'essaie de m'exprimer dans la « zénitude », je me mets à bafouiller et ma voix prend une octave et me donne l'air d'une certaine Maria Callas qui chante faux.

Je me suis ridiculisée plusieurs fois en étant fâchée pour les mauvaises raisons et en effectuant des crises dignes des plus grandes divas du monde. Comme j'ai peu d'orgueil, il semblerait que je n'ai pas appris de ces excès de colère.

– C'est notre vol, nous dit soudain Philip en posant sa main sur mon avant-bras.

Ce contact me fait frémir contre mon gré. Je rage une fois de plus à l'égard de cette émotion.

****

C'est le sourire aux lèvres que je ferme la porte de ma chambre d'hôtel et que je m'appuie contre elle pour observer mon antre pour les trois prochains jours. Je suis épuisée, ce qui n'annonce rien de bon pour la suite. Le trajet a duré un peu plus de cinq heures trente. J'étais installée entre Georges et Philip qui se faisaient la gueule ou du moins, n'avaient rien à se dire. En arrière de moi, une femme avec ses deux petites filles, de vraies jumelles, que j'aurais qualifiées de terreurs dignes de l'enfant dans le film L'exorciste. Celle qui était assise derrière moi s'amusait à frapper les pieds contre mon banc, m'empêchant de relaxer et de profiter du vol. Je me suis retournée quelques fois avec mon regard qui tue, mais la gamine faisait comme si de rien n'était ou me défiait des yeux. La mère, elle, paraissait absorbée dans un roman et ne voyait absolument pas ce que sa démone pouvait faire. Et sa fillette qui semblait répondre au prénom d'Éden était loin d'être un ange du paradis. Elle ressemblait comme deux gouttes d'eau à Fifi Brindacier avec ses deux lulus couleur roux et ses points de rousseur sur les deux joues.

J'aime les enfants. Je les adore, surtout ceux qui sont dans les magazines ou sur les photographies de famille. Ceux que je n'ai pas à gérer ou avec qui je n'ai pas à trop interagir. Ceux d'Evy sont les seuls avec qui le lien est naturel et pas du tout forcé. Je suis persuadée que la petite fille le savait que je n'avais pas vraiment envie de socialiser avec elle. Les enfants sont des éponges, ils absorbent tout et ils le sentent quand ce n'est pas inné pour l'adulte d'être avec des humains qui ont moins de quatre pieds de haut.

Philip a fait la lecture pendant la durée du voyage. Et c'était toute une brique. Je n'ai pas osé lui demander quel en était le sujet, mais je suis heureuse de voir qu'il sait lire. Je ne doute pas de ses capacités à le faire, mais je l'imaginais plus comme le sportif à jogging qui est venu me porter mon portefeuille, plutôt qu'en intellectuel parcourant un bouquin d'au moins cinq cents pages. Quant à Georges, il a ronflé en dormant la bouche ouverte. Il a ri comme un petit garçon en regardant le film pour enfants qu'ils ont fait jouer. Je l'ai trouvé vraiment mignon et je n'ai pas pu m'empêcher d'être attendrie par l'énergie qu'il dégage.

Ma chambre est très étroite, le plafond est très haut.

Le lit prend presque toute la largeur de la pièce, ne laissant qu'un espace réduit entre les deux murs pour pouvoir s'y glisser. J'ai quasiment envie d'être claustrophobe. Il y a une minuscule fenêtre qui donne sur le stationnement arrière, pas sur la plage. Je suis un peu déçue, mais après tout, je suis payée pour être ici. Il y a une salle de bain exiguë avec une toilette, un lavabo et une douche. Tout est petit dans cette pièce.

Je mets ma valise sur le lit et je l'ouvre pour voir ce que je pourrai porter si jamais il y a un souper prévu ce soir avec Georges et Philip. Rien de bien formel. Je veux être superbe pour mon futur prince charmant. J'ai conscience que ce n'est pas très professionnel d'espérer coucher avec son chef, sachant que dans mon cas, ce n'est même pas dans l'espoir d'obtenir une nomination. J'ai déjà eu ma promotion.

Teresa m'a aidée à choisir les vêtements et les dessous affriolants à mettre dans ma valise. La cohabitation temporaire avec elle demeure parfaite. Et vivre dans un tel luxe est en train de me gâter. Et pourquoi n'y aurais-je pas droit, après tout? Je le mérite autant que n'importe qui. Est-ce qu'il y a une loi non écrite qui dit que c'est impossible d'espérer améliorer son sort?

Je laisse ma valise ouverte. Il y a des vêtements un peu éparpillés à côté et je prends l'autre côté du lit qui n'est pas envahi par les tenues qu'on paye bien trop cher. Tout ça pour ajouter une valeur à notre physique. J'échoue sur le dos contre le matelas qui est un peu dur, mais confortable. Je fixe le lustre qui est plutôt simple comme modèle. Je repense aux mots de Philip à propos de Georges, le soir de notre sortie au restaurant.

« *Georges n'est pas un homme pour toi* ». Bien sûr. Encore quelqu'un qui sait mieux que moi ce qui me convient ou pas. Il n'a pas voulu élaborer la question, comme si je devais le croire sur parole. C'est mon genre ça. Je suis complètement gaga de Georges Stevenson, alors ce n'est pas au moment où j'atteins presque le but que je l'abandonnerai. Je suis patiente, si on compte le temps depuis que j'attends que ça arrive. Et qu'est-ce que ça peut lui faire que j'aie envie de me le taper à la limite? J'ai passé un bon moment avec lui. J'apprends à l'apprécier un peu plus à chaque fois, même s'il continue tout de même de m'horripiler. Je me suis trompée sur lui. Il est un gosse de riche, mais il n'est pas né dans la ouate. Il a plutôt vu le jour dans une vieille corbeille de papier toute trouée. Philip a seulement dit que je méritais quelqu'un de mieux. C'est vrai que j'ai remarqué depuis quelque temps des petits défauts chez Georges. Ce n'est pas l'antéchrist! Comment il pourrait l'être, il est tellement beau! Je respecte Philip qui n'a pas cherché à le rabaisser comme l'aurait fait une amie ou une fille jalouse.

Je n'ai pas contacté mes parents pour leur parler de mon séjour. Si je ne fais pas les premiers pas, ils ne téléphonent pas. J'ai mis un statut sur les réseaux sociaux qu'ils ont aimé, mais pas de commentaire ni d'appel pour savoir le pourquoi de mon voyage à L.A. Il y a bien longtemps que j'ai abandonné l'idée d'espérer quoi que ce soit d'eux. Mon père est davantage intéressé par moi, mais il n'appelle pas.

Une émotion que je ne connais pas est en train de poindre en moi. Je me sens tout à coup très émue en réalisant où je suis et avec qui. Le lustre est devenu embrouillé lorsque les larmes sont montées, face à ce que je vis. J'éclate en sanglots, comme un bébé qui chiale, sans raison apparente, mais qui n'en démord pas. Je me mets dans une posture assise dans mon lit, car je ne sais pas si vous avez déjà essayé de pleurer quand vous êtes en position couchée, mais le nez s'obstrue immédiatement et vous n'êtes plus capable de respirer. C'est à ce moment-là que s'enchaînent les bruits un peu pénibles, dont celui du cri du cochon, mais c'est beaucoup moins chic. Surtout en présence de beaux messieurs.

Émue? Moi? Et puis, quoi? J'ai juste ce que je mérite. Mais j'ai tellement travaillé pour cela. Du travail anonyme qu'un homme que je ne connaissais pas il y a un mois a remarqué. Quelqu'un que je trouve désagréable, narcissique, imbu de lui-même et sarcastique, mais qui a ce petit quelque chose qui me dérange. Un sentiment que je n'arrive pas à cerner. Étant donné le dédain que j'éprouve pour lui, je refuse de croire que cela puisse être une quelconque attirance. C'est hors de question. Il suffit d'imaginer qu'il puisse se produire quelque chose de romantique entre nous et j'ai presque des haut-le-cœur.

J'entends trois petits coups dans ma porte. En me relevant, je prends des papiers-mouchoirs et me mouche avec vigueur. Le son ressemble davantage à une trompette qu'à une fille qui libère son nez, et j'ouvre. En parlant du loup, c'est Philip qui est debout. Il m'observe l'air mi-sérieux, mi-moqueur.

– Qu'est-ce qu'il y a?

– Rien, rien du tout, dit-il en évitant de me regarder.

Je vois bien qu'il cache quelque chose. Je ne suis pas dupe quand même.

– Crache le morceau, lui dis-je sans mâcher mes mots.

– Tu ressembles à un raton laveur, me dit-il avant d'éclater de rire, plié en deux en me pointant du doigt.

Merde. J'avais oublié que je m'étais maquillée et qu'en pleurant, j'ai frotté mes yeux vigoureusement. Je n'ai pas pensé mettre mon mascara, fameux « *water proof[1]* ». J'ai pris celui qui était bon marché. Celui qui m'a coûté 2,99 $ au magasin de grande surface d'une marque quelconque que les gens moins bien nantis ou qui n'ont pas de budget maquillage achètent pour améliorer un peu leur visage.

Je ne sais pas si je dois cogner Philip ou si je dois rire à mon tour. Je suis rassurée que ce ne soit pas Georges qui ait frappé. Très soulagée qui plus est. Je referme la porte à la figure de Philip en prenant la direction de la salle de bain. Je l'entends l'ouvrir de nouveau pour entrer dans ma chambre, sans y être invité. Je ne peux pas le blâmer, c'est un réflexe naturel de la fermer.

En me regardant dans le miroir, je réalise l'ampleur de la catastrophe. Ce n'est pas du tout mignon, c'est affreux. Mes cheveux ont aussi pris un autre angle, ma couette est toute de travers sur ma tête. Mon rimmel a coulé sur mes joues de chaque côté. Laissant des traces comme de l'encre s'étant répandu sur un papier, mais en beaucoup moins poétique. C'est même grotesque comme résultat. Je saisis la serviette blanche épaisse et moelleuse fournie par l'établissement et j'essuie avec

---

1   À l'épreuve de l'eau.

vigueur le mascara qui semble se coller à ma peau, plus que voulu.

— C'est quand même original Julia, ose lancer Philip.

Il n'entend que mes grognements, ce qui le fait rire de nouveau.

— Ce n'est pas un style que j'ai prévu obtenir, répondis-je.

En sortant de la pièce, je le vois qui est assis au pied de mon lit. Son air espiègle encore affiché sur son visage.

— Je ne croyais pas possible de virer à l'envers une si minuscule chambre d'hôtel en si peu de temps. Vraiment Davis, tu m'épates!

C'est vrai qu'avec une vue d'ensemble, nous aurions pu facilement penser qu'un ouragan est passé ici. En me dépêchant de me lever pour ouvrir la porte, j'ai accroché quelques vêtements que j'avais posés sur le lit, pêle-mêle, qui sont tombés par terre. Je veux riposter quand je remarque que, dans mon bagage qui est ouvert, trône en plein milieu une culotte en dentelle noire, avec des frous-frous. Il faut que j'atteigne ma valise avant qu'il n'aperçoive cela et qu'il se moque de moi pendant une éternité.

— Que voulais-tu Castle? répondis-je en tentant de déjouer son attention pour qu'il ne se tourne pas la tête.

— Je soupe avec Georges en ville, désires-tu nous accompagner? demande-t-il.

Comme si j'avais une tonne de rendez-vous de prévus ici. C'est certain que j'irai. Je ne me vois pas passer la soirée au restaurant de l'hôtel ou dans un endroit où je ne connais personne. Je ne veux pas ressembler à une perdante ou encore moins à une touriste.

— Vous avez choisi lequel?

Ma tactique est de ne pas m'apparenter à une fille désespérée. J'espère de tout cœur qu'il ne s'en rendra pas compte. Mais Philip lit en moi comme dans un livre ouvert. Et je le déteste.

— Ne fais pas comme si tu avais déjà prévu quelque chose, je sais que tu vas venir, répond-il.

Juste pour cela, j'ai envie de refuser son invitation, mais je ne suis pas assez orgueilleuse pour le faire et je veux voir Georges encore et toujours.

— Merci pour la subtilité hein!

— Davis, je te connais comme si je t'avais tricotée. La réservation est à la Provence et bien sûr, c'est l'entreprise qui régale. C'est sur Melrose Avenue.

Je n'ai aucune idée d'où est Melrose Avenue, mais je suppose que ça a de l'importance, alors je prends un air concerné.

— Habille-toi avec ces jolis dessous alléchants si tu le désires, mais ne mets pas uniquement cela sur ton dos, car c'est un restaurant haut de gamme. Une petite robe comme l'autre jour à la soirée, ce serait bien! répond Philip avant de partir vers la sortie en riant.

Je veux mourir de honte. Il les a vus dès le début et il n'attendait que le moment propice pour me l'envoyer à la figure. Il m'énerve. Il m'énerve. Il m'énerve. J'ai envie de crier ma rage au monde entier, mais ça ne servirait pas à grand-chose, je suis l'artisane de mon propre malheur.

****

J'ai opté pour une jolie robe rouge assez simple et des escarpins plats. Je n'ai pas envie d'avoir mal aux pieds au point d'avoir des ampoules partout sur les orteils ou les talons. La simplicité et le confort sont quand même quelque chose d'important pour moi. Le restaurant est luxueux. Nous avons une petite table dans ce décor magnifique, trop beau pour le genre d'endroit que je peux fréquenter habituellement. Aussi, je ressens le syndrome de l'imposteur qui revient à la charge dans mon cœur et dans ma tête.

En regardant le menu, j'essaie de ne pas m'étouffer en constatant les prix. Je surprends le regard de Philip qui m'a vue m'apostropher sur ceux-ci. Le montant de la table d'hôte est à peu près celui de ma facture d'électricité tous les deux mois, et il s'agit de ceux d'hiver. Je comprends maintenant pourquoi il m'a dit que c'est la compagnie qui nous invite. Aller déguster un repas au McDonald's, ou dans tout autre restaurant-minute fait davantage partie de mon budget.

Georges paraît indécis en regardant le menu. Ce n'est pas la faute des prix, comme moi, mais il ne semble pas savoir ce qu'il veut manger. Il commande le meilleur vin rouge qu'ils ont en cave, pour nous tous. Vraiment, sur ce point, lui et moi ne sommes pas du tout compatibles. J'ai été élevée à compter mes sous, frais et investissements, et lui, c'est au diable la dépense, tant qu'il peut consommer ce qui lui donne envie.

– Qu'est-ce que c'est que des « Chouchinni » ?

181

J'ai posé la question innocemment et impulsivement. Georges et Philip me regardent avec des points d'interrogation dans les yeux.

– Chouchinni… troisième plat de la deuxième page, répétai-je.

Philip retourne dans la page avant d'éclater de rire fortement.

– Zucchini! Le légume! s'exclame-t-il.

– Ha… répondis-je avant de rigoler à mon tour.

Georges, lui, n'en a rien à faire. Il continue d'examiner le menu, comme si de rien n'était. Il semble dans son monde. Il a fait son choix, maintenant il est prêt pour que le serveur revienne. Il le veut immédiatement, incapable d'attendre.

– Alors Julia, est-ce que vous vous plaisez parmi nous? demande soudainement Georges après que le sommelier soit venu en personne nous présenter le vin choisi.

– Oui, j'aime beaucoup, répondis-je.

– Ça fait combien de mois que vous travaillez pour nous au fait?

Pour la première fois de ma vie, j'ai envie de tuer Georges. Combien de mois? Il veut rire ou il s'est peut-être trompé… Non, c'est impossible. Sept ans en mois, ça équivaut à 84 mois à peu près. Quand il me disait qu'il ne m'avait jamais remarquée avant, je croyais que c'était dans sa technique de drague, pas que c'était réellement vrai.

– Environ 87, répliquai-je en serrant les dents.

– Julia est avec l'entreprise depuis sept ans, ajoute Philip qui paraît s'être aperçu de mon irritation.

Il me lance un regard qui semble dire : « Je te l'avais dit que ce n'était pas un type pour toi. » Je préfère l'ignorer.

– Ho! Je ne suis pas à jour dans les informations, dit Georges en feignant de s'excuser.

– Je travaille chez vous depuis la fin de mes études en communication.

– Vraiment, je suis un bougre pour ne pas avoir vu que vous étiez là avant. Mais je passe tellement en coup de vent dans la boîte. Je voyage beaucoup, je rencontre des clients. Je n'ai pas beaucoup le temps de sympathiser avec tous les employés. Alors, je néglige.

Ton père, lui, m'a remarquée. Surtout lorsque je me penche pour ramasser quelque chose ou quand il marche devant moi. Ses mains, comme un aimant, sont attirées par mon derrière pourtant pas si rebondi. Comparativement à d'autres femmes du bureau, je suis une planche.

– Et Philip, aimes-tu ton nouvel emploi?

Il lève la tête vers moi, ne s'attendant tout simplement pas à ce que je lui pose une question. Il me sourit doucement, réfléchissant à la réponse qu'il m'offrira.

– Oui. C'est tout récent pour moi ce travail de gestion, j'étais…

– Merde, le serveur va venir prendre nos commandes ou quoi! coupe agressivement Georges qui est de plus en plus impatient.

Il fait des gestes à une des hôtesses qui placent les gens. Elle accourt vers lui pour s'enquérir de la situation. Le savoir-vivre semble ne pas faire partie de ses qualités, ce qui me gêne un peu. Un employé finit par s'informer de nos choix. Ce n'est pas comme si nous attendions depuis une heure et l'endroit est achalandé. Le barman reste impassible devant les attaques à peine voilées de Georges. J'ai soudainement peur qu'on crache dans mon assiette où qu'on y mette des cheveux ou autres poils venant du corps et non pas de la tête. Je grimace en pensant à cela. Aussi, j'essaie d'être sympathique et souriante avec le serveur, il est pas mal mon genre physiquement, alors c'est facile. Il est aussi très gentil et me rend mon sourire avec joie. J'ai choisi le truc avec des zucchinis. J'ai pris l'entrée de tartare de bœuf. Je ne suis pas tellement fruits de mer ou poissons.

L'attitude désagréable de Georges ne semble pas atteindre Philip qui a l'air toujours aussi impassible. Soudainement, je ne comprends pas comment ils ont pu être amis ces deux-là. Ils sont complètement différents à force de les découvrir.

– À part le travail, Julia, tu as d'autres loisirs? demande Philip pour couper l'ambiance qui est à tirer aux couteaux.

– J'aime ne rien faire, répondis-je.

– Quelle belle activité que je ne connais malheureusement pas!

Philip est plus sociable que Georges, car ses questions démontrent de l'intérêt pour les personnes qu'il fréquente. Tandis que le second ramène tout à lui.

– Ce que je veux dire, c'est que tout me plaît. J'aime la lecture, mais pas trop ; j'opte pour le cinéma de temps à autre ; j'ai un faible les arts, même si je ne suis pas si bonne que ça.

– Je suis un artiste-né moi, me dit Georges qui réalise qu'on est en pleine conversation et qui a cessé de regarder le fond de son verre.

– Pas moi ! Par contre, je dessine des bonhommes allumettes qui sont exquis pour l'œil ajoute Philip.

Le souper prend une tournure sympathique, contrairement à ce qu'il laissait présager au début. Georges se met à raconter ses safaris en Afrique et ses études à Londres qui n'ont pas été un succès. Je me sens un peu niaise avec mes péripéties qui ne dépassent pas les frontières de l'état de New York, mais les écouter parler tous les deux est un moment précieux à mes yeux. Ils sont passionnants tous les deux, quand ils ne se mettent pas à se couper la parole. Vraiment une belle soirée que je passe là.

****

C'est Georges qui me raccompagne à mon logis pour la nuit, Philip a un appel à faire. Il a recommencé à me tutoyer lorsque Philip s'est excusé pour son absence.

– Ce fut une magnifique soirée, lui dis-je tendrement en sortant la carte magnétique de ma chambre.

À part l'instant où tu jouais les enfants gâtés. Cette partie-là est dite dans ma tête. Je n'ai pas encore l'audace d'être désagréable avec lui.

– Effectivement, j'ai passé un agréable moment, me dit-il doucement.

Il prend ma main qu'il porte à sa bouche en plongeant son regard électrique dans le mien. Juste ses yeux me donnent des papillons dans le ventre. C'est un don qu'il a, ça ne peut pas être autre chose. J'ai envie de fondre sur place, de sauter sur lui et de le déshabiller. Il crierait probablement au viol, mais ce sont les idées qui montent en moi quand il a ce regard de braise. Je suis en feu!

– Je te souhaite une belle et douce nuit remplie de rêves, lui dis-je dans un souffle.

J'ai peur de m'étouffer en plein milieu et de gâcher le moment. Ce qui pourrait être mon genre.

– Tu ne m'invites pas à boire un verre, me dit-il.

Il tient toujours ma main. Comment ne pas daigner lui donner accès à ma chambre? J'en suis incapable et pourtant, en repensant au bordel que j'y ai laissé, c'est assez facile de m'opposer à ce qu'il entre. Une chienne y perdrait ses petits, comme me dirait mon père. Image grotesque, mais réaliste.

– Ce n'est pas raisonnable, demain nous avons un rendez-vous important…

Georges m'attire à lui délicatement et approche son visage du mien. Il est si près maintenant. Je peux sentir son eau de Cologne dans mes narines. Il sent tellement bon. Il dépose doucement un baiser sur ma joue. C'est tout simplement exquis. Il recule la tête et plonge son regard pénétrant dans le mien qui se veut convaincant, mais qui trahit le trouble que cet homme a sur moi.

– Tu as raison, Julia, murmure-t-il.

Il baisse ses yeux sur mes lèvres. Je pense pendant

un instant qu'il va m'embrasser. Je peux même entendre ma culotte demander qu'il l'enlève immédiatement. Cette minute est sensuelle, mais aussi sexuelle. La tension est à son comble. Je crois que j'aurais un orgasme juste à la façon dont il me caresse du regard. Il dépose un baiser sur l'autre joue cette fois-ci, et repose sa main sur mon épaule.

– Merci Georges.

Il me regarde encore un instant, puis effleure ma clavicule un certain temps avant de faire remonter le bout de ses doigts dans mon cou, à la base de mon oreille et il approche son visage pour m'embrasser sur la bouche. Ses lèvres se posent sur les miennes avec force, mais en même temps, en douceur. Sa langue se fraie un chemin avec violence pour se joindre à la mienne et entreprendre un combat entre elles. Ce baiser n'est pas aussi envoûtant que je l'ai imaginé pendant les dernières années… C'est bon, c'est sensuel, c'est excitant même… Mais il n'y a pas ce petit déclic magique qui est décrit dans les livres, de ces femmes qui embrassent leur prince charmant. Sa bouche a un goût de vin.

Il me pousse contre la porte de ma chambre et continue de m'étreindre avec passion. Ses mains se font de plus en plus entreprenantes et je me rappelle que nous sommes dans le couloir de l'hôtel et que n'importe qui peut passer d'un moment à l'autre. Même Philip. Je m'écarte du mieux que je peux, prétextant reprendre mon souffle. Je peux facilement voir à travers la toile de son pantalon qu'il est heureux de ce moment que nous partageons ensemble, mais pour moi c'est impossible de faire l'amour avec lui ce soir. Pas maintenant.

– Je te laisse aller dormir, je te permets de rêver de moi et de tout ce que j'aurais pu te faire, me dit-il.

Il me fait un clin d'œil. Il pose sa main au niveau de son entrejambe, comme si c'était le geste le plus naturel au monde. Il semble me dire : tu remarques ce que tu manques? Juste pour toi. Il faut être aveugle pour ne pas le voir. C'est d'autant plus excitant de savoir que j'en suis la cause. Il se rapproche de nouveau de moi et m'embrasse à pleine bouche, en attrapant un de mes seins qu'il macère pendant quelques secondes.

– Bonne nuit, Georges, répondis-je.

J'entre à toute vitesse dans mon repaire. À bout d'haleine. La nuit sera courte, je doute de mes capacités à dormir avec ce qui s'est produit avec lui. Je me trouve même trop raisonnable pour avoir eu l'audace de lui refuser l'accès à ma chambre, mais il faut que je me respecte, au moins un petit peu. C'est nécessaire.

On frappe quelques minutes plus tard. Je défais mes cheveux et je vais répondre, croyant que c'est Georges qui revient chercher un autre baiser, mais c'est plutôt Philip qui se tient derrière la porte. Je ne m'attendais pas du tout à cela.

– Philip! Qu'est-ce que je peux faire pour toi? dis-je en bégayant presque.

– J'ai oublié ma carte magnétique dans ma chambre, est-ce que je peux venir appeler la réception d'ici?

Pourquoi ne descends-tu pas à la place? C'est la question qui me brûle les lèvres, mais je la garde pour moi. Ce n'est pas nécessaire de l'embêter avec cela. Je suis un peu déçue d'être avec lui, au lieu d'être avec Georges, mais c'est peut-être mieux.

– Je croyais que c'était plus mon genre de faire ça.

Il contourne les vêtements par terre et se rend jusqu'au téléphone à l'autre bout de la petite pièce. Il me regarde avec ses yeux qui brillent.

– Toujours tout à sa place, me dit-il.

Il me fait son sourire espiègle.

– Arrête de me juger. Si tu n'es pas content, tu peux ranger toi-même, répondis-je impulsivement.

Il me prend au mot et commence à ramasser chaque vêtement au sol. Il les met devant lui. Il fait comme s'il présentait chaque item. Il se balance d'un pied à l'autre en imitant une petite voix aiguë qui m'agresse. Il est ridicule et c'est le but.

– Tu crois que le rose va avec mon teint? ajoute-t-il.

C'est plus fort que moi et j'éclate de rire. Il a le tour. Je peux dire ce que je veux, il sait et il est capable de me faire rire.

– Fais ton appel et casse-toi, répondis-je après un moment.

Philip appelle la réception et demande à ce qu'on lui ouvre la porte. Il me remercie et sort rapidement. Je suis entourée de drôles de moineaux pour ce premier voyage d'affaires. Vraiment!

****

Le rendez-vous d'affaires s'est tellement bien déroulé que ce fut presque trop facile. Weinsterg a signé immédiatement et les accords ont été simples à déterminer. Je dois être la personne responsable du dossier, personne d'autre. Ce qui veut dire aussi que si je pars de l'entreprise pour une nouvelle, il se donne la chance de me suivre. Je ne comprends pas pourquoi il est aussi attaché à moi, mais Philip et Georges ont acquiescé à toutes les demandes. Après autant d'années à leur service, je ne suis pas du genre volage en ce qui concerne le travail.

Georges a fait comme si de rien n'était lorsque je suis arrivée dans la salle de réception de l'hôtel avec Philip. Il m'a même à peine regardée, ce qui m'a un peu blessée. Son attitude est pour le moins déconcertante. Il ne me donne plus envie de recommencer ce que nous avons fait la veille. J'ai beaucoup de difficulté à gérer ce genre d'indifférence après coup. Je me félicite presque de ne pas avoir été jusqu'au bout avec lui.

Après la rencontre d'affaires, nous prenons l'après-midi de liberté. J'en profite pour aller sur Hollywood Boulevard. J'ai le désir de marcher sur le Walk of Fame. Un vieux rêve de jeunesse que je réalise. Je veux chercher l'étoile d'Audrey Hepburn. Prendre une photo. Chacun de nous est parti seul pour vaquer à ses propres occupations. J'ai l'appel de visiter un peu la ville des anges, ou plutôt celle des vedettes. C'est tellement magnifique que je n'en reviens pas de tout ce que je peux voir autour de moi. Je vais courir les magasins un bref moment, même si je n'ai pas du tout le budget pour acheter quoi que ce soit.

Dans ces boutiques de riches, je me sens un peu comme Vivian Ward,[2] sauf que je ne suis pas prostituée et que je ne suis pas payée pour mes prouesses

2 Le personnage principal du film américain Pretty Woman.

sexuelles. Et personne ne m'offre une nouvelle garde-robe, il faut que je me la débourse moi-même. Mon Richard Gere est Georges Stevenson. Nos histoires, finalement, ne se ressemblent pas du tout, mais dans mon esprit, c'est pareil. Je suis un peu rêveuse et j'aime comparer des fictions qui m'ont fait fantasmer et trouver des coïncidences ou similarités avec moi.

Après une heure de marche, de visite et de léchage de vitrine, je vois un chaleureux bistro qui paraît sympathique et dans mes moyens. J'ai un peu de difficulté à payer 20 $ pour une boisson avec de la caféine. Il ne faut pas prendre les gens pour des cons non plus. L'endroit est simple et les personnes normales, surtout leurs prix semblent raisonnables. En plein ce que je veux.

Je choisis une petite table près d'une grande fenêtre qui donne sur la rue et le trottoir. Cela me permet de rester alerte et d'observer si une étoile de cinéma passe. Je suis tout excitée, car pour l'instant, je n'en ai croisé aucune. Je me dis aussi qu'avec tout le maquillage qu'ils ont à l'écran, il est possible de ne pas les reconnaître. Je prends mon téléphone et compose le numéro de Teresa.

— Julia! Alors, c'est comment L.A.? me dit-elle en réalisant que c'est moi qui l'appelle.

— C'est intense! Georges m'a embrassée hier, lui dis-je.

Teresa garde le silence. J'ai l'impression qu'elle ne s'attendait pas à un dénouement comme celui-là. Je sens une panique m'envahir. Est-ce qu'elle s'imagine, elle aussi, qu'il est trop bien pour moi? Que ce n'est pas possible que ça m'arrive à moi! Son discours dénonce le fait qu'elle ne croit pas qu'il puisse se passer quelque chose entre nous. À moins que mon ego ne me trahisse? Après un moment, elle finit par dire quelque chose.

– Est-ce que c'est allé plus loin?

Ce n'est pas le genre de question qu'elle pose habituellement. Comme si ça avait une telle importance en ce moment.

– Non. J'ai voulu laisser un peu de mystère.

En fait, ma chambre était un tel bordel que j'avais peur qu'on se perde de vue si on s'écartait l'un de l'autre. Mais bien entendu, je me garde de lui dire.

– Est-ce que tu as vu les magazines à potins avant de partir de New York? demande Teresa.

Ce n'est pas le genre de lecture qui plaît à mon amie, aussi je trouve sa question un peu étrange.

– Non. Depuis quand est-ce que tu es abonnée à ce genre de revue?

– Je ne suis pas abonnée Julia… En fait… Ce matin, en allant chercher un café chez le marchand, le titre m'a sauté au visage. Il semblerait que Georges soit fiancé avec Solange Sommers. C'est une avocate reconnue dans la ville pour ne pas perdre ses causes depuis le début de sa jeune carrière. Je suis désolée de t'annoncer cela aussi radicalement…

Ses mots me font mal. Je suis bouche bée. Personne n'en a jamais parlé au bureau. Il ne l'a jamais amenée au travail non plus. Je suis complètement sur le cul. C'est peut-être une rumeur.

– Il n'a rien dit... Es-tu certaine que ce soit... vrai?

Teresa prend des gants blancs. Je suis au courant. Je le sens. Elle m'épargne. Je lui en suis reconnaissante, mais je dois quand même faire face à la vérité.

– Tu sais, c'est difficile de différencier le faux de ce qui ne l'est pas dans ce genre de revue à potins. Alors, j'ai appelé quelqu'un qui connaît Solange Sommers et qui m'a confirmé le tout. Julia. Ton Georges est vraiment fiancé. Mon contact m'a transféré des photos de l'événement, je te les envoie par message texte.

J'ignore quoi dire. Mes yeux se sont remplis de larmes. Peut-être qu'il a rompu avec cette femme dans les vingt-quatre dernières heures et qu'il désire continuer avec moi. Je ne sais plus quoi dire, j'ai plutôt le vœu de me coucher en boule dans un coin et de pleurer ma vie. J'ai la délicieuse envie de me mettre à crier aussi fort qu'il est possible de le faire.

– Julia? Es-tu encore là?

Je soupire.

– Oui. Nous avons un autre souper ce soir. Je lui demanderai, si l'occasion se présente.

– Georges est un homme pour qui la fidélité n'est pas une priorité... Il ne te dira peut-être pas la vérité, mais seulement ce que tu aimerais entendre. Fais attention à toi, mon amie, je ne voudrais pas que tu sois blessée plus que tu ne l'es en ce moment.

Je comprends sa crainte et surtout son inquiétude. Depuis des années, elle m'écoute parler de mon amour extraterrestre pour Georges Stevenson. Elle doit être merveilleuse cette femme pour qu'il l'ait choisie. Il est difficile maintenant de croire que c'est mon cas. J'ai l'impression que cette nouvelle a fait disparaître tous les espoirs qui m'ont nourrie dans les derniers jours.

– Ne sois pas inquiète pour moi Teresa. Je survivrai à mon destin.

J'ai dégluti difficilement. Je me suis fermée contre toute attente. Je n'ai plus envie de raconter cet instant particulier que j'ai vécu la veille et qui a allumé en moi des sensations puissantes et extraordinaires. À ce moment même, j'aimerais être à des kilomètres à la ronde loin de tout.

Teresa ignore visiblement quelles paroles me dire. Elle sait à quel point j'ai touché la ligne d'arrivée et qu'au lieu de repartir avec la médaille d'or, je me retrouve avec celle d'argent. Et que c'est du plaqué. Je suis triste, mais par contre, je ne peux rien y faire.

– Comment est le voyage ? demande-t-elle après un moment.

– J'aimerais avoir plus de temps pour visiter. C'est la ville où tout est permis. C'est si riche.

Je ne sais pas quoi dire de plus. Nous n'avons pas vraiment eu l'occasion pour découvrir la cité et c'est ma première sortie en solo. J'ai vérifié ce qui est le plus visité ici, je ne suis pas tellement originale.

– Nous y retournerons ensemble, qu'en dis-tu?

J'affectionne la sollicitude de Teresa, mais elle me pèse plus qu'elle ne m'aide en ce moment même. J'ai envie de couper court à la conversation. « Ne tuez pas le messager », me revient en tête. Elle a agi en amie et m'a annoncé la nouvelle directement, sans faire de détour pour éviter que je perde mon temps. C'est probablement la seule vraie dans ma vie.

— Pourquoi pas! Je vais raccrocher et retourner à mes visites. On se voit demain? Bonne journée Teresa.

— Tu m'appelles si ça ne va pas, bonne journée.

Après l'avoir quittée, je me mets à pleurer comme une Madeleine, sans être capable de m'arrêter. La ville de tous les rêves vient de briser mon rêve le plus profond. J'ouvre mon sac à main pour y trouver un mouchoir, mais il n'y en a pas. Je renifle très fort. Je ne peux pas m'essuyer sur ma manche, comme une femme qui n'a pas de classe le ferait, car j'ai un petit maillot de corps avec des bretelles spaghetti.

— Tenez, il est propre.

En levant les yeux, un homme se tient devant moi. Grand, les cheveux blond cendré, des verres fumés. Un tee-shirt blanc et un jean bleu pâle. Il a une barbe de quelques jours. Vraiment le modèle copié/collé du beau garçon de Los Angeles. Je prends le mouchoir qu'il me tend et je me mouche bruyamment. Si j'avais été lui, je serais partie en courant. Mais il reste là. Il ressemble vaguement à Brad Pitt, un sosie éloigné. Je l'invite à s'asseoir, car il ne semble pas s'enfuir.

— J'ai entendu votre conversation contre mon gré, me dit-il simplement.

Super! Voilà un type qui veut jouer les gentils samaritains avec la pauvre cloche que je suis. Quelle est cette manie qu'ont certaines personnes de se mêler de ce qui ne les regarde pas? Je suppose qu'il aimerait se servir de la situation pour tenter de me consoler et tirer un bon coup. Je n'ai pas le désir de discuter et je ne fais que lui sourire poliment. Il se présente et m'annonce qu'il s'appelle Samuel Traverse.

– C'est pathétique non? répondis-je.

– Du tout. Les sentiments venant du cœur ne sont jamais pathétiques. C'est normal de se sentir lésé et surtout trahi. Mais vous valez mieux que ça et même si on ne se connaît pas, j'avais envie de vous le dire. Vous méritez un homme qui vous aime et non qui vous désire simplement.

Il est voyant ou quoi? J'ai presque peur qu'il me confie qu'il est ce type pour moi.

– Merci.

– Vous êtes une femme magnifique et personne ne devrait vous faire pleurer comme ça, me dit-il.

Voilà. J'ai encore plus envie de brailler ma vie. C'est la première fois qu'un homme me dit quelque chose d'aussi beau. Dommage que ce soit un inconnu!

CHAPITRE 8 — RETOUR BRUSQUE

La rencontre avec Samuel Traverse m'a fait un bien immense. Cet homme est un ange terrestre, tout simplement. Il n'a aucune arrière-pensée derrière son geste. Ses paroles sont parfaites. Il est bouddhiste. Il est zen. Je le vois parfaitement avec Teresa. Deux âmes séparées à la naissance. Il m'a laissé sa carte et je suis repartie après une heure de conversation philosophique et positive. Je suis motivée à fond pour la rencontre que j'ai avec Philip et Georges pour fêter la signature du contrat. J'ai même réussi à être froide et distante avec les deux pour rester professionnelle. J'imagine que cela a dû attiser le désir de Georges puisque, comme un papillon attiré par la lumière, il ne me lâche pas de la soirée avec des sous-entendus plus douteux les uns que les autres. Philip, toujours en gentleman, a ignoré les commentaires déplacés de son ami.

– Vous allez encore m'excuser, j'ai un appel à faire, me dit soudainement Philip à la fin du souper.

– Par chance que je sais que c'est la compagnie qui paie le repas, car j'aurais l'impression que tu me fais cadeau de la facture chaque fois, plaisante Georges en se grattant le menton.

Philip se lève de table, me laissant avec mon amour déchu.

– Qui peut-il bien appeler ainsi? demandai-je soudainement.

– Probablement sa fiancée.

Ils ont tous une amie de cœur cachée dans le placard ou quoi? Philip n'a jamais parlé d'une amoureuse régulière dans sa vie.

– Il n'est pas célibataire?

– Qu'est-ce que j'en sais? Si c'était toi qui me raccompagnais à ma chambre ce soir? dit Georges en me faisant un clin d'œil.

J'ai envie de lui crier non et de partir très loin, sans me retourner. Mais mon corps refuse d'écouter ma tête. Il saisit la facture et sort la carte de crédit de la compagnie pour payer la note qui est encore et toujours salée, mais cette fois-ci nous avons choisi un petit bistro à quelques minutes de marche de l'hôtel. Cet homme a une attraction sur moi qui m'empêche de lui en vouloir ou de le détester.

Il me prend par la taille lorsque nous marchons sur le trottoir et je le laisse faire. Je suis aussi faible qu'un alcoolique devant une bouteille d'alcool. Et il m'attire à lui doucement, mais fermement. Il m'embrasse tendrement dans le cou. Même si la nuit est chaude, j'ai soudainement des tas de frissons qui me parcourent le corps et me donnent froid. Avec un effort surhumain, je me libère de son emprise pour m'éloigner de lui.

– Est-ce que c'est vrai que tu es fiancé?

J'ai posé la question critique. Il semble surpris, mais il me fait son éternel sourire en coin.

– Qui t'a raconté ça?

Il élude la demande. Il ne nie pas non plus.

– Alors, est-ce que c'est la vérité?

Je garde les yeux fixés sur lui. Je n'ai pas l'intention de le laisser fuir sans réaction. Il me pousse contre le mur d'un immeuble avec passion et il m'embrasse langoureusement.

– Est-ce que ça répond à ta question?

Je n'ai pas la force de me battre avec lui et surtout de le repousser. Ce n'est pas une réplique convenable. Et comme je veux qu'il me dise que c'est faux, s'emparer de mes lèvres comme il vient de le faire est l'éclaircissement que j'attends. Je sais au plus profond de moi qu'il n'est pas célibataire.

– Ce n'est pas une réponse, Georges.

– C'est pourtant la mienne. Maintenant, arrête de me poser des questions aussi ennuyantes et accompagne-moi dans ma chambre. Elle est beaucoup trop grande pour moi. Je suis si seul.

Son ton n'est pas cruel, mais plutôt ennuyé. Et le magnétisme qu'il a sur moi est tel que je prends sa main et il m'emmène dans sa suite. Dès son arrivée, il a fait changer sa réservation pour une plus vaste. C'est immense comparativement à la mienne.

– Ce n'est pas du tout une chambre comme la mienne, m'exclamai-je.

Georges se rapproche de moi et m'embrasse de nouveau. Il m'étreint tout en laissant balader ses mains dans mon dos, puis sur ma taille et mes fesses. Je suis excitée par l'instant présent. Je songe à Evy qui me ridiculise toujours avec mes hypothétiques relations. Pourquoi au juste pensai-je à elle dans un moment aussi intime? C'est quoi ça? J'essaie de me concentrer sur l'ici et maintenant. Georges, sa voix, sa bouche, ses caresses... Philip. Quoi Philip? Qu'est-ce qu'il vient faire dans mes pensées à présent? Notre première rencontre remonte dans mes souvenirs. Son sourire aussi. Je tente de l'effacer de mon cerveau.

– Ta peau est si douce... chuchote Georges à mon oreille.

Il mordille le lobe doucement. Georges est fiancé à Solange Sommers. Les paroles de Teresa maintenant qui se mettent de la partie dans ma tête. Il se mariera à une autre femme plus riche et probablement plus belle que moi. Il n'a pas nié, il a juste dévié la conversation pour éviter de répondre à ma question. En dépit du désir qui fait frémir tout mon corps, je n'ai pourtant pas du tout envie qu'il me jette là après utilisation. Je ne suis pas un sac jetable ou pire un vieux mouchoir sale. Georges est fiancé à Solange Sommers. Le hamster dans ma tête a mis le disque sur répétition et ce n'est que cette phrase qui me revient. Et c'est presque sûr à 100 % que c'est vrai. Qu'est-ce que je fous encore dans ses bras à l'embrasser ainsi? À laisser Georges Stevenson me caresser. Ses caresses sont de plus en plus entreprenantes et moi, j'ai de plus en plus de difficulté à m'opposer. Est-ce que j'ai même tenté de résister?

J'essaie de trouver un moyen de partir et de ne pas lui donner ce qu'il veut… mais ce que je veux aussi. Et puis, mes mains s'accrochent aussi à lui. Je le caresse autant qu'il le fait et je prends plaisir à découvrir son corps musclé. Il me pousse vers le lit où je me retrouve assise, puis en position couchée, et lui par-dessus moi. Georges est fiancé à Solange Sommers. Merde! C'est impossible de l'oublier celle-là. Il faut que je lui résiste. Une sirène retentit à pleine force à ce moment-là. Georges s'écarte rapidement de moi et se redresse.

– Ramasse tes affaires, c'est l'alarme à incendie, s'écrie-t-il nerveusement.

Je me relève avec difficulté, encore un peu engourdie par ce que nous faisions. Il rattache sa chemise et il réajuste son pantalon. Il attrape ma main pour que je me dépêche à partir. En quittant la pièce, Philip se trouve là. Il est irrité de nous voir tous les deux sortir de la suite de Georges.

– Nous prenions un dernier verre pour fêter le premier contrat de Julia, marmonne Georges avant de suivre la foule qui fuit de l'hôtel calmement, mais rapidement.

Philip ramasse ma main, que Georges a laissé tomber en ouvrant la porte. Il n'est pas dupe et moi, je me sens comme une petite fille attrapée la main dans le sac et je n'ose pas trop le regarder. J'ai honte, car il m'a avertie. Pas par jalousie, mais probablement pour m'empêcher de me faire mal. Il y a une odeur de brûlé, mais il est difficile d'en connaître la provenance. Philip marche vite et il tient ma main avec force pour éviter que je ne panique ou que je ne prenne pas la bonne sortie. Je suis persuadée que c'est pour cela, car il est au courant de ma maladresse légendaire. Ce serait mon genre de m'en aller directement où le nid à incendie se trouve.

Quelle est cette fatalité? Je suis dans une chambre d'hôtel avec la mauvaise personne. Un feu qui se déclare et qui m'empêche de faire la connerie d'une vie. Pour une fois, mon karma m'a probablement sauvé la mise. Il me faut maintenant éviter Georges pour le reste de la soirée et du départ. C'est trop difficile de lui résister. Je ne sais pas s'il y a un groupe qui se réunit chaque semaine et qui s'appelle « Georges-Stevenson-Anonymes ». Je ne suis certainement pas la seule femme au monde à avoir succombé à son charme. Probablement la seule par contre à être restée muette pendant aussi longtemps et invisible à ses yeux.

— Est-ce que ça va? me demande Philip après que nous soyons arrivés dans le lieu de rassemblement.

Il met la paume de sa main contre ma joue. Son geste me trouble. Il est inquiet.

— Oui, ça va, j'ai tous mes morceaux, blaguai-je.

Il ne rit pas. Il est froid et distant. Il est peut-être déçu que j'aie tenté de me taper son patron et son ami.

— Reste ici. Je vais m'informer de ce qui arrive exactement. Essaie de ne pas te faire kidnapper ou de blesser quelqu'un par inadvertance.

Cette fois-ci, il a son air sarcastique. Je me mets à rire. Puis, j'éclate de rire et les gens me regardent comme si j'étais une extraterrestre. C'est presque le cas, car tout le monde a peur de ce qui se passe et moi, je suis la pauvre idiote qui trouve ça drôle. Mon rire est nerveux, mais ça, personne ne peut le savoir. J'ai perdu Georges de mon champ de vision quand nous sommes sortis de l'hôtel et ma foi, je me sens rassurée.

****

Georges ne m'a plus reparlé depuis notre petite excursion dans sa chambre. Il m'a complètement ignorée dans l'avion. Il m'a aussi traitée avec indifférence dans la voiture qui nous ramène chacun chez soi. J'ai retrouvé ma place de femme invisible à ses yeux. Pourtant, je n'ai pas de cape de super-héroïne sur moi. Philip a continué de me parler comme si de rien n'était. Un vrai gentleman et pas un comportement de merde comme celui de son supérieur. Mon chef. Il a balayé d'un geste de la main tout ce qui a pu se passer entre nous.

Un embrasement dans la cheminée, rapidement maîtrisé, a été la cause de mon coït interrompu avec Georges Stevenson. Un jeune couple amoureux qui a voulu fêter sa première veillée en tant que mari et femme devant un joli feu de foyer a, lui aussi, eu la même fin de soirée que moi. Un amour non consommé, mais au moins légal. Moi, j'aurais pu avoir une relation avec un homme fiancé, mais pas à moi. Je suis la première à être déposée à la maison. Pas chez Teresa, mais bien à mon appartement. J'ai besoin de vérifier comment se sent Evy, il faut que je sois une presque bonne amie pour elle.

— Alors ce voyage? me demande mon amie en me voyant avec ma grosse valise.

Je suis fatiguée, puisque la nuit a été très courte.

— Mortel. Tu ne peux pas imaginer tout ce qui s'y est

passé, répondis-je doucement.

Evy aussi semble épuisée. Elle dort mal, car le bébé bouge beaucoup et pèse sur sa vessie, ce qui fait qu'elle va souvent à la toilette. Elle est plus hyperactive que la mienne, oui, ça existe.

– Mark ne veut pas me dire qui est cette femme. Et moi, je ne souhaite pas retourner dans la demeure familiale dans de telles conditions. Il ne me lâche pas du tout, soupire Evy.

– Il est venu ici?

– Non. J'ai fait un compromis, je lui ai donné rendez-vous chez mes parents avec les garçons. Il dit que c'est compliqué. Qu'il ne m'a jamais trompée! Même photo à l'appui de lui et de la jeune femme, il nie en bloc. Obstiné comme dix. Il jure que je suis la femme de sa vie et qu'il ne vit plus depuis qu'il est séparé des enfants et de moi.

Mon appartement n'a jamais été aussi propre et à l'ordre. Il y a des avantages à le prêter à une fée du logis. Une odeur de petits gâteaux qui me parvient aux narines. Elle fait la cuisine! Si je n'étais pas si hétéro, je pourrais presque me trouver une femme comme elle pour s'occuper de moi. Je me mets à rire toute seule. Evy me regarde maintenant sans trop comprendre mon attitude.

– Laisse tomber, tu devrais savoir qu'il y a tout un monde dans ma tête, lui dis-je.

– Les enfants font leur sieste. Ils sont fous de ton lapin, je pense qu'il faudrait en avoir chez nous. Ils s'en occupent si bien qu'ils le feraient tout autant à la maison. Ça aiguiserait leur sens des responsabilités.

J'aime rester dans l'appartement de Teresa, dans le luxe aussi, mais mon lit commence à me manquer. Je m'ennuie de mes affaires. Et de ma solitude. Mes habitudes de vieille fille aussi. J'ai un peu de difficulté à le verbaliser à Evy, car je ne désire pas brusquer une femme enceinte jusqu'aux oreilles dont le mari la trompe probablement.

– Penses-tu que tu vas régler cela rapidement avec Mark?

J'espère qu'elle comprenne le sens de ma phrase.

– Je l'ignore. Je sais que tu veux récupérer tes trucs, mais je ne peux pas retourner auprès d'un homme qui me manque de respect... et qui me ment. J'ai déjà sacrifié beaucoup de choses pour lui. Je n'ai plus envie de m'oublier pour lui. Je ne suis pas sa domestique, je suis sa femme, son égale...

J'ai posé une simple question. Voilà que je me retrouve avec un plaidoyer larmoyant sur la perte de son identité en tant que femme. J'aurais aimé à ce moment-là être comme Teresa et trouver les mots judicieux pour lui répondre. La rassurer. Je ne suis pas du tout la bonne personne pour le faire. Nos vies sont beaucoup trop différentes, je ne connais pas ce qu'elle peut expérimenter. J'ai une vie de célibataire new-yorkaise typique, elle a une vie de banlieusarde et de femme mariée de 3 enfants et trois quarts. Le seul autre être vivant dont j'ai eu la responsabilité était mon lapin. Et des enfants en bas âge en prennent soin. C'est pour donner une idée du niveau de compétence dont il est question ici.

Je crois que la meilleure chose à faire est de tendre l'oreille jusqu'à ce qu'elle termine ses doléances et tenter de ne pas m'évader dans ma tête ou de regarder la mèche de cheveux qui est de travers et ne plus écouter du tout ce qu'elle me dit. J'ai un léger déficit de l'attention quand le sujet ne m'intéresse pas.

— Je suis heureuse de pouvoir t'aider. Cet appartement est trop minuscule pour bien vous accueillir. Et puis, mon lit me manque... Et les enfants, je suis persuadée qu'ils ont besoin de leur père...

— Je sais qu'ils ont besoin de leur père. Je réfléchirai à ce que je ferai. Merci d'être là Julia. Sincèrement.

****

Sept jours sans voir mon lit. Je ne suis pas une personne qui s'ennuie habituellement, mais dans ce cas-ci, mon lit me manque. Je vis dans le gros luxe depuis une semaine, mais ce n'est pas mes choses à moi. Je squatte chez ma meilleure amie pendant qu'une autre copine fait la même chose à mon appartement avec sa marmaille. Je suis arrivée comme un zombie au travail, tenant un café à peine entamé dans la main et cherchant presque à tâtons le mur me menant à mon poste de travail. Sally m'arrête rapidement à la réception, avec un sourire gêné.

— Il y a un homme qui t'attend à ton bureau, me dit-elle doucement.

— Un homme? Qui ça?

Je tente de deviner qui peut patienter à mon bureau de si bonne heure. Sally s'approche de moi, tire sur le bas de ma veste de laine et me tend la feuille d'assouplissant qui y est restée collée sans que je ne m'en aperçoive. Oups. Je comprends maintenant pourquoi elle disparaît toujours cette feuille lorsque je plie mon linge.

– Je me dis qu'au moins ce n'est pas une paire de petites culottes, repris-je.

Sally éclate de rire et s'approche de moi.

– Il n'a pas l'air content le monsieur. Vraiment pas content…

Je me dirige tranquillement vers mon bureau. En passant devant celui de Philip, il me salue en m'appelant par mon nom de famille. Willis Stevenson sort même du sien, se plaçant dans l'entrebâillement de la porte pour m'observer me rendre au mien. J'ai presque peur de voir qui s'y trouve. En m'approchant, j'aperçois assez facilement Mark Holland qui est assis sur ma chaise. Ses cheveux bruns sont coiffés comme ils l'ont toujours été. Disposés négligemment avec du gel. Son regard noisette est furieux lorsqu'il se pose sur moi. Il est habillé en costume-cravate. Vêtement qu'il doit porter pour son travail dans le funéraire. Si je n'avais pas perçu sa colère, j'aurais pu lui lancer une plaisanterie du genre : « T'es beau à mort aujourd'hui! » Mais ce n'est pas le moment de faire ce genre de blague. Ni de lui dire que j'ai rencontré un médium qui parle homard. De toute façon, je ne pense pas qu'il l'aurait comprise et j'aurais dû lui expliquer.

Liam me salue de la tête, feignant être occupé sur un gros dossier. Je sais qu'il se prépare à suivre ce qui va se passer. J'ai presque envie de lui demander s'il désire du maïs éclaté et de la bière pour être sûr d'être à son aise pour assister à tout ça.

— Ha bonjour Mark! Que me vaut cette visite?

Première erreur.

— Tu veux rire de moi Julia!

C'est plus une affirmation qu'une question. Il se lève et marche sur place, en mettant et ôtant ses mains dans ses poches. Il est nerveux et colérique. Mark a de la difficulté à s'exprimer. Le football a toujours été pour lui un exutoire. Il m'observe de la tête aux pieds et semble surpris par quelque chose chez moi. Qu'est-ce qu'ils ont tous ces hommes à me regarder différemment depuis un mois? Je n'ai pourtant rien changé.

— Ce n'est pas vraiment le bon endroit pour venir me parler de ça, Mark, lui dis-je en baissant le ton.

— Il y a un bureau fermé où nous pourrions discuter, tu crois?

Je remarque qu'il essaie de se contenir. J'ai presque envie de le féliciter pour ses efforts, mais encore une fois, je ne dis rien. En levant les yeux, je vois Philip qui s'avance vers nous avec un air sérieux et grave. Il aurait été sourd s'il n'avait pas entendu la voix forte de Mark.

— Est-ce que ça va Julia? demande-t-il en arrivant à notre hauteur.

— Oui Philip, merci, j'irai dans la salle de conférence avec Mark quelques minutes, est-ce que c'est d'accord?

Philip acquiesce de la tête et il nous débarre le local pour que nous puissions parler dans un endroit clos et loin des oreilles indiscrètes de mes collègues qui jacassent déjà pas mal de mon voyage avec les deux sex-symbols du bureau. Il frôle mon bras avec le bout de ses doigts lorsqu'il repart et, mécaniquement, je frissonne à son toucher.

– Il faut que tu raisonnes Evy. Elle est folle! éclate Mark quand la porte se ferme derrière nous.

– Est-ce que tu l'as trompée?

– Voyons Julia. Tu me connais, je ne pourrais jamais lui faire ça. Jamais.

C'est plus fort que moi, j'ai besoin de lui rappeler un événement.

– Je me souviens pourtant un soir quand nous étions adolescents et que j'étais allée te reconduire chez toi parce que tu avais bu…

C'est trop facile de la lancer celle-là, surtout qu'il était tellement saoul qu'il ne doit même pas se l'être gardé en tête.

– Toi aussi tu as quelque chose à te reprocher si je me rappelle bien, me dit-il simplement.

Alors, il en avait souvenir de cette soirée-là. Il a donc feint l'avoir oublié tout ce temps? Mais il a quand même un point, ce qui s'est passé devait rester enterré là où c'était.

– Mark, je t'ai vu en compagnie de la jeune femme au restaurant. Tu avais dit à Evy que tu travaillais tard… Ça ne semblait pas être des heures supplémentaires.

– Alors, c'est toi qui m'as espionnée! Tu as foutu la merde dans mon couple…

Il a levé le ton et il hurle presque maintenant.

– Calme-toi, Mark. Parce que quelqu'un va venir vérifier si tu continues de crier comme un débile. C'est Evy qui m'a demandé de le faire.

Il y a des limites à jouer les bonnes amies et à manger les coups après. Je ne suis pas le punching bag d'Evy. Je ne suis pas non plus payée assez cher pour me taper tout ça.

– Excuse-moi Julia. Comprends comment je peux me sentir. Mon monde tout entier bascule. Comment devrais-je réagir au fait?

– Et moi? Tu viens me harceler au bureau, sur MES heures de travail pour TA femme et TES cachotteries. Evy est débarquée chez moi, sans invitation, avec vos trois marmots et trois quarts pour que je l'héberge. Moi, l'amie célibataire pas fiable et pas responsable.

Je suis persuadée que mon teint peut facilement faire concurrence à un homard bouilli, tellement je suis enragée maintenant. Mark baisse la tête.

– Il faut que tu me croies. Je n'ai jamais trompé Evy. Jamais.

Il a croisé ses mains en signe de prière. Il est convaincant.

– Alors, apporte-lui les preuves, car ce n'est pas moi que tu dois convaincre. Je n'en ai rien à faire de ce que tu fais avec ton petit pinceau. Tu peux le tremper là où bon te semble.

C'est méchant et gratuit. Mark paraît outré, mais il se garde de riposter.

– Il s'agit d'Holly, cette femme que je vois depuis quelques mois. Holly est…

– Tu avoues maintenant!

– Laisse-moi terminer! Holly m'a envoyé une lettre au printemps pour me dire que nos parents avaient eu une liaison dans le passé. Il y a 20 ans quoi. Une aventure qui a duré assez longtemps pour que mon père mette enceinte sa mère. Je l'ai rencontrée quelques fois pour apprendre à la connaître et j'ai demandé un test ADN. Je ne voulais pas faire un drame inutile et alerter tout le monde avant de savoir si c'était véridique cette histoire.

– Evy n'est pas tout le monde. C'est ta femme.

– Elle s'inquiète souvent pour rien. Tu vois, juste le bouleversement qu'elle a monté en pensant immédiatement que je la trompais.

Même si ce qu'il disait semblait vrai, c'est lui qui avait causé cette situation en cachant la vérité. Il aurait pu au moins être plus discret. Non, mais !

– Va la rencontrer chez moi et explique-lui TOUT. Du début à la fin. TU dois être capable de lui répéter cela?

Je rêve de mon lit. De mon lit si moelleux. Je rêvasse davantage de Philip que de Georges. C'est quand même pour ainsi dire. Après quelques échanges superflus, Mark part et moi, je prends la direction de mon bureau pour travailler. Philip me regarde m'y rendre, l'air soucieux, mais je lui fais un sourire pour le rassurer.

Quel est ce besoin de l'apaiser au fait? En m'assoyant à mon poste de travail, Liam me fait son grand rictus d'écornifleur. Je lui réponds par un sourire tout aussi sympathique, mais ce n'est pas suffisant. Il en veut encore plus.

– Il n'était pas content le monsieur, me dit-il simplement.

Je vois facilement qu'il tente d'engager la conversation.

– Non hein! Et il t'a dit pourquoi? Peut-être parce qu'il savait que mon collègue était pire qu'un furet et qu'il mettait son nez partout. Qu'en penses-tu?

Il tourne la tête devant son écran d'ordinateur et il ne m'adresse plus la parole. Moi, je souris aux anges. J'ai réussi à le remettre à sa place. J'ai décidé de reprendre mes heures à la période du dîner, et le reste du jour se passe dans l'excitation la plus absente.

Philip me fait venir dans son bureau à la fin de la journée pour me parler d'un dossier qu'il veut me donner. Son attitude n'est pas comme d'habitude, il semble nerveux. Il évite mon regard.

– Qu'est-ce qui se passe? Tu ne vas pas me virer? blaguai-je pour détendre l'atmosphère.

– Non, ce n'est pas ça. Le portefeuille de Georges a disparu la nuit de l'incendie. Est-ce que tu as quelque chose à voir là-dedans?

Je suis outrée. Je suis scandalisée. Je suis hors de moi. Je sens la pression monter en moi. Qu'est-ce que c'est que cette histoire-là? Pourquoi l'aurais-je volé?

– Est-ce que c'est une blague? Parce qu'elle n'est pas drôle…

Garder mon calme requiert tout mon petit change[3]. J'ai la veine de la tempe qui bat. Je ne sais pas si je vais pouvoir arriver à me contrôler. Surtout devant Philip,

---

3   Toute ma volonté.

mon filtre est quasi nul. Il secoue la tête et prend un air navré.

— C'est lui qui m'a demandé de te rencontrer pour cela…

— Pas assez de couilles pour le faire lui-même.

Les mots ont jailli spontanément. Philip reste l'air navré, mais j'observe son regard amusé par ce que je viens de dire. Je n'ai pas envie de m'excuser. Je veux sortir et me rendre directement au bureau de Georges, lui arracher la tête et la frapper contre le mur jusqu'à ce que je sois rassasiée de vengeance. C'est légèrement violent, mais c'est ce qu'il mérite.

— Je désire vérifier avec toi, tu ne l'as pas vu ni été en possession de son portefeuille ?

— Non. Qu'est-ce que tu veux que je fasse avec ça ? Je n'ai pas érigé un autel en son honneur dans mon appartement quand même. Franchement. Je ne suis pas une de ces folles…

En fait… un peu folle quand même, mais je n'ai pas dressé d'autel en son nom. Vraiment, Georges Stevenson vient de passer de Héros à zéro dans mon cœur et dans ma libido de fille obsédée. Il ne va pas s'en tirer comme ça le bougre. Franchement. Je suis complètement outrée. Comme si j'étais assez bête pour voler mon patron après sept ans de loyaux services. Et dans sa propre chambre d'hôtel.

— Je te crois Julia. Tu es folle, mais juste assez, répondit-il en me faisant un clin d'œil.

En un autre moment, j'aurais ri de sa blague, mais en ce moment je suis trop frustrée. Personne ne touche à mon intégrité.

– Il est dans son bureau? Je vais lui dire deux mots à ce...

– Calme-toi Julia. Tu n'iras pas lui parler, tu restes ici et tu reprends tes esprits. Tu vas partir comme une fusée et exploser en plein vol. Moi, je te crois. Je sais que tu ne volerais jamais quelqu'un. Enfin, peut-être ne pas dérober son argent, mais son fiancé possible...

Le reste de sa phrase demeure en suspens. Je le regarde avec de gros yeux. J'ignore si sa technique est de me faire changer de cible, mais il commence à atteindre son but. À l'instant présent, j'ai envie de lui faire aussi ce que j'ai imaginé pour Georges.

– Je n'ai pas couché avec Georges. Et c'est la meilleure chose que je n'ai jamais faite de ma vie.

– Ça ne me regarde pas...

– Alors, pourquoi insinuer que je veux voler le fiancé d'autrui? Vraiment subtil hein!

Quand je suis en colère, je cherche tous les niques à feu pour m'enflammer. Philip est sur la bonne voie, j'arrive presque à oublier l'autre. En fin de compte, le prince charmant est une pute. La porte s'ouvre sur un Georges tout sourire au moment où Philip va riposter. Avec ce sourire de monsieur dentifrice qui me faisait craquer habituellement. Il me donne une sensation plus désagréable maintenant.

– Finalement, tu peux enterrer l'histoire. Ils ont retrouvé mon portefeuille coincé entre la commode et le mur. Ils vont me l'envoyer par courrier express...

Philip se rapproche de moi et prend mon poignet

qu'il serre fermement, mais pas de toutes ses forces. Il essaie de m'empêcher de m'emporter contre le patron. Il me retient. Son contact me calme, mais pas assez.

– En fin de compte, ce n'est pas l'employée mal élevée qui l'a volé? lui dis-je agressivement.

Je lance un regard noir à mon chef.

– Julia, je n'ai... je ne désirais pas... tu es au courant...

Alors, le roi de la drague ne sait plus quoi répondre. Il a l'air d'un imbécile maintenant.

– Julia, je veux que tu acceptes nos plus plates excuses... ce n'est pas la tournure que tout cela aurait dû prendre... Nous avons confiance en toi... réitère Philip soudainement pour tenter de rattraper le bafouillage de Georges.

Il tient toujours mon poignet. J'ai horreur de me l'avouer, mais j'aime son contact sur ma peau.

– Le mal est déjà fait. Je suis blessée. Sérieusement. Vraiment vexée que vous ayez insinué que je puisse être une voleuse.

– Philip, je vais régler ça. Julia, viens avec moi dans mon bureau, je t'expliquerai, dit Georges de sa voix doucereuse.

Je connais ses méthodes avec moi, ou du moins j'imagine ce qu'il fera. Le conflit a assez duré. Je suis lasse. Je veux partir chez moi et me réfugier sous mes couvertures. Je suis Georges dans son repaire. Il ferme la porte derrière moi et, aussitôt fait, il me saute dessus pour m'embrasser à pleine bouche. C'est quoi ça? Pire que je ne l'avais pensé. Parce qu'il n'arrive pas à résoudre le conflit avec des mots, il utilise maintenant le sexe?

– Lâche-moi. Décolle.

Il s'éloigne de moi, en mettant sa main sur ma taille, prêt à me ramener à lui.

– Tu n'aimes pas ça? demande-t-il doucement en fixant mes lèvres.

– Que fais-tu? Tu penses régler ça de cette manière? Tu as une fiancée. Tu perds ton portefeuille et je suis la première accusée de vol. Et qu'est-ce que tu fais? Tu me sautes dessus pour te faire pardonner? Je n'ai pas envie d'être consolée par toi. Et comme ça…

Il s'approche de moi encore plus. Me retrouvant contre la porte, je n'arrive pas à m'écarter de lui. Il m'embrasse dans le cou et j'essaie de le repousser. Le désir profond que j'avais pour lui s'est transformé en colère. Même pas de frétillement ou de frisson. Juste un dégoût. Il me répugne. Il se croit irrésistible.

– Comment est-ce que je peux me faire pardonner?

– Qu'est-ce que je suis pour toi? Un jouet avec lequel tu t'amuses? Tu m'ignores après Los Angeles. Et maintenant, tu veux que je revienne vers toi en courant. Tu me prends pour quoi au juste?

Les hommes disent que les femmes sont difficiles à comprendre, mais je vais avouer qu'ils ne donnent pas leur place. Georges a visiblement envie de moi. Moi, je suis aussi sèche que le désert du Sahara. Loin d'une tempête dans mon cas.

– Je suis engagée avec Solange… mais ça ne nous empêche pas de nous voir en dehors… Tu es vraiment désirable Julia…

– Je mérite mieux qu'une aventure. Je ne suis pas l'autre fille.

Il semble maintenant devenir de plus en plus irrité.

– Qu'est-ce que tu imagines? Nous ne sommes pas de la même classe sociale. Nous sommes complètement à l'opposé. Je ne peux t'offrir que d'être mon amante. À prendre ou à laisser.

Ses paroles me font l'effet d'une douche froide. Encore de nos jours, il y a des statuts et des cadres sociaux. Je ne suis pas assez haut de gamme pour mériter mieux qu'une place de maîtresse. Pourtant, le pas de classe, c'est lui. Je le repousse plus fort cette fois-ci et, en le regardant directement dans les yeux, je lui soumets ce que je n'ai jamais pensé lui dire un jour.

– Je démissionne. Bye.

***

En revenant dans le métro, Evy m'a écrit pour m'annoncer la bonne nouvelle. Elle est retournée chez elle avec Mark et les minis-Mark. J'ai de nouveau accès à mon appartement enfin. Je tremble encore. Je n'arrive toujours pas à croire ce que j'ai osé faire. Georges ne m'a pas retenue. Il n'a pas réalisé vraiment ce que j'ai dit. Moi, je me suis sentie comme un jouet. Il pensait me faire une fleur en m'offrant de devenir sa maîtresse. Assez d'ego pour cela.

C'est de la folie. Je le sais. J'ai quitté mon emploi sur un coup de tête sans réfléchir. Peut-être qu'il ne m'a pas crue. Moi-même je ne donne pas crédit à ce qui s'est produit. Je n'ai pas de plans. Je n'ai jamais de projets établis d'avance. Je me laisse aller au gré de mes humeurs. Comment payerai-je le loyer? Je n'ai pas d'économies. L'argent me brûle les doigts.

L'ascenseur est toujours brisé dans le logement et je me suis encore tapé les étages à la marche. J'ai autant de souffle qu'un fumeur aux poumons finis, qui continue de prendre sa cigarette même s'il est connecté sur une machine qui lui donne de l'air, c'est pour dire! En arrivant en haut, avec un peu de honte, je m'arrête pour reprendre mon souffle. Je suis au fait que le troisième voisin, à 78 ans, utilise les marches tous les jours sans aucune difficulté. Ha, mais voilà! Je sais maintenant ce que je pourrai faire de mon temps libre! Monter et descendre l'escalier!

Mes yeux sont pleins d'eau. Comment gâcher sa carrière? Passer pour une voleuse après avoir « presque » couché avec son supérieur. Si au moins j'avais pu le faire avec lui. Même ça, je ne suis pas capable de le faire comme il le faut. En arrivant au bout du couloir, je vois parfaitement Philip qui se tient devant la porte de mon appartement. Depuis combien de temps m'attend-il? Il n'a sûrement pas pris le métro pour se rendre ici celui-là. Madame Lemonsky semble lui tenir compagnie. Elle est plus souriante qu'avec moi. Vieille peau.

– La voilà! lance-t-elle d'une voix plus mielleuse qu'à l'habitude.

Je lui jette un regard qui annonce que je ne suis pas dupe. Philip me sourit avec empathie. Il doit voir que mes yeux ont un surplus d'eau à évacuer. Mais il ne dit rien. Il attend patiemment que je sorte mes clefs et que j'ouvre la porte. Ce serait vraiment très impoli de ne pas l'inviter à entrer, alors je la laisse ouverte derrière moi et il me suit.

– Georges a été un gros con.

C'est sa façon de couper le silence qui perdure. Moi, je n'ai rien à lui dire. J'ai plus l'impression qu'il est venu me récupérer pour ne pas perdre le contrat avec Weinsberg. Juste ça!

– Il pense que le sexe est une monnaie d'échange pour rattraper son comportement de merde?

J'ai craché les mots. Net. Frette. Sec. Il met les mains dans ses poches en haussant les épaules.

– Julia, tu ne peux pas partir comme ça…

J'ouvre la porte du réfrigérateur. Evy a laissé de la nourriture dans des petits plats en plastique. La bouteille de vin est toujours là. Je la sors et dévisse le bouchon pour m'en verser dans une coupe. À rebord.

– Tu en veux? dis-je en sortant un verre.

– Si tu insistes.

Est-ce que j'ai l'air d'insister? C'est par pure politesse que je te l'offre. J'ai envie de pleurer. De me rendre dans mon bain et de m'y noyer serait une belle alternative. Ce n'est pas une bonne idée malheureusement. Je lui tends le vin et vais m'échoir sur mon divan. Philip fait la même chose que moi. Je frissonne quand il me frôle. Il est trop près, ça m'agace. Il pourrait choisir le fauteuil non?

– Je ne veux plus travailler avec Georges Stevenson. Il prend sa queue pour une mitraillette.

Philip éclate de rire très fort et se tape sur la cuisse. J'ai l'air boudeur.

– Georges est maladroit. Il croit que son charme est son meilleur atout. Je ne cherche pas à l'excuser. Loin de moi l'idée, car quant à moi, je le mettrais moi-même dehors à coup de pied dans le… je te laisse deviner la suite. Willis veut qu'il s'implique davantage dans la compagnie.

– Toi et lui êtes tellement différents… je ne comprends pas votre amitié…

– Georges n'est qu'une connaissance. Pas un très bon ami à qui je me confierais. Son père m'a engagé à l'université pour l'aider à étudier et lui faire passer ses cours, puisqu'il n'est pas très vaillant. C'est le seul lien. Il préférait souvent aller boire et sortir pour ramener des filles. Plein de belles femmes.

Je me suis douté que c'était un coureur de jupons. Philip porte le verre à ses lèvres tout en me regardant. Moi, j'ai envie de pleurer, car mon orgueil est plus fort que mon besoin d'argent et de travail. Philip en fait trop pour moi. Je ne comprends pas qu'il soit là pour l'employée quelconque que je suis. Le client n'est pas si important que ça, il me semble. Pendant quelques secondes, nous échangeons un regard profond. La sorte de scène qu'on peut voir dans les feuilletons d'amour qui passent en après-midi qui n'en finissent plus, et ce, en termes d'années, d'avoir un aboutissement à leurs histoires. Le genre de quotidienne que Madame Lemonsky doit suivre fidèlement.

– Pourquoi es-tu là, Philip?

J'ai calé la moitié de mon verre avant de pouvoir lui

poser la question. J'ai bu trop rapidement, j'en ai la tête qui tourne. Il détourne la sienne pour fixer son propre verre.

– Parce que tu es énervante et que tu es têtue comme un cochon. Parce que Georges souhaite que tu reviennes. Il ne désire pas perdre le contrat Weinsberg. C'est simple!

Je n'ai pas envie de persister. Peut-être qu'au final, je compte vraiment pour Georges. Non. Impossible. Philip est protecteur avec moi. Jamais personne au bureau n'a agi avec moi comme il le fait. Il prend presque soin de moi, en dépit qu'il puisse m'exaspérer à volonté, de temps en temps, avec son sarcasme. Il y a un silence gêné maintenant. Ma question a créé un malaise.

– Je pourrais porter plainte contre lui pour harcèlement sexuel si j'étais vraiment méchante, tu sais.

– Tu étais pas mal pâmée sur lui. Et, à ce que j'ai appris, ça fait un sacré bout de temps…

Je l'observe. Il n'ose pas me regarder. Alors, tout le monde est au courant au bureau que je bave pour Georges depuis un moment. C'est vrai que je ne me cache pas vraiment quand je le vois. Il n'y a que le principal intéressé qui n'avait pas noté.

– Je te dis que j'ai vite dépâmé quand j'ai commencé à remarquer son caractère d'enfant gâté et que j'ai su qu'il était fiancé. Il n'a jamais existé pour toi une femme qui, lorsque tu la croises, contre toi, tu es attiré par elle? Genre, l'attraction est purement physique. Juste la coquille qui crée sur toi une pluie d'émotions qui te gèle sur place. Je pensais que c'était de l'amour, mais je crois que c'était un mélange d'admiration et de désir. C'est un fichu de bon séducteur, mais quand on apprend à le connaître, c'est une coquille vide.

Je réalise que le vin me fait peut-être un peu trop parler. Philip n'a bu que la moitié de sa coupe, tandis que la mienne se vide plus rapidement.

— Certains appellent ça l'attraction sexuelle. Sérieusement Davis, tu ne peux pas démissionner. Pas comme ça. Tu as agi sur un coup de tête et tu le regretteras demain matin quand tu ouvriras les yeux. Je peux parler avec Georges pour qu'il te présente ses excuses et qu'il ne remette plus ses sales pattes sur toi... Reviens au bureau. Je peux même essayer d'être gentil avec toi.

J'éclate de rire et je lui donne un coup de poing sur le bras.

— Jamais tu ne parviendras à être sympathique avec moi. Foutaise!

Il me bouscule doucement avec son épaule sur la mienne.

— Je suis capable certain! répond-il en me poussant à son tour.

Je ne sais pas trop comment c'est arrivé. Mais nous commençons à nous agacer en nous chahutant et en riant pendant quelques minutes. Et puis, je me retrouve en train d'embrasser Philip à pleine bouche. Je caresse sa nuque, tandis qu'il tient doucement mon visage entre ses deux grandes mains. Le sentiment que je n'ai pas éprouvé avec Georges, je le ressens avec lui. Je me sens complète. Je ne pensais pas qu'il était possible de sentir quelque chose de plus puissant que ce que j'avais vécu avec Georges. Philip est cette force qui manque en moi.

Il m'embrasse avec douceur, il prend le temps de goûter mes lèvres. Lentement, il me découvre. C'est tendre et passionné. Je suis émue de ce moment et je n'ai pas envie qu'il s'arrête. Peut-être que le fait d'avoir été enivrée par l'alcool n'a pas aidé ma cause. Je suis bien et je sais qu'il ne joue pas sur deux tableaux. Possiblement pas non plus, je ne connais de lui que ce qu'il a voulu partager avec moi après tout.

– Julia, murmure-t-il à mon oreille.

Que c'est doux de l'entendre chuchoter mon prénom! C'est plus attractif que Davis, qui donne un sens un peu plus masculin. Carpe Diem. Saisir l'instant. Ça ne fait pas de moi une fille facile. Cet après-midi, je repoussais les avances d'un homme sur lequel j'ai fantasmé secrètement pendant des années. Me voilà dans les bras de son collègue.

Toutes ces pensées qui viennent se glisser dans ma tête me donnent envie de me refroidir un peu. Cela calme mon ardeur à répondre à ses baisers. Je ne sais même pas si c'est lui ou moi qui a embrassé l'autre en premier. C'est peut-être ça, quand les gens disent qu'ils ont fait l'amour par « accident » avec quelqu'un. Bang! Tu as foncé dans l'autre par inadvertance. Un accident est si vite arrivé, c'est comme ce qui est en train de se produire avec Philip.

– C'est toi ou moi qui a embrassé l'autre en premier? soufflai-je entre deux baisers.

Philip dépose sa main sur ma taille pour m'attirer

davantage à lui et m'embrasser dans le creux de mon cou, ce qui fait monter la tension d'un cran. Il reprend son souffle.

– Est-ce que c'est réellement important, Davis? répond-il.

– En fait...

Philip pose sa bouche sur la mienne pour me faire taire et recommencer le marathon de baisers que nous avons entamé depuis quelques minutes. Je ne sais plus vraiment depuis combien de temps à vrai dire? Mon téléphone sonne à ce moment-là, mais je l'ignore. Je ne désire que cet instant entre Philip et moi continue. Qu'il ne s'arrête pas tout de suite! Pas si vite. Je ne ressens pas le besoin d'aller plus loin immédiatement. Il ne me pousse pas non plus à aller plus loin.

Le téléphone se remet à sonner. Je l'ignore encore. Mes mains se posent sur les bras de Philip qui sont durs et musclés. C'est impressionnant. Puis, encore une fois, le téléphone sonne. Après trois fois, ça doit être important. Je m'écarte brusquement de Philip et je prends mon appareil qui est sur la petite table près du divan pour voir qui appelle. C'est le numéro d'Evy qui est l'appel manqué. Je me dépêche de répondre lorsqu'il se remet à sonner. Je suis à bout de souffle.

– Oui? Écoute Evy, tu tombes vraiment à un mauvais moment, dis-je en décrochant.

– Ce n'est pas Evy, c'est Mark. Elle vient d'entrer en salle d'accouchement, elle a crevé les eaux et le bébé se présente du mauvais bord. Est-ce que tu peux me rejoindre?

– Oui, j'arrive. Dans quel hôpital êtes-vous?

Mark me donne l'information. Je m'écarte de Philip qui continue de m'embrasser dans le cou.

– Es-tu venu en auto ou en taxi? Il faut se rendre à l'hôpital. Evy va avoir son bébé, lui dis-je en me levant.

CHAPITRE 9 — LE PRINCE DANS SON CHÂTEAU

Philip m'a laissée devant l'hôpital. Un silence gêné s'est installé entre nous dans la voiture. Nous ne savions plus quoi nous dire. Sans le vouloir, Evy a réussi à briser la magie du moment. Je l'ai remercié et il m'a déposé un baiser assez chaste sur la joue. Il m'a par contre demandé de le tenir au courant de l'évolution de la situation pour mon amie. Un véritable gentleman. Pourquoi je n'ai pas voulu voir cela avant? J'ai un béguin pour lui. Une vraie passion, pas une fixation ou une obsession comme pour Georges. Probablement trop entêtée pour le réaliser.

— Je n'ai pas encore eu de nouvelles, me dit Mark en apercevant mon air paniqué.

— Ils lui feront une césarienne?

Il hoche la tête et par empathie, je mets ma main sur son épaule avec l'intention d'un geste rassurant. Il va s'asseoir sur une des chaises d'attente. Je cherche mon téléphone pour écrire à Philip. « Merci de m'avoir déposée à l'hôpital. Pas de nouvelle. » J'ajoute des bisous à la fin. Puis, j'efface au complet le message. Je le retape. Je signe avec un cœur. Puis, je fais disparaître de nouveau.

Qu'est-ce que c'est exactement cette séance d'exploration des amygdales que nous avons eue? C'était spontané ou c'était écrit dans le ciel ? Est-ce que c'est lui, mon prince charmant ? Je n'ai jamais ressenti quelque chose d'aussi fort avant ce moment. J'en suis encore toute retournée. Je ne me sens pas comme une adolescente émoustillée face à une idole. Je m'imagine comme Cendrillon qui valse pour la première fois avec le prince charmant. Je commence à croire qu'elle et moi, nous nous sommes connues dans une autre vie.

Je décide de ne pas écrire à Philip et de laisser ça mort. Le malaise est trop grand. Et je ne veux pas qu'il pense, que je pense, qu'il pense, que nous pensions… Enfin bref, n'en parlons pas! Mark est près de moi et il regarde son téléphone, mais sans vraiment le voir. Il est inquiet, même s'il se permet de faire croire que tout est maîtrisé.

– J'essaie de ne pas stresser, mais c'est dur, m'avoue-t-il au bout d'un moment.

– Je sais. C'est inquiétant aussi, répondis-je.

Une bonne amie lui aurait dit : « Ne t'en fais pas, ça ira ». Mais je ne suis pas ce genre de copine. Je ne lui confierai pas de pieux mensonges pour qu'il se sente mieux. Non, ce n'est pas ce que je fais, moi.

– Evy, je me vois vieux avec elle. J'ai été perdu sans elle cette dernière semaine. Tu sais, ce sentiment d'avoir tous les morceaux réunis lorsqu'on est auprès d'une personne qui est notre âme sœur…

Il vient de décrire mot pour mot ce que j'ai ressenti au moment où la bouche de Philip a atterri sur la mienne par accident. Exactement cela. Je suis complète. Mon cœur tout rafistolé est entier. C'est pour ça, je pense, que je me bats contre Philip pendant qu'il est devant moi. Mon âme sait qu'il est la moitié qui lui manque et je refuse de m'avouer cela, car j'en suis complètement ébahie. J'étais faussement amoureuse de Georges Stevenson. Enfin, c'est ce que je m'imagine.

– Je crois que je suis tombée sur ce genre de personne.

– Tu le sais quand tu l'as rencontré. Et nous avons eu les garçons. Trois belles racines de vie. Je ne veux plus la perdre. C'est impensable.

Mark est un romantique fini. J'en ai la preuve en l'écoutant parler de ses sentiments pour Evy. Moi qui me demandais ce qui pouvait bien les tenir ensemble ces deux-là, sans qu'ils se séparent. C'est véritablement l'amour. Ce n'est donc pas une rumeur et il existe vraiment. Teresa me dirait que c'est moi qui n'ouvre pas mon cœur pour l'accueillir.

Mon téléphone sonne au même moment. Un message vient d'entrer. Je clique dessus et vois que c'est Philip qui me l'a laissé. « *Davis, je veux te voir demain à la première heure au bureau. Promis, je ne te sauterai pas dessus et je serai gentil. XX* » Mon cœur se met à battre à tout rompre. Il a signé avec des baisers à la fin. Je réponds sans réfléchir : « *Tu peux me sauter dessus. Je saurai me défendre. XXX.* » La réponse ne se fait pas attendre très longtemps. « *OK. Je verrai mon mode d'attaque. Ton amie va bien? XXXX (je peux en rajouter un chaque fois aussi...)* » Je souris à pleines dents maintenant. Je n'ai pas rêvé cette soirée. Il doit avoir ressenti la même chose que moi ou tout près de cela. Je n'ai jamais été habituée à des histoires simples. Ce n'est pas ma vie. Alors, de voir ce qu'il m'écrit me rend fébrile et dubitative. « *Pas de nouvelle. Bébé qui se présente par le siège. Merci de t'en inquiéter. Je préfère que tu me les donnes en vrai. X* ». J'ai appuyé sur « envoyer » et remis mon téléphone dans ma poche. Le temps ne passe pas très vite et c'est long avant d'avoir des nouvelles.

– Merci d'être venue Julia. Evy te considère vraiment comme une amie. Une vraie amitié. Elle me répète souvent qu'elle aimerait t'offrir la disponibilité que tu lui donnes. Avec les petits, ce n'est pas à tous les jours évident, me dit Mark.

– Elle est ma relation la plus vieille.

À noter que j'ai bien dit « *vieille* » et pas « *meilleure* » amie. La nuance est toute là. Alors, Evy a conscience de l'inégalité de notre amitié. C'est au moins ça. Je me sens un peu moins mauvaise parce que je n'écoute pas toujours. Je fais mon possible et c'est beaucoup. Je suis trop exigeante envers moi-même. C'est juste cela. En fait, c'est déjà beaucoup trop.

Tout ça m'empêche de profiter de la vie réellement. Je me crée des barrières toute seule. Teresa me formulerait que j'ai des croyances « limitantes », ou un truc comme ça. Elle dit que ça provient de ma lignée, de mes ancêtres qui devaient avoir des idées préconçues qu'ils m'ont transmises dans ma génétique, et qu'il faudrait que je me nettoie de tout ça. Elle baigne dans le développement personnel et le spirituel depuis tellement d'années que je suis persuadée qu'elle pourrait devenir un gourou des Temps modernes.

— Tu peux aller dormir pour le travail demain. Je te tiendrai au courant par texto. Merci d'être venue. Je l'apprécie grandement et je sais que c'est pareil pour Evy.

C'est comme ça. Après un moment à être en contact avec tous les microbes des gens qui passent dans les salles d'attente des hôpitaux, je retourne chez moi. Quelques heures plus tard, dans ma messagerie texte, une photo de la nouvelle poupoune qu'elle a mise au monde. Une petite surprise, car l'échographie avait annoncé un garçon. Evy et elle se portent très bien. Je suis heureuse pour mon amie qui a enfin sa petite fille. Ce n'est pas qu'elle la voulait absolument, mais elle en espérait une. Alors plus de mini-Mark, mais une mini-Evy. L'enfant est toute ratatinée, les yeux aussi bouffis qu'un boxeur après un match important et une teinte du visage qui frôle le rouge et le bleu, mais je conçois que dans quelques heures ce sera un mignon bambin. À vrai dire, je ne sais pas ce que c'est un beau bébé. Pour moi, ils sont tous pareils. Ils ont tous la même figure. J'imagine que je trouverai le mien plus joli que les autres, comme la majorité des nouvelles mamans.

****

J'ai décidé de me lever assez tôt afin de me rendre au bureau. Je suis nerveuse. Fébrile comme si j'allais subir une intervention chirurgicale. J'ai enfilé mon plus bel ensemble avec un décolleté qui met ma poitrine en valeur, aucunement subtil. C'est la première fois de ma courte vie que je ne le fais pas pour Georges, mais que j'ai une autre cible en tête. Quelle légèreté, pensai-je!

Est-ce que c'est possible d'être attirée par quelqu'un et de vouloir sa mort en même temps? J'exagère un peu en disant que je veux la mort de Philip. Il m'exaspère à toujours faire l'arrogant avec moi, alors que c'est probablement sa manière à lui d'avoir mon attention. Où peut-être tout comme Georges, ne désire-t-il que tirer un bon coup? Il semble que je sois de classe sociale trop inférieure pour espérer monter dans les échelons. Juste de repenser aux mots de Georges Stevenson, je serre les poings de rage.

Lorsque l'ascenseur s'ouvre, j'aperçois Sally qui lève la tête et me fait un énorme sourire en me voyant. Qu'est-ce qu'elle a celle-là à vouloir être mon amie depuis quelque temps ? Son attitude me rend légèrement interrogative, car pendant les dernières années, elle m'a à peine adressé la parole, que pour le côté professionnel qui nous unit.

– Bonjour Julia, heureuse que tu sois là, ce matin, me dit-elle en se soulevant.

– Bonjour, Sally, ça va bien?

J'ai posé la question machinalement. Sans m'attendre à une quelconque réponse. Erreur monumentale. Elle en profite pour en venir à la confidence.

– Ça ne va pas trop mal, et toi? Tu approches? Je dois te parler, me dit-elle avec sa voix aiguë qui m'agresse toujours autant.

Que me veut-elle maintenant? Elle me regarde avec ses yeux de biche effrayée. Ce n'est sûrement pas parce que j'ai donné ma démission. Je dépose ma main sur le bureau de la réception et elle se lève pour se pencher vers moi. Son ton est à la confession. Elle pose même sa main sur la mienne. La situation m'embarrasse un tantinet.

– Philip m'a mise dans la confidence pour ce qui s'est passé hier, me dit-elle très bas.

Il lui a révélé pour nous deux? Mais c'est quoi cette histoire? Pas capable de préserver ça pour lui ou quoi? Pourquoi ne pas faire un mémo et l'envoyer à tout le monde du bureau tant qu'à y être ?

– Il t'a tout raconté? Je ne m'attendais pas…

– Oui. Je suis consciente que c'est délicat comme situation…

– Tu sais Sally, je pensais qu'il garderait ça pour lui…

Elle ouvre ses yeux bien grands avant de regarder autour si quelqu'un pouvait entendre.

– Moi aussi, ça m'est arrivé.

Quoi? Philip et elle? Finalement, c'est un coureur de jupons comme l'autre. J'aurais dû m'en douter. Moi qui ne tombe que sur des garçons qui ne sont pas faits pour moi.

– Il n'est pas ici depuis longtemps et toi aussi…

– Georges n'est pas digne que tu mettes ta carrière de côté à cause de lui.

Tout à coup, je suis totalement soulagée et, en lâchant mon soupir, Sally me regarde, interloquée par ma réaction. Je hoche la tête pour lui faire signe d'oublier ça. Philip a gardé le secret pour nous deux. Il mérite bien que je le remercie pour cela.

– Georges t'a fait quoi au juste?

– Il m'a séduite et moi, j'ai cédé à la tentation. Après, il m'a considérée comme un déchet. C'est un abruti. Et ta carrière vaut mieux que ce type. Philip m'a dit qu'il parlerait à Willis de son comportement.

Sally me raconte toute son histoire. Ce n'est pas une méchante fille. Un peu naïve, mais elle ne mérite pas la manière dont il l'a traitée. J'ai quand même été chanceuse dans ma malchance, car les situations ont fait que je ne lui ai jamais donné ce qu'il voulait. Sally m'admire. C'est ce qu'elle m'a ensuite avoué. Elle est impressionnée par mon travail, par ma vigueur et même par mon parcours. Elle espère qu'on pourrait être amies. Mais même si je la trouve sympathique, je ne crois pas que cela soit possible. Nous avons deux personnalités complètement différentes et je ne me sens pas du tout d'affinités avec elle.

Après mon premier arrêt au poste de Sally, je me rends à celui de Philip. Je le vois à travers la fenêtre de son bureau, au téléphone, gesticulant à bout de bras et avec expression. Il lève les yeux et il les pose sur moi. J'aperçois un sourire apparaître sur ses lèvres. Il me fait signe d'approcher et de venir le rejoindre. Qu'il est beau! C'est la première fois que je m'avoue que ce type est encore plus séduisant que Georges. Ce qui fait sa beauté, c'est que sa coquille à lui, elle est pleine. Il a une personnalité qui n'est pas du tout comparable au premier. Je ne peux pas comparer des pommes et des oranges. C'est la même chose pour ces deux-là.

Je reste dans le cadre, n'osant pas le rejoindre et m'asseoir. Je l'observe en grande discussion avec un client. Il sourit de temps en temps, s'émerveille sur ce que son interlocuteur lui dit. À plusieurs reprises, il me lance un regard rempli de sollicitude, du moins, c'est ce qu'il dégage. Il finit par raccrocher.

– Bonjour, Davis, est-ce que ça va bien? demande-t-il joyeusement en m'invitant à entrer et fermer la porte de son bureau.

Je lui souris. Je le vois avec de nouveaux yeux. C'est comme si ses défauts avaient fait place à ses qualités. Est-ce que c'est ça, être amoureuse? J'ai presque peur de tomber et de ne plus être capable de me relever. Au lieu d'être excitée comme une gamine, j'ai plutôt une sorte d'inquiétude qui m'a complètement envahie.

– Ça va bien et toi?

Ma voix a tremblé. Merde. Comme une débutante, elle a tressailli et j'ai été incapable de la contrôler. Est-ce qu'il l'a remarqué? Ou est-ce parce qu'il me fait un drôle d'effet et que j'ai l'impression qu'il s'en rend compte? Au fond, c'est juste moi qui m'imagine qu'il analyse tous mes comportements à la recherche de réponses. C'est typique de nous les filles. Chercher le « signe » qui démontre ses sentiments les plus profonds, alors qu'un homme, c'est un homme. En majorité, c'est du premier degré et il ne fait rien en pensant que tu penses, qu'il pense, que nous pensons, que vous pensez. Rien dans son visage ne trahit ce qui s'est passé hier, sauf qu'il n'est pas froid comme Georges l'a été. Il est normal. Atrocement conforme à la norme établie.

– J'ai eu une nuit assez agitée, mais depuis que tu es là, je vais bien, me dit-il en me faisant un clin d'œil.

Est-ce qu'il a fait tout ça pour que je sois ici ce matin et pour ne pas perdre le contrat de Weinsterg? Est-ce que c'est pour cette raison qu'il n'a pas dormi ou parce qu'il a fait comme moi et qu'il a revu encore et encore notre petite séance de découverte ? Je suis figée et je n'ose pas le lui demander. J'ai trop peur de la réponse.

– J'ai probablement réagi trop rapidement hier. Je regrette ce qui s'est passé…

Les traits de son visage se durcirent.

– Écoute Julia, ce n'est peut-être pas le moment d'en parler…

– Tu m'as fait venir pour ça aujourd'hui? Alors, crevons l'abcès…

– Ce n'est pas exactement pour ça…

– Je ne veux plus avoir affaire avec Georges Stevenson. Je ne crois pas que je mérite de perdre mon travail, que je fais comme une pro depuis sept ans, parce que monsieur n'est pas capable de contrôler sa libido. Ça suffit. Sally m'a raconté pour lui et elle, lui dis-je d'un trait avant de reprendre mon souffle.

– Ha! Tu parles de ça, répond-il soulagé.

– Ho! Tu pensais que… euh…

Je suis actuellement rouge comme une tomate. Philip paraît maintenant gêné et il évite mon regard. C'est vraiment la matinée des quiproquos. Je ne suis pas celle qui amènera le sujet de notre exploration des amygdales d'hier sur la table.

– Je vais en discuter avec Willis. Tu sais, la pomme n'est pas tombée très loin de l'arbre. J'ai dû aviser Willis d'arrêter d'avoir les mains qui traînent sur ses employées, dit-il, et il poursuit : je ne suis pas une police de la bienséance et des bonnes mœurs. Ce n'est pas pour cela que j'ai été engagé.

La situation est un peu ironique. Il m'a convoquée à son bureau pour parler de l'agissement compromettant des deux actionnaires principaux de la boîte qui s'adonnent à des inconduites sexuelles douteuses. Alors que la veille, j'étais moi-même dans ses bras à l'embrasser avec vigueur, d'une façon qui ressemblait à de la passion et à du désir. Une attirance qui s'est cachée en moi depuis un long moment avant de naître…

– Je ne veux pas remettre ça sur le tapis, mais notre comportement d'hier n'était pas mieux, dis-je tout bas en regardant mes ongles tout rongés.

Philip tousse nerveusement. Il sait que j'ai raison. Nous étions dans une situation embarrassante. Et ce n'est pas comme si ça faisait quelques mois qu'il travaillait ici. Il se lève de sa chaise et vient se poser sur le coin de son bureau, tout près de moi. Il a mis un parfum qui a un arôme aphrodisiaque, car j'ai maintenant envie de lui sauter dessus. Ce n'est pas très professionnel comme comportement.

– Je suis désolé, Julia, je n'étais pas passé pour ça hier…

– J'imagine. Tu es la dernière personne avec qui j'avais pensé faire ce genre de truc, murmurai-je.

Il se rembrunit. Les mots que j'ai employés sont durs,

mais je ne veux pas être la première à m'avouer vaincue par ce que je ressens avec lui. Pour lui. Je crois un instant qu'il va poser sa main sur mon épaule, mais il retient son geste et se racle la gorge.

— À vrai dire, Julia, tu n'as pas idée de tout le charisme que tu dégages. De la personnalité extraordinaire que tu possèdes, même ton petit air arrogant qui, crois-le ou non, est attirant aussi. J'ai pris plaisir à apprendre à te connaître…

Je ne sais pas quoi dire. Ses paroles m'ont émue au point où j'aspire à me lever et à l'embrasser. Ce n'est pas judicieux, pas à l'agence. Pas ici. Les gens parleraient. Ils raconteraient que j'ai eu ma promotion parce que j'ai couché avec lui. Et la machine à rumeurs ferait le reste. Je n'ai pas envie d'être la nouvelle cible des potins.

Je tends la main, assez pour toucher la sienne qui est refermée sur le rebord du bureau. En levant les yeux, je croise les siens. Je fais un sourire rempli de gratitude qu'il me rend. Nous restons quelques secondes sans rien dire. À nous regarder en souriant bêtement comme des amants maudits qui n'ont pas le droit de s'aimer.

— Je ne suis pas désolée pour hier. J'ai juste peur que tu penses que je change de mec comme je change de petites culottes.

Il éclate de rire.

— Je sais Davis que ta vie sentimentale est aussi excitante que celle d'une religieuse cloîtrée. Je te soupçonne même de collectionner les photos de chats mignons le soir quand tu arrives chez toi.

Son côté arrogant est de retour. Et j'aime ça. Sans crier gare, je le frappe sur le genou assez fort pour qu'il se plaigne et qu'il se lève pour retourner à son bureau. Il me lance un regard noir.

— Tu l'as mérité, Philip J. Castle, dis-je pour ma défense.

— Chassez le naturel et il revient au galop, répond-il sur son ton prétentieux habituel avant de se mettre à ricaner.

— Tu as tout saisi. J'aimerais prendre quelques jours de congé. Avec tout ce qui s'est produit, j'ai besoin de me retrouver et de prendre des décisions. Je ne sais pas si je veux vraiment revenir ici, dans ces conditions, lui dis-je doucement.

Il paraît déçu, mais en même temps, il est le mieux placé pour saisir le sens de mes paroles. Pendant sept ans, je n'étais personne dans cette boîte et depuis qu'il est arrivé dans l'entreprise, mon nom est presque sur toutes les lèvres. Je crois que c'est ce qu'on appelle passer de zéro à Héros.

— Je comprends Davis. Sincèrement, je ne désire pas que tu penses que je te retiens à cause du contrat de Weinsterg. Tu prends une décision avec ton cœur. Je n'ai pas amélioré notre sort en te sautant dessus.

Il ne veut pas en parler en premier et voilà qu'il en glisse un mot maintenant. Il a peur que ce soit la raison de ma désertion, j'en suis persuadée.

— Ce n'est pas moi qui t'ai sauté dessus? dis-je en prenant un air niais qui le fait sourire.

Nous sommes capables de discuter de ce que nous

avons vécu la veille en riant, ce qui est, je crois, un bon signe. Peut-être qu'il voit cela comme une erreur. Possible que ce soit une bêtise. Mais, il m'obsède maintenant. Autant, sinon presque plus, que Georges avait envahi mes pensées pendant des années, mais lui, c'est d'une manière différente.

— Prends une semaine de vacances et rappelle-moi pour me confirmer ton choix.

— Je te tiens au courant.

Je me suis levée et je me dirige vers la porte.

— Hé, Davis?

— Quoi?

— Prends soin de toi, me dit-il simplement.

J'avais souhaité qu'il me confie autre chose. Qu'il me retienne. Qu'il m'emmène à lui pour m'embrasser, me serrer dans ses bras et qu'il me demande de ne plus jamais le quitter. Bon d'accord, j'exagère un peu sur ce que j'espérais qu'il fasse, car hier, ce n'est que deux corps, attirés comme des aimants, qui se sont donné un peu d'affection, sans rien se promettre. C'est possiblement une erreur de parcours, mais il a fait son mea culpa. J'ai fait le mien. Cet égarement a fait naître en moi des sentiments que je ne soupçonnais pas. Pourtant, quand je repasse dans ma tête, comme un petit film, chaque instant que nous avons pu passer ensemble, c'était immanquable que ça arrive à un moment. Nous étions attirés l'un envers l'autre. Notre manière de refouler et nier cela était de nous détester et de nous provoquer. J'ai une âme romantique qui s'imagine souvent des histoires d'amour inimaginables et des scènes incroyables, alors que la vie, ce n'est pas ça. L'amour encore moins.

En arrivant à mon poste pour ranger mes affaires, Liam lève les yeux et me lance un regard interrogatif. Il s'attend à ce que je lui livre mon cœur et mon récit sur un plateau d'argent. Il peut bien aller se faire cuire un œuf et même le brûler. Je sais trop qu'il est le plus mémère du bureau. Je ramasse tous mes effets personnels, comme si je ne revenais pas. En fait, j'espère qu'il n'y ait pas de retour possible. Peut-être que si. J'ai besoin de mon emploi pour vivre, mais je n'existe pas pour mon travail. Je prendrai cette prochaine semaine pour faire jouer mes contacts et me trouver un nouveau boulot ou une autre situation de vie. À moins que ce soit le moment, après tant d'années, de changer de carrière ou d'existence.

– Julia, tu pars? Alors, c'est vrai, t'as abandonné ton poste? demande Liam finalement quand il voit que je ne vais pas m'épancher.

– Elle a expliqué pourquoi j'aurais démissionné aussi, la rumeur. Je quitte pour une semaine de congé et je reviendrai avec ma décision sans appel. Tu pourras alimenter le bavardage, mon beau.

Je saisis le sac contenant mes affaires, je lui fais un grand sourire et je prends la poudre d'escampette sans attendre la réponse qu'il finit par dire. Je n'en ai plus rien à faire de ce que l'on radote sur moi. Je prends la direction de l'appartement de Teresa. Elle saura m'aider.

****

– J'attends ce jour depuis tellement longtemps Julia!

Tu ne peux pas imaginer! dit Teresa en levant sa coupe de vin dans les airs.

– J'ai 5 jours ouvrables pour me trouver un emploi Teresa, je capote! Je n'ai pas droit au chômage si je démissionne. Qu'est-ce que je ferai?

Teresa prend mes deux mains dans les siennes et m'oblige à la regarder dans les yeux. Elle me fait un énorme sourire qui se veut rassurant.

– L'univers n'aime pas le vide. Si tu fais un trou, il va le remplir et c'est souvent pour le mieux. Sois confiante, belle amie.

Je balaie son appartement du regard. C'est facile de faire confiance quand tu as toujours habité dans le luxe et la richesse et que tu ne sais pas ce que c'est que la simplicité involontaire. Devoir travailler pour manger, c'est mon pain quotidien. C'est celui de la majorité des gens que je connais. Je ne suis pas une gosse de riche, je dois assumer ma fortune, du moins mes dépenses, toute seule. J'hésitais à donner ma démission avec rien en avant de moi, je ne peux pas tolérer.

– Tu sais... Je crains de ne pas avoir assez d'argent...

Elle pose un doigt sur mes lèvres pour me faire taire.

– Enlève-moi ces mots-là de ta bouche. Si tu as peur, tu vas l'attirer. Ce qui te manque te manquera encore plus si tu te concentres sur ce dont tu as besoin. Au contraire, tu dois apprécier ce que tu as. En vouloir toujours plus et l'abondance viendra. Crois-moi!

– Mais...

– Non! Enregistre tout ça dans ta tête et focalise-toi sur ce que tu as. Tu attires à toi ce que tu es, donc, si tu es négative, tu auras du négatif. Et si jamais ça ne fonctionne pas car tu es trop négative, je t'accueille ici quand tu le souhaites.

Teresa et sa pensée magique. Une véritable philosophe, tandis que moi, je n'ai pas du tout cette même idéologie. Il faudrait peut-être que je me laisse entraîner dans sa philosophie, qu'est-ce que j'ai à y perdre? Ce n'est pas une secte ni une religion. C'est une manière de penser qui m'échappe. Elle est une vraie amie sur qui je peux compter. Je lui ai raconté toute mon histoire avec Georges et puis avec Philip dans les moindres détails.

— C'est comme si je voyais Philip pour la première fois. D'un autre œil.

— Tu sais Julia, au 5 à 7, il te dévorait des yeux. C'était presque gênant. Il ne m'écoutait même pas, il t'observait avec Georges. J'ignore qui était la femme qui l'accompagnait, mais si elle avait le mince espoir avec lui, c'était manqué…

— Tu dis ça pour me faire plaisir… Il profitait de chaque moment pour me mettre hors de moi…

Teresa éclate de rire.

— C'était sa tactique. Il savait que tu en pinçais grave pour Georges et il voulait se faire remarquer. Je suis persuadée que c'était sa manière d'attirer l'attention sur lui, et toi, tu embarquais chaque fois. Il a fini par t'inviter à aller casser la croûte après cela! Pour un homme qui ne t'avait pas dans l'œil… Qu'est-ce qu'il te faut de plus?

— Par gentillesse… ou parce qu'il n'avait personne

d'autre à qui le demander?

– Je l'ai vu s'excuser auprès de sa compagne et se rendre directement à toi pour te solliciter. Avec tous les mannequins qui étaient présents, c'est pour toi qu'il n'avait d'yeux. Quand est-ce que tu réaliseras ta valeur? Ce que tu dégages? Tu es superbe Julia. Tu es magnifique! Georges t'a même remarquée ENFIN, et ce, même si c'est un trou duc.

– Même si c'est un trou duc, j'aurais aimé être allée jusqu'au bout, juste pour voir…

– Il n'en vaut pas la peine… Crois-moi. C'est un égoïste dans tous les domaines de sa vie.

– Tu as déjà couché avec lui? demandai-je surprise.

– Non, mais j'ai entendu parler de lui. Va dormir et te reposer et je t'appellerai pour qu'on fasse un plan pour te trouver un emploi à la hauteur de tes attentes.

****

Je suis enfin dans mon appartement. J'ai acheté une bouteille de vin, aussi bien en profiter avant de ne plus avoir de fonds pour m'en procurer et d'être pauvre comme un sans-abri. Je dois arrêter d'exagérer, car j'attire la poisse selon Teresa. C'est à ce moment-là qu'on cogne à la porte. J'ai presque peur d'aller répondre. Je suis en robe de chambre, les cheveux attachés en queue de cheval et je me suis démaquillée. C'est peut-être Philip. Non. Il ne reviendrait pas. Je crois que mon chien est mort et qu'il pense que je ne l'aime pas. J'ouvre la porte, sans prendre la peine de regarder qui se trouve derrière. Je suis surprise d'y voir Georges Stevenson, un bouquet de roses rouges dans les mains.

Pendant un instant, je crois qu'il les a achetées pour quelqu'un d'autre et que cette personne lui a faussé compagnie et qu'il a décidé de me les offrir pour se donner bonne conscience. Il attend patiemment que je l'invite à entrer, sans rien dire.

— Ces roses rouges sont pour toi, Julia. Pour m'excuser de mon comportement inapproprié. J'ai agi en ne réfléchissant pas à ce que je faisais. Pardonne-moi.

Georges me tend les fleurs que je saisis en lui souriant. Personne ne m'a offert de roses avant. Et quand je regarde l'étiquette, je constate qu'il les a prises chez un des fleuristes les plus chers de New York. C'est la classe.

— Excuses acceptées, lui dis-je doucement.

Je reste quand même sur mes gardes. Le fait que je le voie sous son vrai jour, sans l'admirer, sans la perception qu'il soit plus grand qu'il ne l'est réellement, me permet de lui parler sans bredouiller. Mais l'attraction sexuelle est toujours là. C'est plus cela qui m'a attirée à lui, il faut bien me l'avouer. L'énergie n'est plus la même. J'ai changé.

— Tu prends la semaine pour réfléchir à ton avenir chez nous. Ne pars pas à cause de moi. Tu as tant à offrir à la compagnie. Sérieusement, nous avons été idiots de ne pas le voir avant. Philip a su remarquer en toi tout le potentiel que tu as, se confie-t-il en me regardant dans les yeux.

Son regard est brillant, ses pupilles dilatées. Il a

encore derrière la tête de me séduire. Je pourrais en mettre ma main au feu. Il fait quelques pas vers moi. Il est aux limites de ma bulle.

— Merci Georges. J'ai besoin de prendre du recul. Je suis la personne la plus importante dans ma vie et je dois choisir pour moi et pas pour le bien des autres. Tu peux comprendre cela?

Il hoche la tête, prolongeant son regard dans le mien avec attention. Il tend la main vers moi, pour effleurer doucement mon bras.

— Tu as ta place parmi nous. Tu sais que tu es la première femme à me dire non, me dit-il en souriant dangereusement.

Il recommence! Je veux éviter qu'il m'entraîne sur le sujet. Ce type est dangereux. Je suis une proie et il jouera avec moi jusqu'à ce que je cède, j'en suis persuadée. Je suis une petite souris et lui le vilain chat qui veut m'attraper. Tout ce jeu l'excite.

— Il y en a eu d'autres, j'en suis certaine. Excuse-moi Georges, j'allais écouter une série sur Netflix. Merci pour les roses, elles sont superbes…

— Tiens, si jamais tu as besoin de quoi que ce soit, c'est mon téléphone portable personnel.

Il me tend une carte avec un numéro écrit à la main. Est-ce que c'est encore une autre tactique pour m'attirer dans son lit ou son acte est purement gentil? J'ai beaucoup de difficulté à le deviner. J'ai plus l'impression que son geste n'est pas dénué d'intention. On cogne à la porte au même moment.

En allant ouvrir, je trouve Philip qui est là, avec un

bouquet de marguerites blanches et de fleurs des champs. Décidément, je ne m'attendais pas à recevoir autant d'attention de la part de deux hommes différents ce soir. Deux individus qui semblent m'entraîner dans une drôle de compétition que je ne comprends même pas moi-même. Le regard de Philip se fait surpris lorsqu'il voit Georges.

— Georges, tu es là! Je suis désolé Julia. Je ne veux pas vous déranger, dit Philip qui est prêt à repartir.

Je pose ma main sur son bras pour le retenir. Je le désire ici et maintenant. Pas Georges. Tout est très clair. Comment est-ce que c'est possible d'avoir deux hommes aussi charmants et séduisants qui mènent un combat de coqs entre eux pour moi? Je n'ai pas l'impression d'en valoir la peine. Je suis une chenille qui se transforme doucement en papillon, mais je ne vole pas encore.

— Il partait, lui dis-je simplement en regardant Georges.

— Effectivement, j'allais quitter. J'étais venu m'excuser pour mon comportement désagréable. Qu'est-ce que tu fais ici toi? dit-il en mettant ses mains dans ses poches.

Pendant un instant, je remarque que Philip semble en mode panique pour expliquer sa présence chez moi. Il a gardé notre relation extra bureau pour lui et ne s'en est pas vanté. Il sait être discret. Beaucoup plus réservé que Monsieur Dentifrice.

— J'essayais moi aussi de lui demander pardon de tout ce qui pourrait la faire fuir de l'entreprise, lui dit-il en reprenant son calme exemplaire.

Je prends les fleurs qu'il me tend en le remerciant. Je n'ai pas de deuxième vase. Je me mets à la recherche d'un grand plat ou d'un contenant assez gros qui pourrait servir de vase. Georges s'excuse et nous quitte tandis que Philip reste là à m'observer tenter d'attraper un énorme bocal qui est trop haut pour moi dans l'armoire. La pression commence à monter.

— Est-ce que tu as besoin d'aide? demande-t-il finalement.

— Qu'est-ce que tu en penses? Que je vais grandir de 2 pouces d'ici cinq minutes? répondis-je impulsivement.

Philip éclate de rire et saisit le vase sans fournir le moindre effort. Lui seul tolère mes insultes gratuites et, encore plus, les estime drôles. C'est peut-être pour cette raison que je l'aime bien…

— Ce n'est pas des roses rouges, mais je les trouvais plus originales… me dit-il en s'excusant presque de les avoir choisies.

— Moi, je les considère comme étant superbes. C'est très rare qu'un homme m'en offre. Alors ce soir, je suis doublement chanceuse ou pas. Tu sais, donner des fleurs, je crois que c'est le cadeau le plus inutile au monde. C'est vrai, quand on y pense, elles vont mourir après quelques jours. Elles sont éphémères et ne font qu'être belles et sentir bon un moment…

J'ai parlé, sans vraiment réfléchir à ce que je venais de dire. Je place les fleurs dans le bocal pour les rendre attrayantes et en levant les yeux, je vois que Philip m'écoute sans broncher. J'ai carrément dénigré son cadeau en donnant mon opinion. Quelle gourde j'ai faite!

– Excuse-moi Philip! Ce n'est pas ce que je voulais... L'intention est là... Et c'est flatteur...

Je ne sais plus où me cacher. Philip ne dit absolument rien et il me regarde. Je me sens trop mal pour rajouter quoi que ce soit. J'ai la manie de formuler ce que je pense sans pour autant y mettre un filtre. C'est simple, je n'en ai aucun avec certaines personnes.

– Ne change jamais Davis, reste comme ça, dit-il après un moment.

Est-ce qu'il se moque de moi ou il est sincère ? Je n'arrive pas à le cerner.

– Tu parles, je fais de la diarrhée verbale... Tu m'offres de belles fleurs et moi, je trouve le moyen de critiquer ton présent, sans même m'en rendre compte. Je suis atroce.

– C'est ce qui m'a séduit la première fois que je t'ai vue... Ce trait de caractère, tu dis ce que tu penses, même si parfois, c'est involontaire.

– Je t'ai charmé? Tu ne m'as pas considérée ridicule avec cette chemise trop petite et mon jugement facile? Tu avais l'air tellement sérieux...

Il s'approche de moi doucement et il prend ma main. Il ne fait aucune tentative pour m'attirer à lui ou pour m'embrasser, mais juste ce contact sur ma peau est magnifique, voire émouvant. C'est plus que physique, c'est mon âme qui est touchée. Je ne trouve pas les mots exacts pour décrire cette sensation en moi.

– Je n'allais quand même pas me dévoiler le premier

jour! Tu semblais m'avoir déjà mis dans une catégorie… Et puis, j'ai vite remarqué ton obsession pour Georges, et lui, je pense qu'il a vu que tu m'intéressais, alors, comme c'est un compétitif, il a dû se dire : je la veux. Il m'a fait le coup quelques fois à l'université.

– Je t'intéresse? demandai-je l'air surpris.

C'est la seule chose que j'ai retenue.

– Pourquoi crois-tu que je suis là?

– Pourquoi es-tu ici?

Il semble découragé et moi, j'ai besoin de certitude. Je me suis trop trompée ces dernières semaines. Et je connais Philip depuis tellement peu de temps. Il est encore un inconnu pour moi.

– Je suis ici parce que je n'arrive pas à oublier hier soir. Parce que, même si la raison me dit de te laisser tranquille à cause du travail, le cœur n'a pas la même chanson. Je ne suis pas un romantique. Je ne suis pas un sentimental même. Mais tu es la première fille qui me donne envie de briser les règles et de m'aventurer dans l'inconnu. Parce qu'avec toi, je ne sais jamais ce qui va arriver, parce que tu es l'inattendu, tout en étant une habitude qui se crée rapidement. Tu portes en toi tellement de contradictions qui font que je ne m'ennuie pas avec toi.

Je suis sans mot. Je suis sans voix. Est-ce que ça ressemble à ça, une déclaration d'amour? Est-ce que les paroles qu'il me révèle, c'est sa manière à lui de m'avouer qu'il éprouve des sentiments pour moi? Je suis complètement bouche bée. Je ne crois pas que je peux faire ressentir ces sensations à un homme.

— Qu'est-ce que tu me joues là? dis-je en tirant une chaise pour m'y asseoir.

Il soupire en regardant dans les airs, exaspéré par mon mutisme et mon incompréhension de ce qu'il cherche à me confier.

— Davis, le premier soir, à Los Angeles, je n'avais pas oublié ma carte dans ma chambre. J'ai cogné à ta porte, car j'avais peur qu'il se soit invité dans la tienne. J'étais jaloux. J'étais totalement mort de jalousie qu'il puisse t'avoir et pas moi. C'est purement primitif comme comportement. Tu me rends fou. Qu'est-ce que tu crois?

— Philip... je pensais que tu t'amusais à me persécuter... pour le plaisir de le faire... Je n'ai jamais imaginé que pendant tout ce temps je te plaisais... Comment est-ce possible?

J'ai besoin que quelqu'un me pince. Qu'on me torde le bras assez fort pour me persuader que je ne suis pas en train de rêver. Ainsi, Philip J. Castle me déclare que je suis la fille qui hante son esprit. Et pas juste ses fantasmes d'homme.

— C'est toi que j'ai invitée au Rocket Café parce que j'avais envie d'être avec toi. Je te trouvais belle et je voulais t'éloigner de Georges. Je savais aussi qu'il jouerait avec tes émotions et je désirais te protéger. Ce n'est pas un sentiment de protection qu'on peut avoir face à une petite sœur... c'est totalement différent.

Qu'est-ce que je peux lui dire? Que c'est réciproque? Je pense que c'est l'est. Je ressens pour lui une sensibilité qui met le cœur comme un bâtonnet de glace qui fond au soleil. Je n'arrive pas à le lui communiquer. À me confier sur ce que j'ai à lui avouer. C'est le moment de faire de la diarrhée verbale et de ne pas avoir de filtre, or, je suis sans mot.

— J'ignore quoi dire Philip. Je ne trouve pas les mots exacts…

Il secoue la tête, compréhensif. Mais qu'est-ce qu'il peut comprendre à ce que je n'arrive pas à révéler? Je suis une fille que personne ne regarde habituellement, ou qui ne sait pas qu'on l'observe. Et là, je me retrouve entre deux hommes magnifiques qui me désirent. Plus important encore, l'un des deux est pratiquement amoureux de moi. Un genre de preux chevalier. Un prince, qui cette fois-ci, n'est pas une pute.

— Je comprends Julia. Je n'aurais pas dû venir ici… je ne sais pas à quoi j'ai pu penser, dit-il, déçu.

— Philip, je n'ai pas dit que je….

Mon téléphone sonne au même moment, faisant apparaître le visage d'Evy sur l'écran. Philip le pousse vers moi en me faisant le geste de répondre. C'est vrai que cet appel pourrait être important. C'est Evy elle-même qui est au bout du fil. Je fais signe à Philip d'attendre quelques minutes en décrochant. Je ne veux pas qu'il pense que je le rejette. Ce n'est pas du tout le cas.

— Alors, comment va ta fille? demandai-je en souriant nerveusement sous le regard profond de Philip.

— Je suis tellement heureuse, Julia! J'ai enfin ma petite fille! Nous avons décidé de l'appeler Julianne.

Ce nom ressemble étrangement au mien. Est-ce que

je dois me sentir flattée ou pas?

– Quel joli prénom! Félicitations pour cette belle cocotte. Il faudra m'envoyer une photo d'elle. J'ai vraiment très hâte de la revoir.

– J'ai quelque chose à te demander, Julia. Quelque chose d'important.

Bon. Tout le monde ce soir s'est décidé à être dans le ton des confidences avec moi. Qu'est-ce que j'ai fait pour mériter toute cette attention ? Je fais dos à Philip pour écouter ce qu'Evy a à me faire comme requête. Je suis anxieuse.

– Qu'est-ce que tu désires me demander Evy?

– Est-ce que tu veux être la marraine de Julianne? Mark et moi, nous en avons longuement discuté et tu nous ferais un honneur incroyable. Sincèrement.

Je vais répondre, quand j'entends ma porte d'entrée se refermer. En me retournant, je vois que Philip a quitté la pièce. C'est un moment important parce qu'Evy me fait assez confiance pour que j'aie le titre de marraine dans la vie de sa fille, et je me sens vraiment méchante de devoir raccrocher aussi vite, mais je n'ai pas de moyen de rejoindre Philip comme lui en avait de débarquer chez moi.

– J'accepte avec plaisir. Evy, je dois quitter. Je crois que l'homme de ma vie est en train de me filer entre les doigts. Est-ce que je peux te rappeler? Je suis honorée par ta demande. Sincèrement, mais… je dois le rattraper… Je t'expliquerai tout.

– Vas-y Julia. Et rappelle-moi pour tout me raconter.

Je raccroche le téléphone et sors de mon

appartement en courant vers l'ascenseur, mais celui-ci est hors service. Je prends la direction des escaliers et, en ouvrant la porte, j'entends des pas qui se dirigent vers le bas.

– Philip J. Castle. Remonte ici en vitesse, je n'en ai pas terminé avec toi, criai-je de toute ma voix.

Le bruit des pas s'est arrêté. Ma voix a un écho incroyable. Soudain, je me demande pourquoi je n'ai jamais songé à venir chanter ici. Je suis comme ça, je me mets toujours à penser à un truc vraiment idiot dans des moments particulièrement critiques de ma vie.

Les pas ont changé de direction et ils se font de plus en plus bruyants. Puis, à un moment donné, je vois Philip apparaître plus bas que moi. Il a le regard d'un enfant pris en défaut et un sourire inquiet sur les lèvres. Je descends les premières marches avant de manquer la troisième ou la quatrième et atterrir dans ses bras. Comme scène, c'est particulièrement gênant. Il éclate de rire en me disant que c'est de la Julia Davis à son meilleur. Je sens que lui, il sera toujours là pour m'attraper quand je vais tomber. Je n'ai pas les mots pour lui dire tout ce que je ressens, alors je lève la tête et je l'embrasse sur la bouche, avec toute la passion qu'il y a en moi.

– Je t'aime Castle.

– Je t'aime aussi Davis, me dit-il avant de m'embrasser.

ÉPILOGUE

J'ai toujours souhaité rencontrer le prince charmant, même si je n'ai jamais vraiment cru en lui. Six mois de relation avec Philip J. Castle. C'est comme si j'avais toujours été avec lui. Nous sommes inséparables. C'est avec sa voiture que nous sommes allés à Albany pour le présenter à ma famille. Fière de moi, j'ai rendu ma sœur verte de jalousie et, pour la première fois de ma vie, ma mère m'accordait de l'attention. Je n'ai pas continué mon emploi chez les Stevenson. Je suis restée quelques semaines, puis j'ai obtenu un poste chez un concurrent avec un meilleur salaire, de meilleures conditions de travail et beaucoup plus de responsabilités. Mon travail était reconnu et je ne fantasmais pas sur le fils de mon nouveau patron, il avait quand même huit et demi. Et mon chef ne me touchait pas non plus à chaque instant. D'ailleurs, mon beau, mon tendre, mon magnifique Philip a fait passer un règlement pour les attouchements illicites au bureau. Il voulait éviter de perdre des employées qui pourraient être bénéfiques pour l'entreprise.

Philip est l'antiprince. Et c'est pour ça que je l'aime. Pas de geste romantique. Pas de cheval blanc. Pas de surprise sous l'oreiller. Pourtant, je sais qu'il m'aime de tout son cœur, car il me le dit simplement par trois mots tous les jours et par des gestes qui démontrent son attention envers moi. Il est aussi juste assez jaloux pour que ce soit mignon, et il n'ignore pas que s'il me trompe ou s'il regarde une femme un peu trop longtemps, je lui arrache les yeux et tout ce qui se trouve sous la ceinture! C'est véritablement l'amour fou entre nous deux. Sincèrement.

J'ai été nommée marraine de la petite dernière d'Evy. Et ça ne me demande pas trop d'engagements, c'est le match parfait! Après la réception de tous les résultats des tests d'ADN, il s'est avéré que la jeune femme qui avait passé la soirée avec Mark était vraiment sa demi-sœur. Son père semble avoir semé un peu partout de ses graines et certaines ont poussé plus que d'autres. Mark n'avait pas menti à Evy. Ils ont fait de la place dans leur famille pour accepter la jeune femme au sein de leur cercle.

Teresa continue d'être dans le développement personnel et j'ai même permis une rencontre entre elle et Samuel Traverse, que j'avais rencontré à Los Angeles. Il y a de l'électricité dans l'air. Deux âmes qui se retrouvent pourrions-nous dire? Teresa m'a aidée beaucoup à prendre confiance en moi et je lui en suis reconnaissante.

Georges a suivi une thérapie contre sa dépendance au sexe. Solange Sommers a rompu avec lui lorsqu'elle l'a surpris en train de draguer sa plus jeune sœur. Il a fini par comprendre qu'il avait un problème avec son ego et avec le sexe. Je ne m'ennuie pas du tout de lui et il n'habite plus du tout mes pensées. J'ai fini par atteindre l'âge sentimental d'une femme de mon âge. L'adolescente en moi a fini par me quitter... enfin!

Je vis au jour le jour et je pense que tout est possible quand on croit assez en nous pour le réaliser. Je crois que je suis tombée dans la potion magique de Teresa.

FIN

ISABELLE B. TREMBLAY

REMERCIEMENTS

Merci à Anne-Renée Godbout, tu as été ma première lectrice du premier brouillon ! Enfin ! Il voit le jour !

Merci à Marie-Ève Poulin, ça prenait une experte lectrice de « *chick lit* » comme toi pour m'orienter et me donner des conseils. Grâce à toi, j'ai ajouté un chapitre qui a mis du piquant au contenu déjà existant.

Merci à Odile Maltais pour ta correction ! Ta participation m'a permis d'aller de l'avant avec ce livre !

Merci à Jacinthe Giguère pour ta révision linguistique ! Merci d'avoir osé et d'être venu vers moi !

Merci à mes parents pour leur soutien indéfectible et continuel dans mes projets de fou ! C'est un autre rêve qui se réalise avec la publication de ce roman.

Merci à ma famille et à tous mes amis qui m'encouragent jour après jour !

Merci à mes lecteurs ! Vous êtes ma raison d'écrire !

PROPOS DE L'AUTEURE

Isabelle B. Tremblay signe ici son premier roman. Elle a déjà trois livres à son actif dans un tout autre registre : ***Médium malgré moi !*** et ***Passeurs d'âmes***, aux Éditions Le Dauphin Blanc et ***Messages de l'univers*** disponibles sur Amazon. En plus d'être auteure, elle est médium et conférencière. Il est possible de la contacter à info@isabelletremblay.net ou sur son site Web : www.mediummalgremoi.com

Vous avez aimé le livre ? N'hésitez pas à laisser un commentaire sur la page d'Amazon.

www.ingramcontent.com/pod-product-compliance
Lightning Source LLC
Chambersburg PA
CBHW032051260626
47157CB00020B/2706